致青春 029

# 喜歡你，很久很久

## （上）

唧唧的貓　著

高寶書版集團

# 目錄

*CONTENTS*

# 第一章　重逢

「好久不見。」他無波無瀾地說。

飯局接近尾聲，唐心坐在付雪梨身邊，不時起身，為身邊人添酒。新片的投資人姓方，五十餘歲卻身體健朗，很有精神。三兩杯酒下肚，談吐依舊得體，敘述和傾聽都很沉穩。

今天劇組殺青，岑導今天喝酒喝得高興，酒勁有些強，點上一支菸說：「在山裡拍了那麼久的戲啊，看厭了那些花花樹樹，還是覺得大城市有棱有角的生活有滋味。」

說話間，杯中酒又被續滿，岑導擺擺手，接著說：「等片子過審，宣傳檔期安排完，我得給自己好好放個假，帶妻女出去旅旅遊、散散心。」

桌上一人笑道：「如今像岑導這樣牽掛家妻的男人倒是不多，難得。」

話題轉到這上面，年紀小的年輕人免不了被問感情問題。不過坐在這個飯桌上的，大都是有身分地位的圈內人，很少有人開低俗的玩笑。

身邊的年輕男演員被問得狼狽。付雪梨晃晃酒杯，始終盯著杯裡漂浮的泡沫，不主動參與。她被灌了不少酒，微醺，但意識還是清醒的，只是腦袋略感昏沉。她靜靜等著這頓飯結束。

四月的申城，空氣裡依舊泛著寒冽的冷。這座城市夜晚依舊燈火闌珊，黑色蒼穹下高樓遙遠的白光和霓虹燈連成一片。

一上車，付雪梨踢掉高跟鞋，脫了外套，靠在椅背上陡然放鬆下來。

唐心關好車門，側身拉過安全帶繫上，吩咐司機可以走了。

「把聲音關了。」付雪梨出聲。

聞言，司機一手握著方向盤，另一隻手關掉音樂，順勢瞄了蜷縮在後座的女人一眼。

她鬆鬆散散地歪在一旁的車窗上，撐著頭，細細的眼角眉梢垂落，半闔著眼。

棕色微捲的長髮隨意又凌亂地散落，質感順滑的灰色羊毛裙裹得身段玲瓏有致。極窄的亮晶片花邊，襯得膚色極白。

——實在漂亮，讓人移不開眼的那種。

「那個方總是幾年前做房地產起家的，背景聽說不是很乾淨。他挺欣賞妳的，不然我們當初哪那麼容易搶到岑導的資源。妳看妳，剛剛走的時候也不知道和別人打個招呼，多不好。」

車裡就四個人，助理西西坐副駕駛座，司機認真開車。唐心坐在付雪梨旁邊，擺弄著手機，嘴裡數落著，順便挑照片發朋友圈。

其他人都不出聲。

付雪梨成為模特兒出道，當初算是被唐心一眼看中。人在國外，兩三天就搞定合約，乾脆俐落地把人簽到自己手底下。

後來回國發展，付雪梨靠著一部爆紅的網路劇小紅了一把。不過這幾年存在感雖然有，卻一直都不溫不火。倒不是她長相不好看，相反地，她紅只是因為她美：風情孤傲，沒有任何人為的、純女性的、缺乏人情味的冷豔美。

只是外表太豔麗，所以戲路比較受限，容易吸粉卻也容易招黑。

但是在演藝圈裡，小紅靠捧，大紅靠命，反正急不來。付雪梨是棵好苗，有靈氣，所以團隊一直穩紮穩打，儘量不讓她靠醜聞奪流量，博人眼球。

車行駛過交流道下，暗影一道道掃過。外面不知何時下起了雨，雨刷一左一右慢慢刮擦著玻璃。

「我說這麼多，妳聽見沒？」唐心側頭。

「姊姊，求您讓我安靜一會兒，頭都要炸了。」付雪梨很睏，渾身疲乏，只想求得片刻清淨。她昏昏欲睡，懶得多說一個字。

昨晚通宵拍戲，早上又早早出發，從象山一直到申城，一整天都在路途上。應付完酒席，整個人已經非常疲憊。

雨越下越大，路上人也越來越少。車開起黃色大燈，在大雨中一路疾馳。

「——嘰！」

經過天橋路口時，一輛迎面而來的大貨車擦身而過，司機抓住方向盤，猛踩下剎車。

輪胎與地面摩擦發出刺耳的雜音，急停在路旁，車裡的人猝不及防，全都向前傾。

「怎麼了，出車禍了？」唐心扶住前排椅背，嚇了一跳，急忙地問。

「不是，前、前面路上好像躺了個人……」

§ § §

尖銳的警笛劃破深夜的寂靜。北甯西路三百二十一號，人民公園的天橋口被封鎖，拉起了警戒線。

大雨不知何時變小了。員警守在警戒線旁，制止一直往裡頭擠的圍觀群眾。不遠處停了好幾輛警車，現場有刑警也有記者。

死者是一名年輕女子，在陰影裡看不清臉。她半身赤裸地仰躺在地上，頭被裙子蓋住，黑髮被血水分成幾縷，黏在手臂上。雨水混著血，散發著腥味，順著水泥路面蔓延。血流太多，看不清傷口在哪裡。

「給我控制住現場，防止二次破壞，讓無關人員全部離開！」一個中年男警官對著對講機大聲下達著命令。

「誰報警的？」他喘了口氣。

「是我。」唐心立刻答道。她移開目光，忍住反胃想吐的感覺。

劉敬波眉心緊擰，點點頭，隨即看見不遠處停著的黑色轎車，裡面依稀還坐著人。他探頭望瞭望：「那輛車裡還有誰？讓她下來。」

「這……她生病了不太方便，可以就待在車裡嗎，警官？」唐心為難，試圖打個商量。

聞訊趕來這裡的記者不少，像付雪梨這種公眾人物要是被拍到在事故現場，又得被黑……

「什麼病，這點雨還能凍死人嗎？這是一起很嚴重的命案，坐在車裡是什麼態度！小王，去給我叫下來！」

「死者和我們真的沒關係啊，員警先生，我們只是路過而——」

「停停停！」劉敬波不耐煩地打斷司機，「現在我問什麼，你答什麼就行了，哪來那麼多廢話？」說完，他轉頭問身邊一個女警官，「老秦他們還有多久到？」

「喏，那不是來了嗎？」

唐心順著他們看的方向轉過頭，看到幾個穿著像醫生的人。他們戴著口罩，撥開騷動喧嘩的人群，出示完證件，彎腰鑽過警戒線，往這邊快速走了過來。

每個人都是一身白袍，在漆黑的雨夜中顯得特別醒目。為首的是個身材高大的年輕男人。他一言不發，蹲在屍體旁打開勘查箱，戴好手套，掀開被害者臉上的白裙。

付雪梨坐在車裡，往車外看。外面走過來一個員警，他拿著手電筒，往車裡照了照，隨即敲了兩下車窗。

「小姐，麻煩您下來一下，配合我們做一下筆錄。」

車門被推開的瞬間，風直往脖子裡灌，付雪梨冷得一顫，撐開傘，壓下傘骨擋住臉，紅色高跟鞋踏出車外。

因為大雨，泥水混雜，現場痕跡已被毀壞得差不多了。雨還在下，許多偵查工作都無法展開。

付雪梨慢條斯理地跟在那個小員警身後，低著頭，將臉小心地藏在傘下，防止被人認出。一路上有很多淺淺的水窪，儘管走得慢，小腿還是被濺滿了泥漿。

西西替唐心撐著傘，聽她不停地抱怨：「不知道還要弄到多晚，攤上這破事，真是倒楣了，我靠。這還不能走，等等還要被帶回警局做筆錄，我明天一大早還要去談合約呢……」

她們站在灌木叢旁邊，正說著時，唐心的話突然一停。

「是這樣的，我們這邊有幾個問題想問問你們，事關命案，也請你們耐心配合我們。」

唐心訕訕地笑著，目光卻停在那位沉默地站在劉警官身邊的男人。

他穿著單薄的藍色警衣，外面罩著普通白袍，胸口處別著證件，衣襬偶爾被風吹起，在這樣的夜裡彷彿感覺不到冷。

西西從小就對醫生有畏懼感，何況是成天和屍體打交道的法醫！她又想起剛剛他面不改色檢查屍體的模樣，心裡不禁陣陣發毛，下意識地後退了兩步。

「你們是大概幾點到案發現場？」

他將她的小動作看在眼裡，卻無動於衷。

這男人的嗓音有種低冷如冰的奇特質感，就像冰八度的啤酒，雖鎮靜溫和、無波無瀾，辨識度卻極高。

這聲音……

付雪梨握著傘柄的手一緊。她腦子裡還殘留著酒精的作用，反應遲緩，她以為自己出現了幻覺。

「大概八點多。」西西努力回想，小心翼翼地回答，看向一旁做記錄的人，生怕自己說錯話。

「移動過屍體嗎？」

「好像……沒有。」

「什麼叫好像沒有？有什麼就是什麼，妳就老老實實、坦坦白白地說，想好再開口，別給我——」劉敬波顯然按捺不住火爆脾氣，開口就是一頓訓斥。

「好了好了。」旁邊有人安撫劉敬波的情緒。

西西被嚇到快哭出來了，結結巴巴地道：「我有碰……但只是想看她有沒有呼吸……我真的……真的不知道她已經死了。」

「嗯，不用緊張，妳繼續。」

年輕男人濃黑的眼睫低垂下來，摘了手上的橡膠手套。舉止間有種漫不經心的清潔感。

他問話時，明明沒什麼表情，連眼神都沒有一點波動，但就是給人一種無形的氣場。這男人是那種氣質淩駕於長相之上的高級貨色。

此時雨聲突然變大，雨珠撞擊在傘面上，譁然有聲。付雪梨握著傘柄的手緊了緊，控制呼吸，微微伸出脖子，把傘往上移。

雨水混淆了視線。高大年輕的男人微微側頭，單手伸到耳旁，準備拉下口罩。付雪梨看到他露出的一雙眼。

輪廓收斂，像街口淩晨的星光，又像地獄裡的魔鬼。

他撐著一把黑色的傘，也看到了她，只不過停了一秒，視線就平淡地滑過。

冷淡而又普通，像看陌生人的眼神，沒有任何感情。

她愣住了，大概有一分鐘才回過神，難以置信地脫口喊道：「許星純！」

付雪梨這張平常只出現在家家戶戶電視機裡的臉一露出來，旁人的視線立刻全被她吸引，眼睛霍然睜大。

唐心眉頭一挑，面不改色地在兩人之間轉悠。在場的其他人心裡都小驚了一把。

哇靠，明星啊！

對這聲招呼，許星純卻反應平淡，這讓氣氛瞬間古怪起來。

旁人默默地細細打量付雪梨。踩著高跟鞋，黑色綁帶繞住瘦白的腳踝。肌膚如雪，嬌嫩細膩。雙臂一環，塗著紅唇，渾身上下像能發出光芒一般，隔著幾公尺都能聞到她身上薄荷迷迭香的銷魂香氣。這身高貴扮相，是刀口舔血的員警能打交道的人？

突如其來的重逢，沒有一點預兆，也沒有緩衝。就在這個混亂骯髒的雨夜，他溫潤清冷，潔淨得一絲不苟。

付雪梨眉頭緊蹙，右手拇指使勁地壓著食指的第二關節。

雨不停地下著，從身邊嘩嘩墜落，砸在腳下的水泥路面上，開出一朵朵轉瞬即逝的小水花。許星純轉回眼神，又淡又遠。靜了兩秒，從被她咬住的、鮮紅欲滴的嘴唇上緩緩抬睫。

良久。

「好久不見。」他無波無瀾地說。

§ § §

夜色寂靜，閃電和雷鳴交相輝映，被淋濕的流浪狗在燈火通明的申城警局門口徘徊。

「好，差不多了，報警的那個留一下地址和聯繫方式。」

做筆錄的女員警最後唰唰兩下，抬頭遞給付雪梨她們幾個一人一張紙：「喏，核對一下內容，然後簽個名，跟我去大廳那按個手印就完事了。」

「沒想到警察局裡全是妳同學啊。」唐心接過，順口問付雪梨，「還有，剛剛那個挺帥的員警，你們是什麼關係？」

「同學唄。」

「就同學？」唐心不信，看她默不作聲，瞅著她冷笑，「當我傻子吧？」

「炮友，信嗎？」付雪梨嘴上開著玩笑，臉上卻沒有一絲笑容，連維持基本的表情都不想。

她今天穿的衣服不對，精心裁剪的羊毛裙被雨水打濕，貼在身上又潮濕又陰冷，冷到了骨子裡。

帶路的女員警似有察覺，回頭看了付雪梨一眼。她微微一笑，忽地開口：「是挺巧的，我和雪梨同班過一年，不過她應該不記得我名字了，我叫馬萱蕊。」

她們走到大廳，周圍驚奇又克制的目光紛紛圍攏。當然，大部分的視線都黏在付雪梨身上。畢竟一個平時只能在電視、微博、LED看板上看到的演藝圈明星，此時真人突然出現在眼前，普通人總是有種新奇微妙的激動感。

若不是此時正在辦案，場合嚴肅，肯定會上前要個簽名、合照什麼的……

任人打量著，反正付雪梨似乎無所察覺，或者早已習慣被他人注目。

牆上掛著電視，重播放著沉悶無趣的晚間新聞。旁邊的鐘盤上，秒針滴滴答答地慢慢走著。

「先喝點水吧。」小王強作鎮定，端了幾杯熱水遞到付雪梨她們面前。

除了付雪梨站著不動，其他人紛紛接過，道了聲謝。

「警員叔叔，我們什麼時候能走啊？您看看時間，都多晚了。」唐心蹙眉。

「筆錄做完了，應該快了，快了。」小王也不確定，探頭往二樓望，剛好看見劉敬波下樓梯。他剛想喊一聲，卻見劉散波打著電話，腳步匆匆往外走。

等待的耐心即將告罄，那邊一一確認報案人姓名、電話、身分證，非常制式化地問完話，終於可以離開。小王送付雪梨一行人到門口。

推開門，外面風雨交加，所有人都不禁打了個冷顫。

太冷了。

門廊的感應燈壞了一顆，陰暗無光的角落裡站了兩個人。夜晚沉浸在霧氣裡，風小聲呼嘯，許星純靠著牆壁抽菸，忽明忽暗的光線讓人看不清面容。

旁邊是垃圾桶，被用來敲落菸灰。

司機去後面開車，剩餘的人站在門口等著。劉敬波全神貫注地和許星純交流屍檢結果，完全沒注意這邊的一大票人。

距離不遠，許星純說什麼，這邊都能聽得一清二楚。他說話的聲音向來不大，無端地低啞，卻字字清晰，彷彿能敲進心裡。

這邊的人都目不斜視，看著前方。付雪梨雙手環抱在胸前，良好公民西西則在心裡默默吐槽……

這種東西應該不是什麼機密，聽一聽不要緊吧……

透完氣，一根菸也正好抽完，時間不長不短。許星純站直身體，單手插在口袋裡，臂間還掛著白色工作服，「走吧，進去說。」

和他們擦身而過的瞬間，走到光下，一片模糊的暈黃。許星純的身形一頓，腳步繼而停滯下來。一兩秒後，他低垂眉眼，看向自己被抓住的手腕。

劉敬波和唐心對視一眼，小王也傻了，都不知道是什麼情況。

「天啊……」西西還在小心地拿著手機對著門口拍照，側頭看到這些動靜，不禁小聲驚呼。

這是在幹嘛？

一旁的唐心抱著看熱鬧的心思。這些年來，商業界、演藝圈的，她和形形色色的妖魔鬼怪都打過交道，經驗豐富，直覺也很準。也有一部分是因為職業，她習慣了定位一個人。見多了虛張聲勢又浮誇的男人，幾乎是看到許星純的第一眼，唐心就莫名認定他一定是個很穩妥且出色的人。

潔身自愛，寡言卻卓爾不群，並且對女人十分具有吸引力。說通俗一點，就是很會招惹人。

付雪梨聞到許星純身上肥皂的氣味，游離著一點點菸草味，就像很久很久以前一樣。她喝了白酒，已經記不太清楚了，不過一會兒就陡然回神。他沉默無言，手腕依舊被她抓著，修長且骨骼分明，溫度卻很低。

付雪梨懊惱，指腹貼緊他的手腕輕顫，幾個荒謬的念頭在腦海裡轉了一圈。

許星純直直地站著，面色冷淡，依舊沉默著，沒有絲毫回應，也沒將手抽回。

「相對兩無言」……周圍的眼神越來越八卦。

「你回來怎麼不聯繫我？」她很快就恢復了常態，又咄咄逼人起來。

她抬頭面無表情地審視他，許星純彷彿與己無關，沒有動作。

周圍的光線昏暗，氣氛安靜，不少人紛紛暗中側目。片刻之後，許星純略有些嘶啞冷淡的嗓音響起：「我工作忙，以後有空再說。」

他有一雙很淺的雙眼皮，瞳色是溫柔至極的淺褐色，乾淨得不帶任何情緒。明明先天有著一雙笑眼，眼底卻覆著一層陰影。

等她放手，他微微點頭示意，看都沒看她一眼，頭也不回地推開門走了。

小王這才回過神，急忙跟上去，心裡暗暗佩服。

太可怕了！許隊這脾氣果然夠冷，夠清心寡欲！永遠都不忘記自己的人設，對待這種等級的漂亮女人真是十年如一日地絕情！

一股酸澀直衝鼻尖，付雪梨向來是一個愛面子的人，自小到大哪有被這樣對待過。低下頭，雙眼迅速泛起淚花。

她暗中咬緊牙，極力平穩、抑制住情緒，故作若無其事的模樣，心裡卻又急又氣。

靠！妝不能花。

不能哭。

老娘不能哭。

§ § §

快到住的飯店時，車緩緩停下來。唐心摸出房卡遞給西西，一邊交代這幾天的安排：「明天是新戲發表會，後天下午沒意外，Adis約好了來拍照。然後不知道幾號，反正這週安排一個晚上去敏行二號棚錄個綜藝節目。」

「通告這麼滿啊。」西西滿臉哀怨狀。

唐心白眼一翻：「滿？在這個圈子，妳還想閒？知道有多少人想踩著雪梨上位嗎！」

「還有妳，我跟妳說。」唐心調轉視線，拿著手機對付雪梨點了一下，壓低聲音警告道，「妳現在和何錄正在炒CP，我們誰也得罪不起，現在你們的粉絲熱度高，誰先出事誰就先擔著。妳注意一點，我不想看到妳和剛剛那個男人出現在微博熱搜，到時候有妳好受的。」

晚上洗完澡，付雪梨穿著白色浴袍，對著浴室門口的全身鏡吹頭髮。她看著鏡子裡面無表情的自己，赤裸的腳陷在柔軟的地毯上。

大腦放空。

西西在一旁收拾衣服，知道她心情不好，什麼話也不多說。

「妳交過男朋友嗎？」付雪梨走到床邊，撥拉著頭髮坐下，狀似無意地開口。

「男朋友？」西西把暖暖包找出來，放到床頭櫃疊放整齊的衣物上，「沒有，以前大學有過，後來就分手了。」

「喔，為什麼？」

「沒有為什麼。」

「那妳還記得他嗎，有聯繫過？」

「沒聯繫了，還記得。」

西西搖搖頭，沒有繼續這個話題：「對了，明天溫度很低，雪梨姊妳去拍照時記得貼幾個暖暖包，小心冷到了。」

時鐘指向淩晨三點，付雪梨推開玻璃門，趴在飯店房間的陽臺上，俯瞰這個城市的夜景。高矮交錯的樓幢，高層公寓仍然亮著燈，更遠處被淹沒在黑暗裡，黑夜像巨大無聲的容器。

看了半晌，她突然軟弱地想，或許……許星純的心裡在這幾年，依舊對她有怨恨。

念頭一起，火氣也被打了一個大大的折扣。

畢竟在一起那麼多年，和他分分合合。

付雪梨一直都知道，他們的感情都是許星純單方面的付出和強撐。而她，時而刻意疏遠，然後又拉回來，如此循環往復。

她向來愛自由，不喜拘束。快樂就是真的快樂，厭煩誰也是同理，很少掩飾自己。

當初說分手的是她，並且分手之後也過了一段自在快活的日子。直到在某次聚會上偶然得知許星純主動申請去偏遠地區的警察局技偵處工作，也許不再回來。

付雪梨從不以為意，到後來越想越不是滋味。

最後一氣之下，就順著家人的意出了國，也不知道是在跟誰賭氣。

她是個很後知後覺的人。其實在許星純走後很長一段時間裡，她都習慣性地以為他肯定會回來。從小到大都是這樣，不管她有多厭煩，不論如何傷害他，他總是留在原地，心甘情願地陪在她身邊。

在國外生活的那段日子很孤獨，語言不通，沒有什麼朋友。漸漸地，她開始不適應，不適應許星純徹底離開她生活的感覺。

這種感覺突如其來，卻緊巴著付雪梨，讓她第一次產生後悔的想法。

這些年，她甚至嘗試過主動聯繫他。可許星純就像人間蒸發了一樣，幾乎和所有人斷了聯繫。

提分手的是她，可是一聲不吭、狠心消失這麼多年的卻是他。

視線模糊。

她一邊抽菸，一邊用手背擦掉臉上的液體。耳邊有風聲、殘餘的雨聲，更多的是空蕩蕩的安靜。

回到房間，付雪梨掀開被子上床，擰滅床頭燈。這幾年日夜顛倒地拍戲，導致睡眠不規律，有了神經衰弱的毛病，很不容易入睡。

酒店窗簾的隔光效果好，房間裡黑漆漆地，一絲光都沒透進來。付雪梨閉上眼睛，不知過了多久，昏昏沉沉地，意識終於開始模糊。

她確定自己開始作夢了。好像回到那天晚上，和大學室友一起出去吃飯喝酒。喝多了，大家一起走，走在路上，走著走著，路變得越來越黑，室友不見了，只剩她一個。

她也不知道自己要去哪裡，不知道什麼時候停下，心裡只剩茫然。

然後，看見許星純。他在宿舍樓下等著，彷彿已經在那裡站了很久很久。

沒有聲音，帶著她繼續走。走過黑漆漆的隧道，身邊快速掠過光和影……她卻只能看到他的背影，無論她怎麼喊，他始終都不肯回頭。

最後，在臨市一中的校門口，許星純高高瘦瘦，膚色有潔白的寒意。他穿著多年以前藍色的舊校服外套，黑色運動長褲，沉靜清澈的少年感十足。

他在花壇邊等著，肩膀斜靠著黑色電線桿，輪廓清秀依舊。摘下眼鏡，閃爍的眼瞳微瞇起，對著她輕笑。

眼裡的愛慕到極致，溫柔又虛幻……

就像一片玻璃紮進心裡，輕輕一撞，撕裂般的痛。夢裡的眼淚突然湧現出來。

# 第二章 當時

於是她那天弄丟的髮圈，他撿起來隨身帶了十年。

會議室。

「許隊，今天這是怎麼啦？」中午就沒吃飯，一直忙案子到現在的邱志翔端著泡麵碗，一邊吃，眼睛一邊八卦兮兮地往洗手間瞄。

在他眼裡，許星純不僅外表的那副皮囊好看，重要的是人有內涵，平時做起事來無比專注認真。工作作風、態度和能力水準都是一流，除了話有時候略少，就真沒什麼缺點了。

但今天也不知道怎麼了，平時一向做事嚴謹、極少犯錯的人，彙報初次屍檢的時候居然破天荒地走神了幾次。甚至不得已，會開到一半暫停。

真驚人！

「妳知道嗎？」邱志翔轉頭問技術室裡檢驗痕跡的一個妹子。

講起八卦，大家都心態放鬆，當成辦案之餘的話題討論得興致勃勃，很起勁。

「不是，我說你們ＤＮＡ室的，有工夫在這裡八卦，現場分析的結果出來了是吧？比對結果出來了是吧？案子破了是吧！」林錦瞪了那群人一眼，咬著牙：「這案子是發生在鬧區的槍殺案，加上死者身分特殊，影響很惡劣，上面要我們在四十八小時內必須破案，你們一個個的還有心思聊天！」

其他人噤住聲，默默地點頭，溜回原位整理筆記本，準備幹活。

許星純捧起一把涼水，潑到臉上。關了水龍頭，他低垂著頭，面無表情地看著暗黑的大理石。雙手撐在洗手檯邊緣，任由臉上殘餘的水滑落，濡濕上衣。

有人不合時宜地咳嗽兩聲。劉敬波靠在旁邊，看著許星純。看他因為用力，已經爆出青筋的手背，以及明明極力克制卻壓抑不住的情緒。神情從揶揄到感嘆，他揚了揚下巴，「瞧你這副德行，那是誰啊？」

許星純目光沉沉地直視著前方。壓著氣息，一言不發。

「冷靜好了沒？」劉敬波不屑地冷笑，直接下結論，「就你這樣子，我一看就知道肯定是初戀。」

作為一名合格的刑警，最重要的就是有一雙善於發現的眼睛，在蛛絲馬跡裡尋找證據，從細節判斷真相。

就剛才付雪梨露面的第一眼，劉敬波看見他的神情，立刻確定——許星純一定對這個女人有很特殊的感情。

§ § §

付雪梨是在臨城讀國中。那個城市在馬路兩邊栽種著生長多年的梧桐樹，盛夏綠葉繁茂，寒冬枝椏交錯，覆上皚皚白雪。

她從小跟著叔叔付遠東長大，家裡有一個表哥。付家在臨市有點聲望，加上付遠東平時忙生意，對他們管教不嚴，兩人更加無法無天。她表哥付城麟從小學開始就在學校裡拉幫結派，翹課、打架，是個遠近聞名的惡霸。

而付雪梨從小長相出眾，又因為她表哥的緣故，她一直都是同學眼裡的「風雲人物」，下課被八卦的頭號人物。

因為經常和高年級及外校的人一起玩，別人都怕她，以至於她沒交過什麼正常的朋友。在國中同學和同齡人眼裡，對付雪梨的印象就是：家裡有錢不能惹、成績爛、經常有其他班的男生女生找——總而言之是個很壞的女生。

付雪梨在出道的第一部網路劇裡，演的角色就是一個太妹。完全本色出演，像老舊香港電影裡的不良少女，不染髮，只穿短裙，露出一雙筆直光潔的腿。戴著銀手鍊、紅繩、腰鏈、抽菸，一個人深夜晃蕩在紅紅綠綠的大排檔旁喝啤酒。

脾氣差得出奇，身邊卻從來不缺被迷得神魂顛倒的男人。

她把從小到大養成的張揚和不羈展現得淋漓盡致。不用刻意去演，就有一股渾然天成、天生放蕩的自由感。

那時候按照「江湖規矩」，壞學生不會主動去招惹班上的好學生，兩者都有自己的優越感和默認的交際圈，普通情況下是不會有什麼交集的。更別說付雪梨還是這群壞學生的領軍人物，一個常年在班上被老師批評的典型，更和乖寶寶們沾不到邊。

某一天中午第一節課上課前，廣播放著眼睛保健操。付雪梨戴著ＭＰ3的耳機，無所事事地低頭翻看漫畫，隱隱約約聽到身旁有一道低低的聲音：「借過。」

她啃了一口蘋果，把手上的漫畫又翻過一頁，眼角餘光看到一個人站在身旁。

付雪梨繼續專心看自己的漫畫。薄薄的紅嘴唇，嘴裡嚼著鮮嫩的果肉，雙腿翹起，雪白的手臂搖搖晃晃。

「能讓我進去嗎？」

直到那道聲音在頭頂又響起，她才扯下一隻耳機，慢吞吞地抬起頭，打量來人兩秒，有點不耐煩：「說啥？大聲點！」

他是昨天還是前天剛轉來班上的新學生。樣子一看就是個標準的好學生，面對她的不耐煩也不惱，措辭依舊溫和簡單：「我把書搬進去。」

十四歲那年，那天的教室裡，鬧哄哄的鈴聲響起，老師抱著考卷進入班級。許星純站在狹窄的過道，懷裡有一疊書。白皙的臉龐乾淨瘦削，剛剛抄完板書，指尖還有殘留的粉筆灰。

午後有風，帶著一點點溫暖的陽光，從他空蕩的白校服之間拂過。

秀秀氣氣的乖寶寶——這是付雪梨對許星純的第一印象。

但不知道為什麼，付雪梨總覺得以前在哪裡見過他。不過這只是一閃而過的想法，很快就被她拋到腦後。

坐在一起後付雪梨才知道，許星純還真的是一個很好講話的人，從來沒跟誰發過脾氣。不過和他坐有一點很煩，就是下課了，總會有人圍過來問問題。聽說他以前就是年級有名的學霸，也不知道為什麼突然轉班。

有時耳邊充斥著談論學術問題的雜訊，聽得付雪梨不耐煩了，就直接把人都轟走。

是的，付雪梨和許星純是完全相反的兩種人：她又懶，脾氣又差，最喜歡的就是欺負老實人，比如許星純這樣的。

有時他上課被點名站起來回答問題，她就悄悄拉開他身後的椅子，看他差點跌坐到地上的尷尬模樣，就捂著嘴咯咯地和周圍的人一起笑。幸災樂禍的樣子像隻頑皮的小狐狸。

後來次數多了，許星純已經習慣了。他能面無表情地答完問題，然後轉頭把椅子擺好再坐下。

又有時候，在他下課偶爾趴在桌上打盹時，付雪梨就猛地湊到他耳旁大喊：「——老師來了！」然後退回原位，欣賞他睡眼惺忪、半夢半醒間被嚇一跳的樣子。

那時候許星純臉皮薄，是個很正經的人，禁不起調戲卻從來沒對她發過脾氣，頂多就是拉下臉，悶頭寫作業，半天不理她而已。

時間久了，付雪梨覺得他其實沒有表面上看起來那麼無害，反倒是心思很多、非常自我壓抑的男生，但她也懶得花心思去探究。

那時候好學生有很多特權，想換座位也只要去辦公室一趟找老師的工夫。不過不管付雪梨有多過分，他一直都沒主動找老師換座位。甚至接下來一個學期，每次班上換座位都坐在她旁邊。

按照付雪梨那時候的猜測是，因為和她坐同桌，下課就會很少有人來問問題，許星純就能清淨地寫作業。

大家都怕她。

其實平心而論，許星純的模樣從小就很清秀，但不是女相，而是五官清晰，越長大眉眼越深沉冷靜。

那時，班上有女生喜歡拿小本子寫言情小說，裡面的男主角就是他。後來不知道那本本子怎麼傳到了付雪梨的手裡，於是她就在他耳邊，陰陽怪氣，一字一句地朗讀。

「那是一個較長的下課時間，剛做完廣播體操上來。許星純手裡拎著木製的名牌，經過我們班級的門口。他穿著一件藍色的校服外套，被光打出陰影的溫柔側臉顯得孤獨又帥氣……」

「許星純湊近，薄削的嘴唇慢慢挨上她的臉頰，呼出的氣息燙得人心慌。性感的喉結上下滑動──」

一字一字，最後要讓許星純羞得面紅耳赤，終於丟下寫作業的筆，抬手將耳朵死死捂住她才肯甘休。

雖然總是欺負他，但偶爾付雪梨還是有點責任心。比如，默認許星純是她罩的人。

而且在學生時代，像許星純這種品學兼優、每次都站在主席臺上作為學年代表講話，規矩地穿著校服，乾淨又溫和的男生，對這個年紀的女生都有一種特殊的吸引力。

不知道什麼時候，他就被別班的一個女混混看上了。

那天放學後，教室裡只剩下許星純一個人值日。他剛擦完黑板，手裡還拿著板擦，在講臺上被那群人團團圍住。

別班的女孩染著淡黃色的頭髮，帶著自己高年級的哥哥，逼許星純答應當自己的男朋友。

「當我男朋友嘛，你不說話，我就當你答應嘍。」女孩仰頭，湊近了，笑嘻嘻地去親他。

卻被許星純躲開。他不應聲，低垂著頭，神情淡然，臉上沒有一點笑容。對她的話置若罔聞，彷彿與他無關。

「嗄，你是啞巴啊，想挨打？」

一名高年級男生看他一直不作聲，非常不爽，伸手去推他的肩膀。旁人正大聲起鬨時，教室門突然被大力踹開。

門猛撞到牆壁上，又被反彈回來。匡啷幾聲巨響，劇烈地震動。付雪梨挽起袖子四處找東西，順手掄起靠著牆角的掃把就往人堆裡砸，同時對那個動手動腳的男生罵道：「你神經病啊？打誰呢！」

那個傍晚，夕陽西下，她就像電影裡關鍵時刻突然出現救場的英雄，逆著光出現。許星純看呆了，緊緊抿住的唇角放鬆了下來。

那一群人都傻了，被付雪梨的氣勢嚇住。幾秒鐘後，才有人後知後覺地認出她。女混混自然也認識她，雖然心裡不爽卻自問惹不起，只能賠笑道：「怎麼，雪梨姊，他是妳男朋友啊？」

付雪梨大步上前，把許星純從人堆裡拽出來，劈頭蓋臉地就凶回去：「滾妳媽的狗東西，誰是妳姊！」

雖然氣勢洶洶，但是畢竟對方人多勢眾，現在不好硬碰硬。她不由分說就拽著許星純就走，噔噔噔地跑下樓。校園裡人漸稀少，廣播裡放來楊千嬅的粵語歌。

一吻便偷一顆心，一吻便殺一人……她愛熱吻卻永不愛人……

時值傍晚，天色漸暗。兩旁的樹木枝椏交錯，在路上投下晃動的光影。

不知道要走向哪裡，身上什麼也沒帶，許星純能清晰地聽到自己心臟跳動的聲音。他就那樣聽話地讓她牽著手腕。

就這樣多好，不知道去哪裡，就兩個人，多好。

付雪梨氣鼓鼓地，腳步飛快，腳下就像刮起了小旋風，扯得他踉踉蹌蹌。

她一路上都在滔滔不絕，恨鐵不成鋼地數落：「你說你怎麼這麼蠢？直接拒絕然後跑掉不就好了！他們敢拿你怎麼辦？你倒好，非要傻呆呆站在那裡，真的要當別人男朋友啊？今天要不是我回教室拿東西，你打算怎麼辦？」

他沒吭聲。

付雪梨停下腳步，轉頭看他：「你怎麼不說話，傻了？」

「謝謝妳。」幾秒後，許星純竟然笑了，聲音低沉，啞著嗓子。

伸手不打笑臉人。

何況他無辜又安靜的模樣，笑容還有種說不出的好看。

「你還笑得出來！」她依舊氣哼哼地，但火氣已經消了大半。繼續往前走，又想起什麼，回頭狐疑地看了他幾眼。

好像也沒什麼特別的啊，除了聰明一點，怎麼就這麼招女孩子喜歡呢？一個接一個地，真是想不通……

她在心裡暗自納悶。

許星純察覺了，臉部繃緊，移開視線，避開她的眼睛。然而，出汗的手卻不經意地握緊她。火紅的晚霞中，少女白衣黑裙，眼睛明亮，肌膚如花瓣一般潔白芬芳，黑髮隨意披散而落，像光滑的絲緞。

有人小聲地說了一句話，付雪梨沉浸在自己的世界裡，當然聽不見。

好像也不想讓她聽見。

於是她那天弄丟的髮圈，他撿起來隨身帶了十年。

§ § §

網路上曾流行過一句話：夢裡出現的人，醒來時就應該去見他。

本來付雪梨一直覺得這句話很非主流，可不知道怎麼的，今天總想起這句話。念頭一起，連灰鏞的雜誌都拍得不在狀態。

和她搭檔的是當紅流量小鮮肉，長相陰柔，走中性風，女粉比較多，私下也喜歡擺架子。付雪梨不喜歡這種類型的男人，但現在小女生就是喜歡。

此時小鮮肉抱著吉他，用半生不熟的手法撥弄琴弦。比她還尖的鵝蛋臉上掛著標準的柔情蜜意，只是妝感太厚，曝在強光之下就略顯油膩。

付雪梨和他面對面坐在椅子上，沒來由地覺得反胃，渾身都不自在。她將下頜揚起一個角度，順勢撇開眼睛。

旁邊的乾冰機在簌簌冒出白煙，攝影棚裡鎂光燈一閃一閃。助理端著水杯、拿著外套在一旁等著，化妝師等著拍攝間隙上去補妝。

攝影師 Jony 穿著低腰皮褲跪在地上，一手端著相機，另一隻手對兩人揮動，示意兩人靠近點，開玩笑道：「小梨子，表情 sweet 一點嘛，放鬆放鬆，我們找一下戀愛的感覺好嗎？妳這表情是看著仇人嗎？」

付雪梨抱歉地笑了笑。她原本就是作為模特兒出道，雖然不在狀態，但面對鏡頭也能反射性地展現出 Jony 想要拍的感覺。

喀嚓——

喀嚓——

她一直走神……一直走神……

持續到她排練完某一期綜藝節目的開場舞，然後站在警察局門口。

這些都不重要，重點是，她不知道自己來這裡幹嘛……還翹了飯局，一個人偷偷溜出來。

連馬上要錄的綜藝節目開場臺詞都背得半生不熟，還有閒工夫跑來這裡。

過了好半天，付雪梨才想起自己沒有許星純的電話。

今天也不曉得中了哪門子的邪，作了個夢，想見許星純的念頭越發強烈。

也不知道他今天在不在這裡。明明前幾天才見過，熟悉的大樓就在視線內，她就是踏不出那一步。

門口白色小崗亭裡的警衛已經注意付雪梨很久了，甚至開窗警告她沒事別在警察局門口亂晃。她戴著口罩、黑色鴨舌帽，長風衣裹得身上嚴嚴實實，從脖子幾乎遮到腳踝，打扮異常得很，行為也很鬼祟。

又來回走了幾步，付雪梨踏上一邊的臺階數數跳跳。

走……

不走。

走……

還是不走。

到底他媽的走不走呢？

靠！算了，來都來了……

她心煩意亂地扯下口罩，從口袋裡摸出一支口紅。路邊有一輛貌似停了很久的白色奧迪，她左右看看，確定周圍沒什麼路人後靠過去，俯下身對著倒車鏡微微張口，仔細地補起妝來。

剛塗了下嘴唇，車窗突然徐徐降下，露出車主的臉，嚇得她一個手抖。

許星純坐在駕駛座上，一隻手還搭在方向盤上，臉上沒有過多的表情，對上她的眼睛。氣氛尷尬得讓人心裡發慌。

付雪梨的心理素質一流，臉皮也厚，只不過僵硬了一秒就若無其事地直起腰，將上下嘴唇的口紅抿勻。

穩穩地站好後，又裝模作樣地歪頭，緩慢地擰好口紅，蓋上蓋子。整個過程淡定無比，像個沒事人一般。

很久以前，她表哥付城麟就跟她說過，當你尷尬的時候，最重要的就是面無表情，讓別人察覺不出你的尷尬。

比誰都要淡定，那你就贏了。

於是付雪梨慢條斯理地拿出面紙，抽出一張，又彎下腰，對著倒車鏡梳頭髮，順便沿著唇線擦拭口紅印。

整個過程裡，許星純一言不發。

她眼皮略拉下來，眼角餘光斜過去，視線滑過他的頸、喉結，然後問：「這是在路邊，你違規停車了吧？」

「……」

「不讓我上車？」知道他不會開口邀請，她只好主動問。

許星純充耳不聞，就在車裡坐著，眼神微冷，也不回答。今天還是穿著工作服，性冷感的白色大褂，裡面是一件黑色毛衣，乾淨整潔的白襯衫從領口露出。擁有成熟男性的英俊沉穩，全身上下除了手腕的一隻銀色機械錶，沒有多餘的裝飾。

行！風水輪流轉，有什麼大不了的！忍就好了嘛！

心裡想著，付雪梨忍著火氣，繞去副駕駛座拉車門。拉幾下發現拉不開，她有了脾氣，手腕帶著身體晃，又猛拉幾下。

她太用力，車門都快被拽下來了還是拉不開。

等了一會兒，車門一點也沒有打開的跡象。她從原路繞回，停在許星純面前，氣得胸口一起一伏。她的髮尾最近染成暗青色，由於動作幅度大，馬尾畫出一個弧線，從身後甩到肩前，「許星純，你什麼意思？」

真把自己當大爺了？

怒火令她失去了理智。付雪梨猛地摘掉頭上遮擋視線的鴨舌帽，微昂起下巴。儘管傾身彎著腰，依舊是一幅居高臨下、仿若審視著人的模樣，像極了高傲的白天鵝。

短促地沉默了一下，許星純並沒有退讓。他只是語速緩慢、幾乎一個字一頓地問：「妳來這裡幹什麼？」

不知道是不是時間隔得太久，她第一次覺得和許星純交流這麼困難。想了半天才困難地找出一個蹩腳的理由：「我不幹什麼，我就找你敘敘舊行不行？」

許星純嘴唇緊閉，轉過頭，目光從她身上移開，渾身上下寫滿了「拒絕交流」四個字。

她在許星純面前早就習慣自己是被迎合的一方。話說回來，無論在誰面前，付雪梨都沒這樣低聲下氣、小心翼翼地說話過。

明明很不喜歡這種自取其辱的感覺，又控制不住自己。然而，就算這麼拉下臉來講話，忐忑地斟酌一言一句，許星純卻始終沒有任何反應。

付雪梨手無聲地捏緊，強顏歡笑：「至少我們還是朋友吧。」

許星純直視著前方，目光淡淡的，側臉線條如削，透著一股冷漠的疏離感。

是的。很久之前付雪梨就隱約感覺到，許星純遠沒有表面展現得那麼無害。他特別能忍，平時看起來和正常人一樣，其實性格極其敏感，骨子裡記仇得很，對他覺得不重要的人毫無同情心。

就像現在這樣。

不管她熱臉貼冷屁股貼得多難堪，他一點都不會動容。

還真是公平啊，許星純現在真是先苦後甘了，是要把以前受的氣全討回來？

付雪梨內心翻騰，準備好的話又咽了回去。胸口那團微弱的火苗猝然竄高，她把手裡捏著的紙團使勁衝他丟去，不偏不倚地正好砸中他的腦袋。

紙團彈了幾下，從他頭上掉到膝蓋上。

付雪梨死死盯著他，不依不饒：「你是在怕我？不然躲什麼？」

「這裡不是妳該來的地方。」許星純目不斜視，手抓著方向盤，關節發白。車窗緩緩升上去，車子發出啟動的聲音。

付雪梨差點沒氣暈過去，街上響起她氣急攻心的暴喝：「走吧，你今天敢走，你就永遠不要——」

直到車緩緩駛去，紅色車尾燈亮起。她眼睜睜地看著遠處，「見我」兩個字鯁在喉間。警察局門口的欄杆緩緩抬起，白色奧迪轉彎，漸漸加速，消失在視線裡。

她這是被許星純討厭了？

付雪梨站在路邊，車來車往，久久才回過神。她咬牙緊捏著手機，深吸一口氣，氣得要死。剛剛就應該用高跟鞋踹他車子一腳，然後一走了之！最好踹出一個洞！

自己真是腦袋被驢踢了，有毛病才想過來找他！

§　§　§

解剖臺上，燈光慘白。老秦洗好手，從操作臺上拿起一副橡膠手套戴上。

老秦曾經是地區刑警的一把手分隊長，後來調上來，在前線有十幾年的工作經驗。只是年紀大了，後來退居二線。平時悠哉悠哉，通常都不幹活，就負責彙報工作給上司長官聽，順便幫年輕的同志排憂解惑。

聽到身後的腳步聲，許星純合攏五指，把手掌心裡的東西收起來，放進口袋。

「你看著一團紙研究什麼線索呢？看得這麼認真。」老秦眼利，早就看到他剛才拿在手裡的東西，半開玩笑。

許星純身體微微前傾，手上握刀的動作不過停了幾秒，沒出聲。

「很忙吧？我看你最近的案子不少。」老秦找了一張椅子坐。

「還好。」

「打算什麼時候回去？」

許星純搖搖頭。

老秦看他三緘其口的樣子，便不再問下去。心裡了然，現在就算是長官來了，恐怕許星純也不會彙報行蹤。

許星純不言不語幹活的時候，老秦又有意無意地提了一句：「我最近聽到的閒言碎語不少。這人啊，過於情緒化，很容易失去準確的判斷。所以呢……尤其是你現在身上負擔重，淡化自身感情，對工作還是很需要的，這也是生理和心理的一種防禦機制啊。」

「注意身體啊，許隊，最近抽菸頻率偏高喔。」老秦的話意味深長。

§　§　§

淅淅瀝瀝下雨的週末，本來適合在家睡覺。可此刻付雪梨的眼睛下方黑眼圈濃重，微瞇著眼，任化妝師拿著粉刷在她臉上定妝。

她昨天喝了一整晚的酒，現在硬撐著沒吐。

「最近很辛苦吧？看妳精神狀態不好。」化妝師扶住付雪梨的肩膀看了看，滿意地點點頭，然後用手微抬她的下頷，示意往鏡子裡看，「嘖嘖，看看大美人，完工啦。」

鏡子裡的女人酥胸紅唇，面孔清絕美豔，一抹露肩桃紅色洋裝上肌膚盛雪，像寶珠發出的光一樣。清純裡帶點妖，柔而不媚，舉手投足之間自有一股驚人的風情。就算是百花爭豔的演藝圈，這等精緻的長相也屈指可數。

聞言，付雪梨只敷衍地掃了一眼，笑笑，拿起桌上的手機查消息，順手拆了一包糖吃。

上這檔綜藝節目的目的其實就是配合宣傳即將上映的新電影，炒炒熱度。臺上一大票人依照慣例和主持人互動，付雪梨有哏拋過來就接。反正不是女一，她也不刻意去搶風頭，就安安靜靜地當個背景。

但是就算想當個背景，也有人讓她過得不安逸。因為之前參加的一檔真人秀，付雪梨和何錄的CP當下炒得正紅，此刻正不停被主持人拿出來調笑。

就為了那點破收視率……

付雪梨表面上笑著，打哈哈假裝聽不懂。她真的不是故意敷衍裝傻，只是旁邊站著的明赫琪白眼翻了有一萬個。

其實明赫琪和何錄的事，大半個圈內人都知道，就是不能拿到檯面上說。這時候，緋聞女友和正牌女友站在一起，主持人還在一個勁地逗弄付雪梨，真心實意地要尷尬死人。

全程付雪梨都忍住火，應付著答完問題，不理會何錄的事。她想著終於進入遊戲環節，卻沒想到一開始就要兩個女嘉賓站在不倒翁上互推。

付雪梨整理好剛換上的運動服，把麥夾在領口處，比個手勢示意自己好了。明赫琪臉上笑意漸深，扭頭也對後控點頭。

兩人都是力氣不大的女人，這種公共場合的遊戲，付雪梨攤開手，配合著小打小鬧，你來我往輕輕地試探。

臺下有觀眾開始喝彩起鬨。

付雪梨看了看身後，突然感覺有力氣往這邊推，下意識地後退了幾步。突然，明赫琪尖叫一聲。她一回頭就看到明赫琪失去平衡，以橫摔的姿勢倒下，膝蓋先著地，撞擊到地板上，發出沉悶的一聲聲響。

心裡咯噔一下，她下意識地對上明赫琪的眼神。後者眼裡已經沁出淚珠，顯得十分羸弱，只是目光落到付雪梨身上時，掩蓋不了地閃過一絲憎惡。

周圍的人紛紛跑過來察看情況，付雪梨心裡罵娘，背後沁出一層冷汗，也立刻從不倒翁上下去。

現場出了狀況，一片混亂，不得已暫停錄製，一切都落入角落裡的攝影機中。

明赫琪休息了半個小時，小小插曲後，節目重新錄製。又玩了兩三個遊戲，氛圍很快又被炒起來。中途來了一個素人嘉賓，在普通人裡算是漂亮的，但站在一群明星旁邊一比，高下一下子就出來了。

第四個環節是所有嘉賓坐在一起，一個個掀牌，說真心話或大冒險。輪到付雪梨，她真不想玩了，沒什麼猶豫就選了真心話。

只有兩道題，反正能亂說，比玩大冒險省力氣。

主持人掀開題目牌：

1.學生時代喜歡過什麼樣的男生？

2.年輕的時候有沒有做過什麼瘋狂的事？

問題很曖昧，一下就在現場引起騷動，場內所有人的目光都落在付雪梨身上。她屈起手臂，麥克風抵著下巴歪頭，紮著馬尾，模樣又俏又美。

學生時代？

在鏡頭前，付雪梨皺起眉，想得入神了。

這種問題……能聯想到的，好像只有許星純了。

在她的印象裡，許星純其實不太喜歡笑，總是沉默。因為成績好又是班長，特別受到同學和老師歡迎。他身上總有一種孤獨的感覺，游離於眾人之外，反正是特別冷感的脾氣。

「雪梨還沒想出來？」主持人笑問，勉強喚回付雪梨的神。

她喔喔兩聲，做出思考的樣子，短暫沉默後特別誠懇地說：「我啊，喜歡過一個比較內向的學霸。」

坐在旁邊的人一時間還以為自己聽錯了，一個人接話調侃道：「嘖嘖，妳居然喜歡這種類型的！看不出來啊。」

「那你覺得我應該喜歡什麼類型的？」付雪梨轉頭，和他蹙眉互望。

那個人答：「狂野型。」

現場氣氛熱烈，主持人節省時間，又問了第二個問題。

付雪梨因為第一個問題，腦子裡還在想關於許星純的事。她稍稍抬眸，慢慢地說：「有，以前替一個男生過生日，我感覺還滿刺激的。」

主持人貌似很感興趣：「哦？能具體說說嗎？這很浪漫啊，有什麼瘋狂的？」

付雪梨很坦然地拒絕，「以前年紀小比較混，還是別說出來帶壞小朋友了，不然到時候熱搜頭條就是我了。」

她生性桀驁，哪怕成了公眾人物，也從來不掩飾自己不良少女的過去。

主持人不強迫，打哈哈帶過去，繼續向下一個人提問。身邊的人因為這個環節的題目都開始回憶起讀書時候的趣事，棚內一片歡聲笑語。付雪梨隨後話少了，漫不經心地聽其他人分享，腦子裡卻閃現舊日場景。

高中那時，身邊都是像宋一帆、謝辭那樣的狐朋狗友。大家無所事事、不學無術，開開心心地虛度光陰也不覺得浪費。

有一次是謝辭在操場幫許呦過生日，一群人聞訊趕到，玩到後面都鬧起來了。大家都知道謝辭追這成績特別好的轉學生費了不少力氣。謝辭脾氣不好，平時大家都不敢隨便調笑兩人，現在難得碰上這樣的好機會，哪肯輕易放過。

他們把許呦圍起來困在中間，非要逼謝辭親手往她臉上砸蛋糕，說是這樣才有氛圍。

許呦雖然無奈，但也好脾氣地笑著，不想掃大家的興也沒有拒絕，就站在原地等著。

謝辭吊兒郎當站她面前來回晃悠，手裡托著蛋糕，一會兒看看她的臉，似乎在研究往哪裡砸好，一會兒嘴裡還笑著：「許呦妳不反對，我真砸了喔？別哭喔！」

許呦敷衍地回應，餘光看到謝辭迎面揚起了手，還是怕得反射性地閉上眼。

等了半晌，突然聽到周圍的人笑翻了的聲音。

「哇靠——辭哥厲害啊，辭哥！」

「我靠，兄弟你瘋了吧？哈哈哈哈哈……」

許呦沒有等到預料之中的惡作劇。她睫毛微顫，有些迷茫地慢慢睜開眼。

旁人在笑在鬧，全在跟著起鬨，操場後的天邊，雲似火燒。

站在面前的謝辭，俊臉上沾滿了奶油，懶懶洋洋，隨意地一手插著口袋看著她笑。

他扔掉另一隻手裡剛砸在自己臉上的盤子，滿眼戲謔的笑意，微彎腰湊上去，眼睛垂下看她，對耳後吹了口氣，「老子捨得碰妳？」

這件事在整個學年引起了躁動好一陣子，大家紛紛吹噓怎麼幫戀人過生日。

許星純和付雪梨在一起很低調，周圍知道的人不算多。她看他們講得很開心，酸溜溜地，一句都插不上。接著就反思了一下，自己似乎一直以來對他很不關心……

剛好快到許星純的生日。那一天放學，付雪梨突然想起這件事，坐在座位上喊許星純：「喂，許星純，跟你說一件事。」

她指了指自己，然後打個響指，大咧咧地道：「今天晚上，我幫你過個難忘的生日。」

許星純正在為別人講解題目，握著筆愣住，顯然出乎意料。

好一會兒才點點頭。原本還想問什麼，想了想，還是沒開口。

付雪梨在班上很少主動找他講話。

旁邊的人驚訝了，偷偷看他，小聲問：「班長，你今天生日啊？」

「嗯。」

「那……你和付雪梨是什麼關係啊？」

這個問題最終沒得到答案。

其實那個生日說起來也沒有什麼難忘的，甚至稱得上亂七八糟。

本來白天還好好的，夜晚十點多，突然下起了一場意外的秋雨。

高三的晚自習結束，校園裡燈光寥落，非常安靜。付雪梨只是煩惱了一會兒，就果斷拉著許星純，帶他從女生宿舍的後門翻牆。

她在地上隨便挑揀平滑的石塊，疊上去放好，俐落地踏腳一翻。

微微細雨打濕兩人的頭髮和外套，路燈昏暗。在前面帶路的付雪梨活力滿滿，不時探出頭看是否有拿著手電筒在校園裡巡邏的警衛。

許星純看她的背影，垂下眼睛，笑了。

後來被她帶到教學大樓前廣場的升旗臺上。付雪梨居高臨下站在臺階上，左顧右盼，按上他單薄的肩胛骨，認真囑咐：「你就待在這裡別動，我馬上來找你。」

許星純反手扶住她手臂，怕她不小心跌倒，溫和地提醒：「妳跑慢一點，路滑。」

他站在一圈燈光下，滿眼的笑意，右臉頰有微微凹下去的酒窩。

「來來來，你就這樣站好。」付雪梨調整他站的位置，手指著對面，「面對教學大樓，就這樣，好了，別動。」

他臉頰瘦瘦的，夜色中一直都靜靜看她，眼裡有讓人看不懂的東西。

「付雪梨。」

許星純收斂起笑容，輕聲喊她的名字，讓人怪害怕的。付雪梨向後退兩步，莫名所以，「幹嘛？」

她每次被他這麼盯著看，背後都覺得毛毛的，渾身濕濕冷冷不舒服。付雪梨不耐煩，驀地推了一把許星純，覺得手被他捏得有點痛：「你放開我，我馬上回來。」

「嗯。」許星純嘴唇繃緊，壓低的聲音有點啞，藏著掩飾不住的感情。他答應完就鬆開她的手腕。

付雪梨一溜煙跑了。

幾分鐘以後，校園的廣播裡突然響起激昂的運動員進行曲，而後又馬上切換成生日快樂歌，甚至驚醒了學校裡已經入睡的住宿生。

深夜裡，耳邊雨和涼風簌簌，空蕩蕩的校園裡突兀地響起古古怪怪的歌。

突然，很突然地，教學大樓四樓黑暗的長廊一盞一盞地依次亮起燈光。許星純聽見了動靜，心一動，聞聲抬頭。落入眼裡的畫面，剛剛好，一分一秒不差。

教學大樓頂樓有五彩繽紛的煙火陡然綻放！

細碎的彩光墜落，像燃燒了半邊的夜空，將另一邊暗夜照得透亮。緊接著四樓唰唰——一條「生日快樂」的紅色長幅刹那間隨風展開！

「許星純——」

遠遠地，付雪梨大笑著喊他，拿著喇叭，趴在長廊邊沿的欄桿上揮手，既高傲又瀟灑。她開口，帶著涉世未深的肆意，呼喊聲幾乎劃破半個升旗廣場，被風帶著傳到他耳邊。

「——今天生日快樂嗎！！」

要如何形容這份感覺？

在看到這畫面的瞬間，許星純抬頭靜靜看著遙遠的她，就在那一刻，心臟從高樓重重砸下。

§ § §

「祝他生日快樂？妳還真是誇張。」唐心坐在車上，聽了嗤嗤地笑，忽然評論。

片刻後，付雪梨停止傾訴。

「不對。」唐心改口，「妳是……膽大包天，浮誇。」

「對了，妳和那些放煙火的朋友後來被學校處分了沒？」唐心好奇地問。

停了片刻，付雪梨哼了一聲說：「我們從小被處分到大，還在乎這個？」

唐心低頭玩手機，囑咐她看看劇本，琢磨角色。她唇角的笑意尚未收起，自顧自拿著手機刷微博。

付雪梨揉著太陽穴，漫不經心地翻開劇本，才心不在焉地看了兩段，耳邊驟然響起驚呼。唐心歪過身子遞手機給她，興奮得音調上揚：「喲喲喲，妳看，剛剛還說起他呢。」

話音未落，付雪梨眼睛一瞥，看到一個醒目的標題：

『女子遭殺害，兩天之內，男嫌犯落網。』

她一把搶過手機，點進去看，新聞晨報的官方微博位於即時熱門第一位：

四月九日晚上九點時許，申城金涼區人民公園北甯西路發生一起持刀殺人案，嫌疑人作案後攜凶器迅速逃離現場。據警方消息，嫌疑人於十日傍晚遭到逮捕。

配圖有幾張照片。

一張很眼熟，是當時雨夜，被警方控制的案發現場照。第二張是幾個員警圍在一起，對著電腦指指點點。至於第三張圖……

目光觸及後猛然一愣，雖然只有半張側臉，但付雪梨一眼就認出是誰。

「嘖嘖，沒想到上熱搜了，現在的警察好厲害。不過，最近這種通稿怎麼這麼多？弘揚社會主義嗎……」唐心笑出聲。

這篇稿子開頭先介紹了前幾天轟動一時，在微博上了熱搜的鬧區女屍案，又著重表揚了警察如何快速破案，高效率保護人民群眾安全。採訪稿和總結都非常形式主義。

什麼法網恢恢疏而不漏，他們執行國家和人民給的使命，背後承載的是公平和正義，傳播著正能量……

付雪梨沒耐心看，一目十行，跳到最後：

『值得一提的是此次破案有功的一位傑出刑警，因曾在X南破獲過一起大案，現在於某市警察局刑警大隊技術中隊擔任法醫，兼任刑警大隊緝毒中隊長。

據同事所說，平時作為法醫兼刑事技術工作者的他工作量非常大。除了休息，其他時間基本上都待在實驗室。每天至少工作十個小時以上，非常地敬業。』

付雪梨退出來，又想到什麼，皮笑肉不笑地點開第三張的側臉照片仔細看。

男人坐在辦公桌前翻閱文件，身上整潔的警服板板正正，肩章閃閃發亮。

他沒笑容的時候，氣場全開。臉頰瘦窄，冷冷清清的氣質一流，簡直就像專門請來拍攝禁欲題材的氣質男模。

底下的評論果不其然「炸」了，熱評前幾條都是：

『這是在拍電視劇嗎！！一個警察居然這麼帥，完全是初戀臉啊，真的被甜到了……』

『就我膚淺……所以……不知道圖三的警察叔叔有微博嗎？（期待）（期待）（期待）』

『雖然是職責範圍之內，但是還是想給這位帥警察點個大大的讚！』

『明人不說暗話，請這個小哥哥立刻馬上和我發生關係（狗頭）』

『這是我在微博上愛上的第五百六十七個男人……』

『不是刑警嗎？不懂為什麼不幫臉打馬賽克，不怕被犯罪分子報復嗎？會很危險吧？』

目光觸及這條評論，付雪梨後背一冷，臉色立刻難看起來，憂慮道：「不對，許星純這張照片怎麼能放出來？人身安全會不會受到威脅啊？」

唐心的目光在她臉上停留片刻：「妳這些年在演藝圈都白混了？」

「什麼？」

「記者該採訪什麼，能採訪什麼，能發什麼，肯定全被宣傳部門限制死了啊，妳看到的也就是通稿處理後的版本。總之所有可能踩地雷的地方，全部都會被打招呼，發出來的圖片沒打馬賽克，那就說明官方沒有要求打馬賽克，人家警察蜀黍的警惕性比媒體人高多了。」

付雪梨半晌不說話，把那張照片點開用縮放看來看去。

「別看了，說不定等等就刪了，留不久的。妳把手機快還我，想看照片自己拿手機看唄！」唐心皺了皺眉，低聲問：「妳這麼關心人家，人家還記得妳嗎？」

付雪梨瞬間斂去臉上的神情，放下手機。她轉過頭，臉色難看起來：「妳是什麼意思？當初——」

說到這裡，莫名又想起前幾天的糟心事。她心裡還在氣許星純的冷淡態度，便沒心情再說下去。

眼看著她脾氣又起來了，唐心擺手打斷，冷笑道：「反正這幾年我也看透妳是什麼人了。都過去這麼多年了，妳就老老實實、一心一意地發展妳的演藝事業，也別去招惹別人。」

「怎麼樣，我是什麼人？妳倒是說來聽聽。」付雪梨不服氣又心煩，點起一根菸，煙霧嫋嫋。

「俗人。」唐心沒好氣地說，隨手按下車窗，「對了，我跟妳說，這次陳剪秋也要去試吳導的鏡，人家擺明要噁心我們，妳給我爭點氣。這部片是我們公司競標到的，妳要把握住這個優勢。」

陳剪秋說起來和付雪梨頗有淵源，這個人當初是她手下的助理。長相倒也很不錯，整型過，後來藉機勾搭上圈子裡的一個老闆，跳槽到了別家公司。換個身分，包裝了一下就出道了，去年因為一部大紅的古裝偶像劇一躍躋身流量小花之列。

不過，演藝圈裡這種事也司空見慣，倒是不用介意。想紅的漂亮女人可多著，普通人哪裡來的捷徑可走？愛乾淨的還混個屁。但重點是，讓陳剪秋大紅的那部古裝劇是從唐心手裡橫空搶到的資源，這就不地道了。

於是這份暗仇就此結下。

§ § §

『人生有八苦：生，老，病，死，愛別離，怨憎會，求不得，放不下。』

這句話印在臨時劇本的封面上，是圈裡一個大導演的新戲《破曉》。這部片是根據九〇年代轟動全國的一起緝毒案件改編的主流大片。題材比較敏感，拍攝方這次和警方有合作。更準確地說，是警方招標，投入拍攝的。

投資方找到這次的導演，把整理好的資料悉數交給他，籌備了一兩年，選角之前反反覆覆地開會，換了十幾個劇本給警方審查，票房若沒意外，保底五億。之前就有風聲傳出是塊絕世好餅。

曼德飯店三十七樓，付雪梨又大概看了整個故事，主流的商業大片，其實女主角的戲分並不多。無聊之際環視房間，三五個劇組工作人員搬著攝影器材，陸續敲門進屋，還有圈內幾個眼熟的記者在旁抽菸等待。

這是最後一場女一的角色甄選，要和已經定下來的男一號江之行來場對手戲。

江之行出道早，多年來只在大螢幕上出現，但一點架子也沒有。夢中情人的一張臉，擔得起國民男神這個稱號。除了一副好皮囊，演技也精湛，前幾年又拿了金馬獎的最佳男主角獎，近來風頭正盛，聽說上一部戲開出的片酬已經達到八位數。

不記得是哪次頒獎典禮，付雪梨第一次見到江之行本人，心裡就覺得很怪。五官也挑不出毛病，但就是看哪裡都彆扭。

腦海裡好像在轉瞬之間忘了什麼重要的東西，讓人非常在意。

她坐在臺下，看著江之行在領獎臺上說獲獎感言。身後是大螢幕，輪番滾動著近期他主演的作品。江之行身高腿長，穿著規矩的黑西裝、白襯衫。他微低頭，手扶住麥克風，眼睛很漂亮，平時看著寡淡，笑得很淺卻眉目隱約含情。

盯著他的臉看了又看，付雪梨收回視線，終於想起來他像誰了。

「雪梨，妳看一下第三段的戲。給你們幾分鐘醞釀，然後妳和阿行試一下，找找感覺，可以的話今天一起開個會，差不多就定下來了。」導演戴著白色棒球帽從沙發上站起身，把劇本捲起來握在手裡，房間裡就剩下幾個劇務。

付雪梨也不知道為什麼會被這位大名鼎鼎的導演看上。這部片是大資源，第二次複試時她甚至沒說幾句臺詞，導演就喊停，並且篤定地說：「付雪梨是嗎？我們看過妳的資料，覺得妳很適合這個角色。」

付雪梨真真實實地受寵若驚，除了帶資進組，這還是第一次這麼順利地通過選角。出道以來，她基本上沒有接過什麼非常正面的角色，戲路很窄，以至於到現在觀眾緣很差。這次能接到這種等級的片，可把唐心樂壞了，同時心裡也沒什麼底。

這部片的女主角成橙，年少時就是付雪梨的複製版。兩人相差無幾，使壞基因都一模一樣。

成橙有一個非常痴心深情的青梅竹馬，即這部片的男主角李棋炎。

一個是性格叛逆的女法醫，一個是正義的刑警大隊緝毒中隊長。

「這一段感情戲呢，成橙還沒有喜歡上李棋炎，妳回想一下生活裡有沒有追妳追得很殷勤的男人，妳其實很厭煩這種緊迫，但又對他有點感情。」

場地正在準備，導演在有耐心地為兩人講戲：「而阿行，你正好相反，你的感情戲就比較複雜了，你要記住，李這個角色非常寂寞自負，表面很優異，其實孤獨敏感，性格內向，所以他對成橙的感情是熾烈濃郁的，熱切和渴求卻得深深藏起。重點是不動聲色，不能表現得太明顯。雖然我們拍的是動作片，但愛情戲也是個不能缺少的一部分，觀眾喜歡的你要把握住。」

有人搬上道具，放在房間中央。副導翹著二郎腿坐在沙發上，喊下Action，另一邊有工作人員舉著打光板。

屋子裡的目光聚集在兩人身上。

「問你啊，你為什麼總是跟著我回家，煩不煩啊？」付雪梨想了想，懶得掩飾了，轉過身直接入戲。她知道用什麼語氣對付他，什麼表情，甚至連眉尖蹙起都惟妙惟肖。

攝影機的紅燈亮著，在場的人都默默屏住呼吸。

江之行單手屈起放在辦公桌上，手拿著一支鋼筆，低頭在翻一本無形的卷宗。過了半天都沒回應。

「喂，我問你話呢！李棋炎！你啞巴啦？你再這樣，我就去申請調職！」

「妳的檔案已經交接完了，以後好好工作。」男人富有磁性的嗓音淡淡響起，丟掉手裡的筆，無形之中形成一股氣場。

付雪梨沒耐心，急了，一巴掌拍在那本無形的卷宗上，不太高興：「我警告你，我有男朋友的，你以後——」

她的手被男人一把抓住。付雪梨想要抽出手，卻發現被江之行抓得很緊。

兩人都入戲得很快，自然地融入角色。四目相對時，她才看清他眼裡似乎有水氣，似乎在掩藏著真切的苦痛。他終於開口了，一字一頓地叫著她劇裡的名字：「成橙，妳真狠心。」

攝影機對著兩人，付雪梨直愣愣地看著他，雞皮疙瘩應聲而起，一下子沒跟上節奏。

江之行和許星純太像了……他們沉默的眼睛都會說話。

某一瞬間，她甚至已經完全忘記是在演戲，分辨不清現實。雖然內心知道此刻不是時候，但腦海裡就是莫名地想起不相干的往事。

忘了是哪年哪月的哪天，反正是一個很普通的下午。下課鐘聲叮鈴叮鈴地響起，她從睡夢裡被吵醒，把頭歪在手臂裡，還沒緩過神來。

許星純單手撐著頭，光潔的額頭下是濃密的眉毛，鼻梁筆挺。他五指穿插過瀏海，抿著唇，低頭認真地想題目。側面看唇形很薄，弧度卻漂亮精緻。

付雪梨迷迷濛濛地盯著看。一秒、兩秒、三秒……

第四秒，她心裡想，許星純平時清湯寡水的，仔細看好像還不錯。

這女朋友當得也不虧。

# 第三章　糾纏

彷彿突然之間，少年時期的那張臉就和現在這張臉重合在一起。

《破曉》拍攝前的基本籌備都已大致完成，因為加入了政治宣傳的因素，很多東西都要審批。不過在多方支持下，尤其是有警方撐腰，許多事都特事特辦，基本上像開掛了一樣，一路上很少碰上紅燈。

最後接到通知拿下女一，唐心把付雪梨的檔期全部往後推了至少兩個月。為了拍好這部片，甚至花了兩個星期特訓，直到五月中旬，劇組在申城某影視城開機。

從《破曉》官宣後，網路上的幾大論壇瞬間吵得火熱，微博、論壇幾乎是一夜之間都在討論《破曉》的選角問題，其中自然是女主角的爭議最大。

先前就有風聲傳出這部片的女主角是明赫琪，結果被付雪梨半路截去。適逢先前那檔綜藝播出，更加印證了先前的流言——付雪梨和明赫琪不和。

幾家小花的粉絲原先撕得你死我活、各自為戰，官宣一出，紛紛倒戈，開始攻擊付雪梨，其中明赫琪的粉絲罵得尤其凶狠。

微博熱搜、各大娛樂新聞的頭條一星期上幾次。粉絲吵架、八卦論壇爆料的黑歷史層出不窮，各路吃瓜群眾看熱鬧看得莫名其妙。

然而不論網路上怎麼風起雲湧，《破曉》開機當天下午就迎來第一場戲。取景地點在申城警察總局。

車上，付雪梨嘴裡嚼著小零食，拉下臉上的面膜，背靠著鬆軟的車座靠枕，側歪在座椅上，看著車頂胡思亂想。

「唉，最近也不知道怎麼了，三天兩頭進警察局這種地方，上次還只是個地區分局，現在直接去總局了……」旁邊的西西苦著一張臉，小聲嘀咕，整理著衣服。

西西抱怨著，殊不知車上有人的心情比她更複雜。

車子走走停停，付雪梨心急氣躁，把手裡的保溫杯匡噹一扔：「這他媽的申城的交通也太差了吧？就這麼一點路走了快一個半小時！就這狗屁交通，申城政府還想留住百萬大學生？」

「這麼大的火氣，別氣出心臟病來。」車上的其他人對她的壞脾氣早已習以為常。

說來也奇怪，付雪梨破口大罵一通後，前方道路出奇地通順，上了海橋左轉，融入滾滾車流，劇組的幾輛車又開了十分鐘左右終於到達目的地。

大門口掛著「閒雜人等請勿入內」的警示牌。前面有人下車交涉，鐵柵門緩緩打開。車子慢慢行駛進去，兩邊道路樹冠很大，樹葉繁厚，今日的天氣正好，天氣這麼好，卻只漏下絲絲光線。

真是大場面……

「趙局，您看這大週末的，真是給你們添麻煩了。」吳導帶著一行人下車，迎上去握住一位一看就是長官的手。

趙局擺擺手，「不麻煩不麻煩，這是總局分派下來的任務，我們自然也是很重視。」

兩人又笑著攀談幾句。

習慣了走到哪裡都有蜂擁而至的粉絲和路人、暗處跟蹤的狗仔，如今這樣浩浩蕩蕩一大群人，氣氛卻如此嚴肅安靜，付雪梨要覺得不稀奇都不行。跟在人群後面經過白色雕像旁，有一面全身鏡，她瞟見自己身上的制服。

真是絕了……

她居然也有穿著警服在警察局晃的一天。

工作人員在互相交涉，拍攝場地陸陸續續地準備著。趙局拍拍吳導的肩，向他介紹：「我們這次特地挑選了優秀的年輕警員，可以配合你們，有什麼需要可以直接提出來。」

他的語氣有些激動，還有點小驕傲：「這些小夥子各個長相都很端正，從分局挑選來的。」

「何止端正。」吳導滿臉笑意，很上道地迎合，「您看看我身後，各個都是當紅一線的大明星，可您的這些警員和他們比起來也有過之而無不及啊！」

旁人紛紛附和。

這樣真情實感的客套話，說得趙局哈哈大樂，臉上的肉笑得橫裡綻開，一臉得意。付雪梨看得心裡直冷哼。

她陪笑到臉都快僵了，站在人群的邊緣，等得無聊，視線開始四處亂瞟。視線落到對面身姿挺拔的年輕小夥子們身上，總是不經意就能和某個人對上視線，惹得對方臉色大紅。

明知道有不少人在偷看她，付雪梨卻不以為意，隨意地繼續巡視，突然她眼睛一瞇，定在某處。

有個很像許星純的人，在這青天白日朗朗乾坤之下，就他站得特別淡定專注。安安靜靜地，被擋得只有半張側臉，隱隱約約，上衣規矩地紮在褲子裡，白色襯衫，黑色長褲，手臂自然下垂，皮膚稍微有點白。

付雪梨又揉了揉眼睛，才發現……

這哪裡是像許星純……這根本就是他！

她一顫，心臟像是被揉了一下。看了一會兒，他也沒有回看她的意思。她只能裝作不在意似的移開目光，手裡拿著水杯使勁捏來捏去，滿腹委屈。

俗話說得好：老大難，老大難，老大說話就不難。

下午一共有幾場戲要拍，除了《破曉》，沒有哪部戲在警察局裡能得到這種支持度。不僅辦公室是實地拍，連群眾演員都是真正的警察，還不要錢，免費出演。

副導演戴著擴音器，正在拍第三場戲。

有紀律的人就是好溝通一些，不過指點一兩句就能明白。按照劇情，一排刑偵分隊的小夥子紛紛穿上外套，棱角分明的輪廓，硬氣，天然地氣宇軒昂。

迅速又整齊劃一的動作，健壯有力的男性軀體，雄性荷爾蒙簡直噴薄欲出，莫名給人一種華麗的震撼。副導的激情彷彿火山噴發一般，完全被點燃了，在現場一邊高聲指導運鏡，連NG都捨不得喊。

大、小明星以及一些普通的劇組工作人員都窩在一邊，閒立旁觀。一些沒見過世面的小姑娘直接看得目瞪口呆。

太酷了……

付雪梨也隱藏在人群裡，窩在休息的椅子上，攤開劇本狀似在研究，實則悄悄偷看。

坐在她身後的小張手一指，對準人群裡的許星純：「你們看江影帝後面那個，是剛出道的小鮮肉嗎？這麼帥，我怎麼看半天沒想起來是誰？」

有人花痴，捶著胸口感嘆：「對啊對啊，好迷人喔，好有男人味喔，我全程都盯著他，呼吸都快不順暢了。」

「聒噪，一天到晚不務正業。」一道幽幽的聲音響起，付雪梨悠然闔上劇本，裝模作樣地起身。她目光不經意掃了一圈，手臂往懷裡一橫，煩道：「還要等多久？就幾秒的鏡頭，怎麼還沒拍完？」

沒人敢再多話，等付雪梨做怪，面面相覷著悄悄翻白眼。

突然，旁邊不知道是誰急聲喊了一句：「——快閃開。」

付雪梨茫然了一下，下意識側頭看了看旁邊，後背汗毛一瞬間豎了起來。

——一條大狼狗正狂奔直衝向這邊！

啊！！！

聽到尖叫聲，人群快速疏散開，大家都往旁邊竄躲。付雪梨一下子被突顯在最外面，被嚇得呆住了。她也想跑，但腿軟得動不了。

感覺不過幾秒就要撲上褲腳了，那一瞬間，付雪梨的指尖都在顫抖，終於反應過來就跑。有人在大喊：「妳別跑。」

可這個時候，哪能聽到這種話？越是這麼說，越是害怕。

加上她從小就怕狗，超級超級怕，怕到沒有理智的那種！付雪梨跑起來慌不擇路，小腿撞上了東西都沒發覺。一回頭想看狗追上來沒有，發現那條大狼狗張著血盆大口，只有幾公尺遠。

就這幾秒鐘，她滿心絕望，突然手臂被一把大力拉住，接著狠狠撞進一個人的懷抱，衝勁讓兩人都差點摔倒。

大狼狗停下來，在兩人腳旁打轉。

「——大黑！」追趕來的人高聲呵斥。

很快，許星純就意識到不妥，鬆開把付雪梨攬在懷裡的手臂，扶住她的肩膀拉開兩人距離。

她不肯：「不要，我怕！！」

情緒有時候是真的控制不住。眾目睽睽之下，付雪梨已經完全忘了避諱，她又執拗地貼上去，躲去許星純背後。緊緊閉著眼，心跳如擂，兩隻手臂緊緊環著他的腰。

她側過頭，胸部壓住他的脊背，急促喘息著。鼻尖沁出一層薄汗，眼裡也嚇出了淚。

不一會兒，拉著狗的人連忙跑過來，見狀愣在原地。

其餘的人紛紛圍上來大呼小叫：「雪梨沒事吧？天啊！」

劫後餘生，付雪梨腦子裡亂成一團，什麼聲音也聽不清，耳膜裡全是自己心跳怦怦怦的聲音。

等慢慢緩了過來，她還抱著許星純。抱得太緊，幾乎是毫無縫隙地貼在一起。他全身緊緊繃著，她甚至連他的腹肌都感覺到了……付雪梨的臉慢慢漲紅，慢慢睜開眼。她抬起頭，淚眼矓矓地從這個角度只能看到他的鼻梁和露出的一截下巴。她就微微睜開了一下眼，又快速閉上。

他皮膚真好，潤瓷地白。

許星純輕輕拍了拍大狼狗的頭，那條狗出乎意料地溫馴起來，蹲坐在地，用頭蹭蹭他的手心，狗爪在地上抓。

大狼狗張著嘴，舌頭伸出來，脖子被拴上了項圈，但還是嚇人得很。看到付雪梨抬頭，又開心地往她身上撲。

她還沒緩過神，被嚇得又尖叫一聲，有些崩潰地大喊：「許星純，你、你快趕走牠啊，我怕！」

因為有長官在，旁人不敢隨便起鬨。周圍直射過來的目光中，不少都顯而易見地帶點玩味，還有人繃不住，直接笑了。

挨了兩句罵，拽著狗的小警官一邊道歉，一邊小聲申辯著什麼。他抹了把額頭上的汗，視線在付雪梨身上轉著，猶豫著試探地小聲問：「那個，您身上是不是有什麼東西？」

付雪梨：「……」

怕她沒聽清楚，他又稍微加大了音量，解釋道：「大黑可能是聞到妳身上有什麼東西，才跑過來的。」

「就比如……」小警官有些難以啟齒，「什麼吃的？」

付雪梨還死死拽著許星純的衣角不放手。她現在心裡亂得很，七上八下。胡亂把臉頰邊的淚擦一擦，騰出一隻手去摸口袋。

一搜就搜出幾小包牛肉乾，是她車上吃的小零食。

小警官乾巴巴地道：「對，大黑應該是聞到牛肉乾的味道，牠、牠有點餓……」

「……」

付雪梨深吸幾口氣，想死的心都有了。

這天殺的貪吃狗……害得她這次丟人丟大了！！

現場許多道具被一條狗弄得東倒西歪。

劇組人員過來整理，付雪梨靠邊避讓，後知後覺地覺得腿軟，有點惱，還有種窘迫得想鑽地的狼狽感，眼睛始終不敢往旁邊瞟，也不敢看旁邊。

許星純站在那裡。剛剛她被護在身後的時候，其實有偷偷看他。

許星純穿的不是那天看到的工作服，而是劇組統一發的警服。露出喉結，皮膚格外白皙，在人群中很有辨識度。

特別好看的一張臉，表情卻充滿攻擊力，有種相機膠片的質感，比記憶裡多了一份成熟的男人味。

不遠處的大黑被訓了一頓，沒了活力地趴在地上，聽見動靜，掀起眼皮瞅著付雪梨，尾巴掃兩下。

旁邊有人疏散人群，江之行過來扶住付雪梨的手臂，關心道：「妳沒事吧？去旁邊休息一下。」

被一堆人圍著往前走時，她下意識回頭，看向許星純那邊，卻發現他不知道什麼時候轉身離開了。

她定腳站住，想尋找那個身影，直到被人拍了一下，付雪梨才回過神來。

一個下午，付雪梨都沒再見到許星純。拍戲的時候，她眼睛四處亂瞟，心不在焉誘入不了戲，被副導卡了好幾次。和她對戲的演員面色都開始稍有不虞。

這場哭戲在操場上拍，付雪梨光著兩隻腳跑步，赤裸裸地踏在地上。本來皮膚就嬌嫩，眼見已經磨破了皮。

後來真的疼了，咬著嘴唇，眼淚一出來，就越哭越凶。

不遠處，一大群男人看著，紛紛議論。

「哇，美女哭起來就是楚楚動人啊，連我看著都不忍心了，人間不值得，人間不值得。」

「你什麼時候還學會講成語了？」

一人摸出了菸，遞一根給旁邊一直沉默著的許星純。

他低頭在玩打火機，有一下沒一下。嘴裡咬著菸，抬了抬下巴，示意自己有。

那人隨口開玩笑，挺有興致地說：「嘿，許隊，剛剛你反應真快啊。」

許星純的袖子捲到手肘，抽菸的樣子看起來很隨意。他嗯了一聲，眼睛看著拍戲的那個地方，淡聲說：「叫後勤拿幾個急救箱過去。」

§ § §

雖然出了不少小插曲，拍攝總算順利完成了。

劇組在申城有名的私人餐廳訂了幾個包廂聚餐，當慶祝《破曉》的開機宴。到場的除了製片方、劇組幾大主演、資方代表還有宣教局高層，都是一些有身分地位的人。

這家私人餐廳不算偏僻，在臨城路。

旁邊是一條有名的街巷。那裡的建築有點老舊，高矮交錯的小紅洋樓，窄窄的馬路旁有許多隱蔽、精緻的小酒吧。重點是高級場所多，檔次、風格、氣氛到位，是普通人承受不起的高消費。出入多是名流權貴，所以周圍的戒備很嚴格，很少洩露顧客隱私。

唐心湊到付雪梨耳邊跟她低聲爆料，「看到沒？那邊主桌上，吳導陪著的人一群都是政府官員。」

付雪梨點點頭，喔了一聲，挑著水果沙拉吃。中間主位上是一個稍嫌臃腫的中年男人，雖然有點發福，但整體看起來很精幹，不是腦滿腸肥的樣子。旁邊坐著趙局長，再旁邊西裝革履的是星娛幾個高層主管。

菜餚美味，幾位大老闆吃得都很盡興，旁邊伺候著的服務生都是混血兒，找著樂子，逍遙得不行。

酒過三巡，唐心碰了碰付雪梨的手臂，倒上一杯酒，示意她跟著劇組幾個主演過去敬酒。

「我不去。」付雪梨耷拉著眼皮，用手撐著下巴。淡淡說完，又慢悠悠地喝了一口酒。

唐心捏她大腿，壓下聲調：「現在不是妳耍大牌的時候。」

「靠，輕一點。」付雪梨吃痛，打掉她的手。

她一副吊兒郎當，不慌不忙的模樣，讓唐心閉眼吸了口氣：「不是我說妳，這只是正常禮儀而已，妳又在鬧哪門子脾氣？」

「沒心情，腳也痛，等一下。」

「算了。」唐心揮一揮手機，懶得再管她。

曾經有那麼一段時間，網路上對付雪梨惡評如潮，什麼愛耍大牌、沒教養、脾氣差等負面評論鋪天蓋地。可她本人一點都不在乎，依舊我行我素。這樣桀驁到骨子裡，絕不妥協的個性，其實是不怎麼適合在演藝圈混的。

氣氛被搞得熱鬧非凡。女二是香港人，普通中文說得不太標準，便跟在江之行旁邊。從首席開始，輪流過去，一杯接著一杯敬酒。因為年紀小，漸漸走路有點晃，身體終究架不住這樣流水線似的灌。

敬完半圈，工作排場也差不多了。在唐心狐疑的目光下，付雪梨端起一杯酒，自然地混入敬酒大隊，跛著腳，艱難地隨著他們朝西北角的一個角落走去。

「我們外行人今天多虧了你們內行人的指導，很感謝，大家今天都辛苦了。」江之行帶隊，帶著人魚貫而入，有氣質也有風度，很自然地倒滿一杯酒。

包廂門被推開時，劉敬波一行人就紛紛站了起來。他眼睛快速掃視了一遍，短暫停在倚靠著雕花木架的付雪梨身上幾秒。

她真的很瘦，真人比在電視機和照片裡看到的還要小一圈。骨骼細小，下巴尖尖，耳墜是硬冷的翡翠，綠得濃郁。很有女人味，就是黑眼圈太重。

大明星們的到來讓這群彪形大漢受寵若驚，來的各個都是長期置身於大眾視線內的人物，他們這些人民群眾哪有這個面子，一杯白酒一仰頭就灌完。

又說了幾句客套話，江之行讓他們先坐下，兩方人互相寒暄。

席間，有個貌似長官的人站了起來，春風滿面：「看小付腳行動不便，不用跟著敬酒了，回去坐著休息吧。」

付雪梨停了一會兒，等眾人眼光全都聚集到她身上才說道：「我是來感謝許警官的。」旁邊的人拍拍許星純的肩膀，他微微側過頭，聽到耳語：「付雪梨在看你。」

付雪梨和許星純隔著熱鬧的酒桌對視。她之前喝了點酒，臉色微酡，燈光下的肌膚熒如羊脂，一舉一動華貴又風情萬種，目光卻直直地看著他：「下午的事情謝謝你了，喝一杯？」

話聲落下，一片默然。有人臉色凝固了，有人傻了。

不知道之前喝了多少，許星純的目光沉鬱矜持，只是少見地流露出一點慵懶散漫。注視著她，雖神情漠然，卻更有一種閒適的性感。

在外人看來，許星純是個脾性順和的人，雖然十分外熱內冷，至少不觸及底線的時候，都很好相處與說話。

像今天這般的不友善，倒很少見。

但是被一個大美女這麼敬酒還如此淡定自若，也真是讓人佩服。

看他沒動靜，付雪梨也顧不上腳痛，直直走過去。就近從桌上挑了一瓶酒，拎起來，一手拿酒瓶，一手拿酒杯，當著他的面歪了歪頭，倒酒。

透明的液體潺潺流出，杯子緩緩被注滿。酒快要溢出來的當下，她還沒停，直到灑了一點出來到他的衣服褲子上。

許星純冰冷的手準確快速地握住她的手腕，他推開椅子起身。

「你喝不喝？」付雪梨揮開他的手，灼灼地望著他，臉頰飄紅，豔光四射，帶起一陣香風。

「抱歉。」他的語氣，像是兩人毫無關係。

「噢……」付雪梨若無其事笑了笑，自顧自淺嘗了一口杯中的酒，「沒事。」

旁邊有人來扶她走：「雪梨喝多，醉了。」

「哈哈，豔福不淺啊，純兒。」短暫的鬧劇以他人的一句玩笑輕飄飄收場。

回到自己桌上，付雪梨五內如焚，窩囊又窩火，於是一杯接一杯地灌自己。

隔壁桌飄來一對小姐妹喋喋不休的低語。

有人在小聲啜泣。

「別哭啦，妳多不值得。當初妳對他多好，他一點都不珍惜，以後他絕對遇不到像妳對他這麼好的傻子了，該哭的是他啊。」

「妳呀，到時候就等他來跪著求妳好了。」

這下直接把付雪梨聽到笑了。可胸口的鬱悶堵得慌，無法形容地漲。

她故意喝很多，不久後，胃就起了反應，強忍著去洗手間吐了一次。出來時腳像踩著棉花，搖搖晃晃又勉強走了幾步。趔趔趄趄地衝到一邊的大廳外，扶著樹幹不停幹嘔，渾身打顫。

眼前數不清的星星，身上熱得彷彿火在燒，但心裡有一塊冰。

漸漸感覺沒了力氣，身體控制不住地往下滑時，突然被人從身後架住手臂。

暈眩中都能感覺到那力度帶來的痛楚，緊得她骨頭都痛了。

付雪梨的耳廓紅了一圈，腦袋暈暈乎乎，在肚子裡搜刮半天也沒蹦出一句話，腦海裡只迴響著一個念頭。

——就知道許星純忍不住。

粗糙的指腹擦掉眼角的淚，低沉的男聲在耳邊響起：「哭什麼？」

「你別碰我……許星純……」她嘴裡喃喃，渾然不覺自己此刻有多脆弱。

江之行摟住付雪梨的腰，穩住她搖搖晃晃的身子，聽到這個名字後眉頭一蹙：「妳在說什麼？」

「要你別碰我。」胃裡又是一陣翻湧。付雪梨掙扎著推開他，蹲在旁邊嘔吐。

江之行一時沒防備，被她推得往後趔趄兩步，手機滑出口袋，掉到地上彈了幾下，停在一個男人腳邊。

§ § §

初夏甜膩的空氣裡，夜風婆娑，沙沙清響，緩緩催動果酒的香味。狹長的走廊外鋪著青石板，四周暗色流光撲面而來。

月白風輕，不遠的街角，停著一輛毫不起眼的奧迪。

車子熄火。付雪梨目光渙散，臉頰發燙。躺在座位上，絲綢吊帶裙往下滑，胸線微露。眼神迷離嫵媚，很容易令人誤解是一種挑逗。

有手指在唇上緩慢地滑過。

思維脫離了軀體，她閉上眼睛，知道自己會睡過去，顧不得身邊的人是誰了。

最近這幾天都沒睡好覺，濃重的倦意混著酒意釋放，睏得讓人昏昏欲睡。

感官一直是模糊的，不知道過了多久，當意識漸漸回到身體，付雪梨依然頭昏腦脹，卻隱約感覺有哪裡不對勁。

兩隻手臂被不自然地擰住，絞纏，掙脫不開，有點疼。

這個彆扭的姿勢維持了好一會兒，她才猛然驚醒——

她居然被銬起來了！

金屬冰涼的觸感，閃著凜冽的銀色光澤。不是情趣道具，而是貨真價實的手銬。

舉起被銬住的手腕，用眼睛又確認了一遍，她的腦袋一下就炸開了。

我靠！！！什麼玩意兒？？

黑沉沉地，旁邊沒有人，也不知道許星純去哪裡了，把她一個人丟在副駕駛座上不說，還上了銬。她被嚇得瞬間清醒，掙扎中，付雪梨滿頭薄汗，這才發現車門沒關好。她一腳蹬開，情急之下用力過猛，高跟鞋都飛了出去。

腳剛著地，一轉頭，和許星純對上視線。茫茫黑夜，光線暗淡，他坐在不遠處的長椅上，半張臉浸在深不可測的黑暗裡，鼻梁挺直，唇色淡紅，神情靜默。

付雪梨先是鬆了口氣，身體不自覺地後退半步。一時半刻竟不知道說什麼，連怒氣和質問都卡在喉嚨裡。

他看她，眼神不曾移動半分。

與微渺的霓虹燈光交融的暗夜裡，朦朦朧朧。許星純模樣溫馴，眼神很病態，像隱隱安靜燃燒的暗火。常人看了會覺得壓抑，所以他只在沒別人的時候才會對她流露出來。

付雪梨放棄了掙扎，心裡的感覺難以形容。

許星純此刻的眼神、表情，她太熟悉了。

熟悉到她一想起來，心裡就咯噔一下。她不敢動了。

眼看著他起身……一步步走近。

「你把我銬起來幹嘛啊？」

許星純蹲下身，握住她赤裸的小腿。另一隻手把她的腳踝抓得死緊，單膝跪地。

他明明有潔癖，此刻卻一點也不嫌髒，替她穿上掉在一邊的高跟鞋，動作溫柔細緻，認真得過分。指尖像剛剛浸過冰水，從腳踝處的皮膚滑過，到腳背，掠過鞋面上的飾片和小珠。

這畫面，入眼居然有點暴力的色情感。

「酒醒了嗎？」他低聲問。

她有點心虛，於是只結結巴巴地問道：「我剛剛發酒瘋了？」

影影綽綽的洋樓尖頂間，半掩著一道彎月。

付雪梨可憐巴巴，腳腕傳來的痠癢讓她身體微微僵住，完全沒了力氣，動也動不得。

他沒回答，像是默認了她剛剛的猜測。

終於忍到腳痠手痛，忍不下去。付雪梨深吸一口氣：「能不能放開我？這樣感覺很奇怪。」

從她能觀察到的視角來看，許星純垂著頭，看不到表情，但是整個人身周過分安靜，像磐石一樣，不禁讓人內心害怕起來。

這種安靜，很容易讓人聯想到電影裡的變態殺人狂，像在狂歡前享受寧靜的儀式感。

付雪梨手指發涼。雙手被銬在一起，放在膝蓋上捏緊了拳頭。肩帶狼狽地滑落一半，秀致的鎖骨清晰凸顯。

等了半天，脾氣又起來了。脾氣起來，膽子也大了一點。膽子大了，委屈感就來了。

付雪梨忍不住，任性地胡亂踢掉他剛剛為她穿好的鞋。掙扎著扭動身子，白嫩的腳不小心蹬到他的肩。

許星純抬起頭。借著淡淡的月光，她終於看清他的臉。

剛剛喝了酒，在還殘留著的輕微眩暈中，突然之間，少年時期的那張臉彷彿和現在的這張臉重合在一起。輪廓秀氣，神情淡漠沉鬱。眼裡像一汪深淵，有化不開的幽冷。

「你……你到底要幹嘛？」

許星純打開她的手銬，站起身，作勢要走。

牙齒打著顫，不知道什麼時候，她的眼淚已流了下來。

只是短短幾秒的時間，身體在哽咽中微微顫抖，微微帶著哭腔責怪：「許星純，你為什麼對我這麼冷漠？」

似真似假，狡猾又耍賴地埋怨，再配上兩滴不值錢的淚水。

付雪梨信手拈來，甚至連自己都分不清到底是單純酒精使內心的委屈和無助發酵了，還是順勢對許星純裝瘋賣傻，博取同情。

撒嬌是一個女人對付男人最常用的手段。

情緒來得太自然，彷彿是理所應當。不管分開幾年，從學生時代開始，在付雪梨沒有意識、難以察覺的時候，都被他嬌慣著，講不講道理、要不要脾氣，從來都隨心所欲。

她也曾偶爾忍不住流露出屬於女性的軟弱、羞恥，和刻在骨子裡的依賴，對象全是許星純。

睫毛被淚水打濕，臉上精緻的妝花了一小半，完全沒有了平常嫵媚高傲的樣子。

冰肌雪膚，脆弱到彷彿輕輕一捏就會粉碎。

沉默片刻，許星純單手捏著她的下巴，手指冰冷，替她擦掉眼淚。

她斷斷續續地抽噎著，透明的液體帶著滾燙刺激的溫度。

「付雪梨，妳真喜歡撒謊。」

他低頭，撿起高跟鞋重新為她穿上。

裹著寬鬆的外套，付雪梨脫了鞋，把椅背調低，抱著自己的膝蓋，蜷縮在副駕駛座上。

盯著窗外看了一會兒車流樹木，她收回視線，從後視鏡裡發現許星純盯著她的臉。於是直接歪頭去看他：「又偷看我？」

付雪梨抱著外套坐起來，眼皮還有點紅腫。剛剛那麼丟臉，現在倒是臉不紅心不跳，慢條斯理地舔了舔乾澀的唇：「許星純，你在想什麼？」

許星純看著前方開車，手肘懶洋洋地靠在車窗邊，手指抵住眉間，半垂著眼，似乎不太想說話。

「你剛剛為什麼說我喜歡撒謊？」她又問。

他打著方向盤，嘴唇開合，聲音平淡：「妳不是一直都是如此嗎？」

這又是哪門子諷刺。

付雪梨不服氣，還想繼續再問時，手機震動，嗡嗡作響。

唐心在那頭快要急死了，一接通就吼了起來：『妳人呢！又死去哪裡了？我要西西回飯店也沒找到妳，明天早上五點半進組開工，妳別跟我說忘記了，妳還有沒有一點職業操守，付雪梨？現在都幾點了！妳人在哪裡！』

「五點半？好，五點半我知道，馬上就回去，就這樣，掛了掛了。」付雪梨滿口答應，用虛假的客套話敷衍完，當場掛了電話。

也不往心裡去，繼續淡定自若。打了個哈欠，瞅著他波瀾不驚的側臉：「你的車好乾淨，什麼東西都沒有，學醫的是不是都有這個毛病？」

許星純不理她，付雪梨閒得無聊，搖頭晃腦，四處亂看。還是無聊，順手從包包裡掏出一包菸來。

按下車窗，夜風灌進來，頭髮頃刻間被吹亂。半途，手又停住，側頭問：「你應該不介意吧？」

不過幾秒，她輕哼一聲嘲諷道：「我問你幹嘛？你抽菸可是比我厲害多了。」

忘了具體是怎麼知道許星純會抽菸的這件事。

好像是某次高中體能測試，班上就許星純的肺活量很低，老師找他談話，付雪梨後來撞見過幾次。

煙霧蒸騰，朦朧中許星純的眼窩深陷，單手撐著手臂，另一隻手拿菸，吞吐熟練，寡淡而又懶散。她一下子就猜到了他抽菸肯定抽得很凶。

再後來，她也跟著宋一帆偷偷學抽菸。

只是學不了他們狠下心過肺，憋到喉嚨就吐出來。被許星純知道後，她就再也沒有看過他抽菸。

記憶裡的往事被又一通電話打斷，許星純騰出一隻手戴上耳機，接上藍牙。

那邊的人說了一會兒，許星純的眉頭漸漸蹙起來：「在哪裡？」

付雪梨循聲看去，他掛了電話。

她剛想開口問怎麼了，就聽到許星純說，「下車。」

「……」

也不問她意見，車子靠路邊緩緩停穩。

付雪梨捏緊拳頭，心裡很反感他的冷漠和這種漠然的態度。有非常強烈的排斥感、不適應感，她窩著火，沒出聲。

「下車，我有事情。」許星純沉下臉，用近乎冷酷的語氣又重複了一遍。

付雪梨不知道哪來的底氣，跟他較勁，抓緊了安全帶，「那你帶我去，反正我不下車。等你忙完了送我回去，你休想丟下我一個人。」

許星純沉默了一陣子，抓住方向盤：「下車。」

在他的注視下，付雪梨搖了搖頭，縮在座位裡，把眼睛閉上。

一副抗爭到底的模樣。

§ § §

淩晨兩三點。

加油站的工作人員打著哈欠，臉色困倦。白熾燈發出暗淡慘白的光線，旁邊有條暗黑的小巷子。

一輛沒有車牌號碼的黑色本田從巷子裡開出來，停下，兩個臉色呆滯的年輕男人走下車，吩咐加油站的工作人員把油加滿，然後腳步虛浮地走去休息區，一人點燃一根菸放鬆。

長長的廊道，暗淡慘白的燈光。兩人嘀嘀咕咕，低聲交談著。突然，其中一個人覺得有些不對勁，可是一時間又無法肯定這感覺來自於哪裡。

旁邊有人。

尼古丁的味道淡淡蔓延。

他轉過頭，準備暗中觀察，手機忽然響起。眼神上移，正和那個陌生男人對上。

距離有點遠。他臉孔潔白，眼神冷得可怕，表情冷峻，燈光在頭頂忽明忽暗。

那眼神……

他心猛地一沉，往後退了一步，推了一下身邊的同夥。

沒等他們反應過來，許星純迅速拔槍對準他們，亮出證件，沉聲道：「警察，雙手抱頭，全部趴下！」

趁著他們發愣，旁邊的同事趁機上去撲倒了一個。

與此同時，許星純用膝蓋頂住另外一人的腰，控制住雙手。

深夜寂靜的路面上，迴盪著車子加速的馬達轟鳴聲和急轉彎時的刺耳剎車聲。最前面是一輛吉普車，瘋狂地在大街小巷裡穿行，後面緊緊咬著幾輛警車和一輛白色奧迪。

「調整警力去紅江區頭道街附近追堵，剛剛那兩個人先押回去！」

朝對講機裡吼了幾句，許星純按響喇叭，降下車窗，持槍對著天空，砰砰鳴槍示警。

前面的吉普車聽到槍聲，不但不停反而加速，瘋狂橫衝直撞，一股不要命的氣勢。甚至有人從車窗探出身體，也朝著這邊開槍。許星純丟開對講機，嫺熟地打著方向盤，瞬間換擋，油門踩到底，從一輛警車旁擦過。

極速駛向一個彎道，一個漂移。付雪梨差點被甩出去，頭不小心磕上車窗玻璃，被撞得眼冒金星。

偏偏是自己造的孽，剛剛非賴著不下車，沒想到報應來得這麼快！

她邊捂腦袋邊在心裡暗罵自己。死死拉住一旁的把手，只覺得腎上腺素都在飆升，胃裡不斷翻騰，想吐得不行。喘又喘不過氣，一顆心都提到了喉頭。

來不及歇一會兒，車速又飆了起來，簡直是生死時速，感覺車子都快離地了。付雪梨耳裡微微地震鳴，半死不活的時候看了看儀表板，打從心底佩服起許星純飆出的速度。

不過這種警笛鳴繞，火槍的火藥味，有種身臨境警匪片的感覺，還真是驚心動魄，刺激到姥姥家了。

吉普車的一行人顯然對這片區域非常熟悉，左轉右繞，車尾燈的餘光終於消失在一個街口的轉角。

『靠，跟丟了！』對講機裡傳出來的聲音語氣暴躁，氣急敗壞地喊：『又他媽被他們跑了，看方向是往郊區那邊，調人從江岸那邊追！』

後面幾輛警車稍微減速。

「許星純……我覺得我要吐了。」副駕駛座上，付雪梨臉色蒼白，分外憔悴地開口。

§ § §

「許星純，你跑去哪裡了？」

「你以為是漫畫裡的超級英雄啊？」

「我很傷心……你不要這樣好不好……」

「……」

夢裡紛雜的記憶碎片攪在一起。呼吸一顫，付雪梨在頭痛欲裂中醒來。

迷迷糊糊地睜開眼，感覺上方的東西都在旋轉，冷汗淋漓。旁邊的加濕器噗噗噴著水氣，她重新把眼睛閉上，慢慢呼吸，緩了緩。

這是在哪裡……

付雪梨撐著身體坐起來，眼神茫然，四處打量。

極為簡潔的房間，空曠到除了被刷白的牆壁、最普通的白幟燈管、堆著卷宗的辦公桌、一張矮木椅、洗手的水池，其餘東西都沒有。

記憶停在……她暈車暈得受不了，衝下車扶著欄杆吐，吐得昏天黑地。再然後……再然後就暈了。

低血糖這毛病真是沒辦法治好，付雪梨從高中開始就這樣，早上不能久站。之前熬夜拍戲也是，在片場暈倒過幾次，搞得別人以為她身患絕症。久而久之，身體被折磨得越來越差。

啪嗒——有人開門走了進來。

付雪梨艱難地轉過頭，看到許星純提著一袋東西。

她的視線在他身上飄著，一張嘴，喉嚨嘶啞：「幾點了，我在哪裡？」

許星純不理不睬，自顧自解開塑膠袋，一碗粥被放在桌上。他把碗筷拿出來，一連串的動作有條不紊。

短短一會兒，他又恢復了日常裡的寧靜。矜持、不喜言語，別人說什麼他都沒反應。

如果沒經過昨晚的事，付雪梨還真看不出來許星純有這麼暴力刺激的一面，好像變了一個人。

但是不得不說，平日的溫和淡漠和昨晚的瘋狂凶狠衝突，產生的那種自我意識極強的違和感——對於一個女人來說，有種很致命的，男人味的吸引力。

尤其是他舉槍的樣子，隨便丟在哪個花痴少女面前，都能帥得她心尖發顫。

付雪梨掀開被子下床，走了兩步腿就發軟，差點沒栽倒，於是又坐回床上。

她知道許星純的脾氣，他這個樣子肯定是生氣了，不敢靠近他，付雪梨觀察了一下周圍的情況，乖乖地不敢造次。

每次她身體不舒服，他的情緒都很不對勁。

還記得高一那年，碰上流感病毒。她躺在醫院裡，高燒不退，還劃破了手指。算是被隔離起來，當時連意識都模糊了，中間偶爾清醒過來幾次。只有許星純一直不吃不喝地陪在她身邊，有傷口的手指被他放在唇邊反覆含吻，一點都不怕被傳染。

他的樣子……

看起來真的很想跟她一起死。

# 第四章　卑微

他不是早就跪在妳面前了嗎？

兩人隔著幾公尺遠，一個在床上，一個在床下。

「過來吃東西。」許星純轉過身，放低了聲音。

「我的手機呢？」付雪梨被打斷思緒，突然想起了另一件事。

糟了，今天還要進組拍戲！唐心現在估計找她找到快瘋了。付雪梨跪在床上到處摸手機，翻開枕頭被子，床上被掀了個底朝天，哪裡都沒有手機的影子。

不會是掉在車上了吧。

「你是不是把我手機拿走了？」付雪梨著急地嚷嚷，拉住他，追問道：「許星純，我手機不見了。」

許星純連一個眼神都不給她，打開洗手間的門進去，不一會兒，淅淅瀝瀝的水聲響起。

「許星純？」

「許星純！」

「——許星純！！！」付雪梨生氣了，叫了他半天都不回答。她光著腳下床，在門口打轉半天，站在原地喊了幾聲。得不到回應，然後去拉房門，發現根本打不開。

居然從裡面可以鎖住？這房間到底是什麼奇葩構造……要多沒有安全感的人才會這樣設計！

付雪梨氣得去推洗手間的門。

這一推就開了——他根本沒關門。

許星純一身水珠，只穿了褲子，襯衫的釦子被解開大半，上半身幾乎赤裸。扣在腰間的皮帶搖搖欲墜，骨峰嶙峋。他歪著頭，正在用毛巾擦頭髮。

黑色禁欲的皮革和他的膚色真的很配，看起來好性感。

真是……活色生香。

這是付雪梨心裡的第一個想法。

接著就是一段尷尬的沉默，她飛快地收回視線，後退一步，擺出一副無所謂的姿態，嘀咕著：「我在跟你說話呢，為什麼總是不理我？你快點把手機還我。」

她一點都沒有撞破他人隱私，感到羞愧的自覺。

許星純抬頭看了她一眼，用冷水把臉沖乾淨，淡淡地扔出一句：「去吃東西。」

他一說話，付雪梨立刻就火大了，恨恨地道：「你不是不理我嗎？你不給我手機，我就什麼都不吃。」

語氣頗有她慣常的恃寵撒嬌的意味，同時還有些洋洋自得。雖然不至於惹人反感，但也不會令人舒適。

許星純把毛巾丟在一邊，轉身把襯衫釦子扣到底。

雖然那個粥入口清淡，沒什麼味道，但是付雪梨還是在「逼迫」下，勉強吃了一大半。反正不論她怎麼說，現在的處境就是——又被類似囚禁地被關在這個破房間裡了。

好在許星純哪裡也沒去，就坐在那張辦公桌後面看卷宗。這裡怎麼看也不像一個正規的臥室，更像是一個臨時的休息室。

這裡是他家嗎？

但付雪梨覺得自己不能用普通的思維去揣測許星純這種人的想法。

最後她乾脆自暴自棄，用手撐著下巴，趴在床上，盯著他仔細瞧：「許星純，你這幾年都在幹嘛？我覺得你這個工作真的很有問題，天天看死人這種東西，還要打打殺殺，會得心理疾病什麼的。」

過了一會兒她又換個姿勢，盤腿坐著，撇著嘴繼續扯歪理：「你以前就有點精神不正常，現在好像越來越嚴重了。你們警察局有沒有什麼心理諮商師幫你輔導？」

「……」

付雪梨的話向來很多，但是她有一個優點，那就是不故作矜持。也不管別人是否搭理她，絮絮叨叨地，一個人就能撐起一台戲。

安靜的房間裡全是她在喋喋不休，許星純不知道有沒有在聽，一直低著頭，不怎麼說話。只有在付雪梨偶爾安靜下來的時候，才會抬頭看過來。

付雪梨努力回想起以前，她和許星純這樣兩個人待在一起的時候其實不多。

還有印象的就是她高一生的那場大病，許星純請了假，日日夜夜陪在她身邊。那時候許星純的性格頂多只有些壓抑內向，至少在她眼裡，還遠不到扭曲的地步，不像現在這麼沉默陰鬱。

「我們這樣冷戰下去也不是辦法。」

付雪梨劈哩啪啦地一頓自我剖析：「反正我這個人也挺脆弱的。如果你真的討厭我就直接跟我講，反正我也不會死皮賴臉糾纏你。我們現在八竿子打不著，我工作也很忙，大不了不來找你了。如果你還想跟我好好相處，就留個聯繫方式，以後我們可以重新當朋友。」

話裡有主動求和的意味，雖然很委婉，但這已經是在付雪梨的人生裡，非常少數幾次主動低頭示好。或者說直白一點，是去向某人討好求和。

她從小就如眾星捧月，朋友很多，不缺穿、不缺錢也不缺愛，一點都沒嘗過求而不得的滋味。主動維持關係這種事情，從來都不需要她主動。

「不過話說回來，你憑什麼討厭我啊？當初先走的明明是你，其實算起來，錯又不是我一個人的，主動斷了聯繫的也是你，現在你看我像跳樑小丑一樣纏著你轉，有成就感嗎？」

付雪梨舊事重提，矜持體面全拋掉，一口氣說了好多話，卻一直不敢去看他的神情。

戲演多了，不真心的情生意動相對比較簡單。

這其中有真有假，言辭中甚至妄圖抹平過去，把自己當初犯下的錯抹得乾乾淨淨，但這番真心話遲遲沒得到回應。

付雪梨這才轉頭，試探地去喊許星純的名字，一抬頭才看到他躺在椅子上，半闔著眼，呼吸輕勻，已經平靜地睡著了。

衝動一點點壓倒理智……

起初她是試探性地，慢慢移動身體，挪啊挪，挪下床。

光著腳，一步步悄無聲息地靠近。

有太久太久沒好好看過他，說實話，許星純長得很好看，天生就是一副溫柔紳士的模樣，只是這樣看著就很賞心悅目。

不然當初那段無疾而終的愛情，也不會是她付雪梨心裡這麼多年的白月光。

付雪梨抱著膝蓋，蹲在他的身邊靜靜凝視，用鼻子偷偷地嗅。

剛洗完澡，他身上的味道很好聞，有種乾淨的潔淨感。

輕輕嘆了一口氣，動作先於意識。她又往前移了移，指尖小心碰了碰他的臉，再是睫毛、嘴唇。

都是涼的。

「你到底在想什麼呢，許星純？」付雪梨小聲地自言自語。

在這個時候，付雪梨突然僵住，等她反應過來，許星純的眼睛早就睜開了。

他一雙眼睛，直勾勾地望著近在咫尺的她。

很難得地沉默。

付雪梨臉紅心跳，手懸在半空中，如同雕像。

硬著頭皮，強自鎮定下來，扯了扯嘴角，左思右想才憋出一句：「你別誤會，我不是變態，沒有想要偷吻你。」

「我錯了……不該偷看你。」

有些笨拙的放蕩，眼神遊移。

當作沒事發生一樣，又像個不成器的好色之徒。

她心裡緊張，微微低頭不敢看許星純，怕他開口就是嘲諷。隨後，站起來迅速又跳回床上。房間裡久久沒有動靜。付雪梨剛剛做了丟盡臉面的糗事，頭埋在枕頭裡，一點都不想抬頭，趾高氣昂的氣焰被滅得乾乾淨淨。

期間許星純接了幾通電話，付雪梨一直死死閉著眼，裝作已經睡著的樣子。

後來因為疲勞，竟真的睡著了。

醒來時，許星純已經不在房裡。付雪梨一陣頭疼，腦子昏昏漲漲地，心裡不知道為什麼，有種空落落的難受感。她其實很不喜歡這種被人拋下的感覺。

從床上慢吞吞地爬起來，發現手機放在一邊。付雪梨拿起來解鎖，無數通未接來電和訊息如洪水般湧了進來。

最後一條還是唐心的。

『付雪梨！！！我不管妳現在在哪裡，發生了什麼，晚上八點半機票飛馬來西亞拍戲，到時候看不到妳的人我就跳樓！！！』

丟開手機，付雪梨下床，去洗手間洗了把臉。抬起頭望著鏡子裡的自己。

§ § §

許星純打開門進來。

室內空無一人，空空蕩蕩。

走到床邊，停住腳步。他孤零零地站在房間裡，靜默無聲，唇色漸漸變淡。

「付雪梨。」

許星純對著空曠的沉默，自顧自地喊了一聲她的名字。

昏暗的晚霞，窗簾被微風吹得微微飛起。躲在窗簾後的她，一開始還有惡作劇成功的開心感。但突然看到他現在的樣子，有那麼一瞬間，心裡一疼，顫了一下。

足足過了幾分鐘，漸漸地有些心神不寧。付雪梨懊惱地探出腦袋，一把拉開面前的窗簾，從窗臺上跳下來。

欲言又止，她囁嚅地解釋自己的作怪：「我在呢，剛剛是跟你開玩笑。」

許星純沒笑，從付雪梨現身的那一瞬間起，他的眼底就沒有了波瀾起伏。注視著她，像最激烈的狂風暴雨，又最寂靜無聲。

哪怕只是流露出一絲一毫的情緒，落在她眼裡，都是一種疼痛的刺激。

付雪梨有點後悔，小心翼翼地，心虛又膽怯，不敢激發他更瘋狂的情緒：「抱歉，這個玩笑好像不怎麼好笑。」

她的語氣中也有點不懂和委屈，想不通為什麼許星純的情緒這麼容易失控。

「我不會不吭不響就離開的。」

付雪梨對他說。

她眼睛睜大，渾身顫抖，往後退了幾步。瞳孔縮小，心臟劇烈跳動。因為許星純的手指滑過她頸項的皮膚向上，緊緊鉗住了她的喉嚨。

再往後退，是牆壁。

「咳咳咳，許……星純，你幹什麼啊，快放開我！」付雪梨生得嬌嫩，根本禁不起這樣掐。

付雪梨瘋狂捶打許星純，才準備掰開他的手，就感覺到強加在頸項上的力道陡然鬆了。

好不容易掙開許星純，她捂著自己的喉嚨，深深吸了一口氣，刺激到喉管，導致不停嗆咳。

周圍的空氣都被震得顫抖起來。

她蹲在地上，手指按在地板上。因為不小心岔氣了，現在控制不住撕心裂肺地咳嗽，恨不得把肺都咳出來。胸口劇烈起伏，一吐一吸，差點喘不過氣。

許星純湊上去，貼在她耳旁低語。

「妳走吧。」

無論她做什麼，做得對，做得錯，都能獲得原諒。從來不講道理。

你應該記住的。

玫瑰無原則。

付雪梨打了個冷顫。

剛剛許星純的樣子，還有他的眼神，真的太可怕了。

貼上她喉嚨的手涼冰冰地，彷彿隨時會收得更緊，下一秒就會掐死她一樣。

她再一次確定，他有一點心理變態。

不。

不止一點，許星純就是一個不正常的人。

她喘了半天的氣，期間抬頭看了他一眼，心裡百味雜陳。

「這麼恨我，剛才是想殺了我？」付雪梨眼眶都紅了，咬著牙，忍著疼，撐著膝蓋站起來，幾乎是一字一字地問，「我走行了吧，這樣你滿意了嗎？」

許星純不言不語，神情冷淡，與平時無異。

站著很久沒動，他終於開口。

像樹枝一樣瘦而堅挺，卻輕易能夠折斷。他嗓音嘶啞，有點自嘲：「好。」

等了半天，就是這個回答。

付雪梨其實還是不肯相信許星純是真的恨她。

他現在真的已經不像從前那樣了，無論她做什麼、說什麼，許星純時時處處都忍讓，無條件承受、包容她的一切。

說不出是什麼感覺，就覺得心裡空蕩蕩的。

「好，是你說的，別後悔。」她用力地閉了一下眼，壓下心裡的煩躁，說完話就轉身朝外面走。

走了幾步，快到門口時，眼淚一下就流了出來。心有不甘，她又忍不住回頭看了一眼，心裡震了一下，只一下，目光就移不開了。

許星純像一根快要被折斷的筷子。他弓著腰，動作很緩慢地，收拾著她之前沒吃完的粥。

那一方狹窄的空間，沒有光，只有黑暗。他垂著頭，動作宛如機械，彷彿一直都是孤身一人。

從過去到現在，他總是一個人獨來獨往。

屈服一次，第二次就簡單多了。

付雪梨靠著車窗出神，鬆懈下來，心裡的滋味特別複雜。她沒想到自己這麼快就心軟。

光速打臉也別那麼快，剛剛明明走沒幾步就忍不住回去找他。

站到許星純面前的那一刻，她真的不敢看許星純的表情。

要說臉皮厚，付雪梨真的連自己都佩服自己。都年紀不小了，上一秒還在鬧脾氣說絕交，下一秒就大大方方地回去了。雖然她本來就不是一個善於堅持的人，只是對許星純還抱著一些心思。

愧疚、懷念……說不清楚。

但說白了，她付雪梨就是一個俗人，貪財好色，珍惜生命。

愛得乾脆俐落，隨時都能抽離。

外面的天已經黑了，已經到了沒時間再拖下去的時候。

唐心打來的電話不知道被掛斷了幾通，最後看一眼手機，付雪打起精神，頭往許星純的方向轉，目光卻不太敢抬起。

沒有話也想找出一點話來：「喂，那個，我真的要走了，去馬來西亞那邊拍戲。」

「嗯。」

開了個頭，後面的話就好說了。

「不知道什麼時候回來。」

「……」

「以後如果你不想見我，估計我們就不怎麼會見面了。」

「嗯。」

「雖然下午我說的是氣話……但是你真的那麼恨我嗎？」

許星純微張開嘴唇……

「沒有。」

「那你是不是一直在怪我？這麼久了……」

她其實知道答案，但不知道自己為什麼要難過，憑什麼委屈。

他對她有怨恨是正常的。

只是還有股倔強，非想著要重新和許星純開始，又實在拉不下身段。人就是有這種天真又貪婪的賤性，越得不到的越放不下。

珍惜和後悔這種事情，其實真的不用誰說教。

總有一天，摔幾個跤就會自然把人教會了，誰都逃不過。

酸楚的感覺在心頭翻騰著，付雪梨終於解開身上的安全帶。和他待了快一天一夜，忽然有些捨不得。

打開車門，下車，整個人探身出去，她聽到許星純說：「抱歉。」

他的聲音聽起來又冷又滑。

付雪梨的動作頓了一下，反手把車門關上。

聽到砰的關車門聲，她走出兩步，像是被抽走了一根骨頭，力氣也跟著洩了個精光。

她不敢回頭，逕自快步離開。

付雪梨只能對自己說。

沒事的。

不用急。

沒事的。

§ § §

照著地址，在地下停車場找到唐心給的車位。

探頭一看，唐心和西西早早就在保姆車上等著了。看到付雪梨，唐心黑著臉眼神灼灼，咬牙切齒地道：「給妳五分鐘，我真的要殺人了，付雪梨，妳幾歲了，分不分輕重，妳是要急死我嗎？」

付雪梨不敢耽擱，把手機放進口袋裡，稍微補了一下妝，迅速換完裝備，口罩和帽子全部戴好。

不少探聽到小道消息的記者和一些已經知道行程的粉絲們，早早就堵在機場門口，因為《破曉》和炒CP的熱度，付雪梨現在的關注度直線飆升。

他們一行人非常引人注目，一出現在視線裡，就有一大群人蜂擁而至。太過擁塞，付雪梨被人圍著，幾乎是寸步難行，以慢得不能再慢的速度向前移動。

周圍全是激動的尖叫聲。

「能幫我簽個名嗎！」

「老婆，我好喜歡妳啊！去拍戲一定要注意身體嗚嗚嗚，照顧好自己。」

「哎喲我的天啊，剛剛付雪梨是看我了嗎？啊啊啊啊啊！」

「能拍個合照嗎？」

西西護著付雪梨，扯著嗓子喊：「大家往旁邊退一點，注意安全，注意安全啊，別激動！別拍別拍。」

快要被擠成柿餅，付雪梨勉強朝著激動的粉絲打招呼的時候，腦子裡突然冒出一個念頭，她回頭望了望。

人群擁擠，機場大廳裡圍堵了不少人，好多人高舉著手臂，拿著手機和相機喀嚓喀嚓地拍。有幾秒，付雪梨覺得，許星純現在又站在哪個角落。無聲地，就這麼看著她遠去。

他總是這麼寂寞，又很安靜。

最後起飛前的半小時，在飛機上等得無聊，付雪梨無所事事，在腿上放著筆電看娛樂新聞。眼睛盯著螢幕，尋思片刻，打了通電話給表哥付城麟。

那邊過了半天才接起，像付城麟這種天天流連在萬花叢中的浪蕩少爺，現在肯定又在哪裡醉生夢死。

「喂，哥。」

『喲，這不是我們大明星嗎？怎麼有閒工夫關心起吾等平民來了？』

「你能不能好好說話？」

付雪梨坐直身子，點開最新滑到的貼文，標題叫：『李濤以下九〇後小花格局。』

第一階梯：付雪梨、明赫琪、費娜娜、陳剪秋

第二階梯：XXX、XXX、XXX、XXX、XXX

網友留言：

1. 假裝看不出來要吹誰。

2.展望未來而已吧。

3.說實話，這裡面就付雪梨的演技像坨屎一樣，全靠吸何錄血，我演戲都比她好看。

4.明赫琪連一線作品都沒有，作品口碑墊底，電影電視劇綜藝都是十八線。東南亞撲街又來自炒了。

5.付雪梨和明赫琪好像有故事，有沒有人爆料一下？

什麼亂七八糟的爛東西。付雪梨啪地把電腦一蓋，丟給西西，接著起身換手拿穩手機，專心講電話，「最近叔叔怎麼樣。」

『挺好啊。』

「那你呢？」

付城麟不耐煩了，『我也挺好啊。』

「嗯……那，」付雪梨猶豫著，又顧左右而言他，「那你最近在幹什麼？」

『我上班賺錢泡妹子練腹肌啊，現在正在健身房鍛煉呢。』

「就你那五毛錢的腹肌，練來練去不都是那樣？」付雪梨忍不住吐槽。

『嘿，妳這個人會不會說話！』付城麟嘖了一聲，『沒事我就掛電話了啊，夜生活可豐富得呢，求別打擾，OK不OK？』

「——噯噯，你等等、你等等！」付雪梨看了看周圍，走到落地窗前，壓低了聲音，「我想問你一件事——不對，」她改了說法，聲音越來越小，「是請教。」

『靠，我就知道，我想說妳沒事哪會想起我這個便宜哥哥呢。』付城麟會心地笑了，懶洋洋地說，『啥事啊？妳說吧，我來教教妳。』

付雪梨的手放在欄杆上，眺望著遠方：「我現在有點後悔。」

『怎麼了？』

「我覺得我做錯事了。」

『什麼事？』

「就最近……我發現我真的有點對不起一個人。」

『喲，稀奇啊，能讓您內疚，您這是對別人做了什麼傷天害理的事啊？』付城麟是瞭解她個性的，所以更加驚訝，『男的女的？』

「男的。」

『還有妳搞不定的男人？喔，許星純吧？』付城麟瞬間反應過來，說出他的名字，緊接著又說了一句話。

付雪梨頭皮發麻。心一緊，徹底聽不下去了，把電話直接掛斷。

飛往馬來西亞的高空上，付雪梨拉過毯子，看著旁邊夜雲，漸漸走了神。

她臉色蒼白，胸口悶悶地。

淩晨三點醒來，翻來覆去，再也無法睡去。就在幾個小時前，她看著許星純收拾那碗剩粥，一時間想起的是很多年前的一個畫面，讓腳步徹底邁不出去。

那天她帶許星純去喝酒。

清涼的夜晚，他喝醉了，路都走不穩。在路燈下的臺階，許星純縮著肩膀，肩胛上的蝴蝶骨很瘦。

他的臉埋在她的腰間，一對清秀的黑眉擰起，枕在她的腿上夢囈。

連醉酒的傾訴也依舊克制。

她聽到許星純輕輕地說：「付雪梨，我真的不會哭的，妳不要離開我。」

付雪梨不明白這些話的意思，只感覺到他一直緊抓著她的手不放。

她在黑暗中笑起來。

他真怕被人丟棄。

許星純？

喔……妳說他啊？他不是早就跪在妳面前了嗎？

# 第五章　年少

喂，你抽菸的樣子好帥啊，是哪個班的？

十四年前，臨城。

那年的夏天，許星純升入升學學校國中部。家中陰暗潮濕，一顆老舊發暗的燈泡常年亮著，古怪孤僻的母親開始日夜服用藥物也無法入睡，被病痛折磨，得不到一絲一毫的安寧，瘦得不到二十五公斤重。

碗盤在叫罵聲中摔碎。陌生人經常來訪，次數越來越頻繁。

他在學校裡是出類拔萃的男生，五官清秀，寡言聰慧。同學們一下課就衝向籃球場大喊、打鬧玩球，他卻不參加娛樂活動，不看電視，也不玩手機。

習慣了獨來獨往，沒有任何感情填補，沒有朋友。性格內斂，日復一日，去過這長久的寂寞、壓抑、乏味的生活。

靈魂鎖在黑漆漆的深海底，暗無天日。表面依舊努力維持正常的模樣，天生對自己的人格缺陷缺乏自覺，待人不熱情也不顯得冷漠。

他是可以控制自己的。

很多人都低估了許星純。

令人窒悶的盛夏，學校後山有一片廢舊的建築工地。幾十度的風，帶著乾燥的空氣捲過。

他是全校聞名的優等生，是每個星期一固定升起國旗的升旗手。他長得清秀瘦削，皮膚白得幾乎透明。敞著半開的校服外套，隨手點了一根菸，吸了一口。

張口，掠過肺的煙從喉嚨裡緩緩吐出。

坐在這個高度，能看到遠處的一片湖。他盯著發呆。

他靜靜地坐在半截矮牆上，孤僻又沉悶。午後悶熱的風也靜止了，有零碎踢踏的腳步聲，許星純緩慢抬眼。

視線從低至高。

鵝黃色的短裙，手臂雪白，渾身被光鍍出一圈光影。透過灼熱的陽光扭曲模糊的空氣，然後他看清了來人的面容。

一朵快要枯萎的茶花被咬在嘴唇裡，被風一吹，腳腕上的銀鏈叮噹作響。她也看到了他，他來不及收回眼神。

片刻。

她撿起一顆石頭往他腳下的石牆砸了一下，拿下嘴裡咬著的花，仰頭：「喂，你抽菸的樣子好帥啊，是哪個班的？」

他弓著削瘦的腰，手肘撐在膝蓋上，垂下的睫毛濃密直挺。不急不緩，用指尖掐滅了燃著的半截菸，許星純沉默無聲地和她對視。

距離不遠，她側身靠著牆，隨意把花丟掉。

和這個年紀的女學生不同，她沒有任何羞澀，也沒有多餘的話，睜著水汪汪的眼，驕縱又自得地回望他。

嘴唇牽動兩側微凹的酒窩，她是天生笑唇。忽然笑容熱烈綻放，望著別處，將食指豎在自己如薔薇般嬌豔欲滴的嘴唇，像在訴說祕密：「噓，有人來了，我要走了。」

她說：「其實我是妖怪，你不要跟別人說見過我。」

有一隻流浪貓經過，她的聲音帶著鼻音，發出快樂的尖叫去追趕。

看著那抹漸漸遙遠的背影，許星純失神。

他們毫無瓜葛，她撞見了他抽菸的祕密，他們互不相識。

後來他戒了菸，卻再也沒看到過她。他繼續著機械、單一，模式化的生活，對著書本、習題、參考書一絲不茍地重複計算公式。

第二次看見她，太陽依舊毒辣。他收好書，揹著書包走出教室。

下課人流密集，她披散著黑髮，細密光滑如綢緞，從班級門口走過。無視學校的規定，穿著刺繡的白色吊帶衣，細嫩雪白的脊背毫無顧忌地裸露在空氣裡。美麗的雪紡短裙，綴著細細的蕾絲邊。

她一個人撐著大大的傘。肆意隨性，和身旁的人都疏離開來，突兀地存在。

擦肩而過，許星純的心像有細細密密的昆蟲爬過。他轉彎走進人群中，跟在她身後，從樓道、走廊，走過茂密的梧桐樹下，再到校門口。

後來他才知道，原來她不是他的幻覺，也不是妖怪。全校師生都知曉她，到處都有她的傳說。甚至下課時，男生嘴裡討論的人物，她都會高頻率地出現。

許星純就是這樣斷斷續續地知道，那天在廢棄工地撞見他抽菸的女生，她叫付雪梨。

從來不正眼看人，家境很不錯，學習成績一般，有一個看起來很熱鬧的圈子。她們遊蕩在校園裡，對別人愛理不理。

夢裡，許星純又看見付雪梨了。她坐在他的身旁，如玉的纖細小腿晃在風裡，露出一截細腰，腳尖蕩得人後脊發癢。

他第一次覺得一樣東西很好看。太過專注入迷，甚至不敢讓自己繼續看下去。細節清晰，他真想伸手摸一摸，然後一寸寸噬咬。

摸摸她背上凸出的蝴蝶骨，摸她平淨光滑的脖頸，是不是像看起來一樣純潔又脆弱。

其實第一眼，她背靠著牆，叼著花仰頭的樣子就讓許星純有了反應。

她的手柔若無骨，滑涼柔膩，攀爬上後背，將他包抄。他捲起她的裙角，少女光潔的大腿像溫吞的細浪，毫無遮攔。

許星純隨手按開浴室的燈，他看著鏡子裡的自己，手按在瓷磚面上，手指漸漸扣緊。把毛巾蓋在臉上，閉上眼，喘著氣自瀆。

洗完澡，光腳回到房間，他坐在書桌前。那朵被她隨手丟棄的茶花被他撿起，夾在日記本裡，放在抽屜的一角漸漸乾枯。許星純第一次感受到真實。

百無禁忌的真實。

學校裡有傳言，她最近交了男朋友。

她會和別人接吻。

她會對別人笑。

她會說別人抽菸很帥。

他知道，她不是妖怪。

她不是自己的救贖。

深淵一般黑暗寂靜的夜晚，他一遍遍地舉起椅子往牆上砸。

§ § §

臨市一中一年一度開學季。

「聽說沒？軍訓內容好像是從我們這一屆才改的。天啊，這麼熱的天，居然要跑去一個鳥不拉屎的地方待半個月，這該怎麼活啊？真是命苦。」

姚靜一隻手挽著馬萱蕊的手臂，另一隻手抬起遮在額前，擋住刺眼的陽光。兩人隨著人流去操場開會，都穿著剛剛發的軍訓服，快乾膠難聞的氣味仍舊揮散不去。

馬萱蕊搖搖頭，「我也不知道……看等等開會怎麼說吧。」

她們國中是在同一間學校，因為一起參加過跳舞比賽，算是面熟。剛開學就分在同個班當了同桌，一個上午就已經熟了。

中途走到廣場，黑壓壓一片人，各班的隊伍差不多已經稀稀落落地站好了。

不過問題是……

全都穿著一樣的軍訓服，班牌、標識什麼都沒有，姚靜和馬萱蕊有些慌了。

這……這該怎麼找自己的班級啊？

大家都是早上剛認識，彼此不熟悉。身為女生又比較羞澀，眼睛都不敢亂瞟，總覺得旁邊有陌生男生在看自己。

就怕視線這樣尷尬地撞上。

「要不然……我們去隊伍前面找找？」姚靜咬唇，提議道，「也沒別的方法了，好像每班隊伍最前面的地上才寫著各個班的數字。」

馬萱蕊為難起來。雖然覺得大庭廣眾之下這樣找班級很丟臉，而且尷尬，但實在沒別的辦法了。

廣播裡傳來教導主任的催促聲：「——晚到的學生動作快一點，動員大會馬上要開始了！快點站到自己班級裡去，別磨磨蹭蹭，全都跑起來。」

「走吧。」姚靜一狠心，伸手理了理頭髮。

馬萱蕊低著頭，跟在姚靜後面。姚靜大方一點，在前面帶路，不停小聲地說借過。她就只管低著頭走，縮著肩膀，儘量降低自己的存在感。

「那裡！我認識那個男生，是我們班的。」姚靜的語氣突然興奮起來，腳步也加快了。

開會時間，廣播裡又傳來催促聲，於是她們兩個跑了起來，在一堆人裡小心地穿梭。

馬萱蕊被拉住手腕，快到了，跟在姚靜後面，不太看得見路。

「到了、到了，快到了！」前面傳來姚靜的聲音。

突然腳下不知道怎麼絆了一下，馬萱蕊一個沒穩住，身體往前撲去。喉嚨裡剛發出尖叫，手臂就被一股力量拉住。

有人眼疾手快地拉住了她。

姚靜嚇了一跳，忙轉頭查看情況。

感覺到周圍聚集了不少看熱鬧的視線，馬萱蕊如芒在背。她緩緩吐了一口氣，拉住她手臂的男生鬆開了手。

頭頂傳來一道聲音：「沒事吧？」

非常溫和，是屬於少年的聲音，有點沉，也帶點啞。

馬萱蕊定了定神，這才抬頭看去。

陽光熾烈，面前的男生膚色白得像瓷釉，臉很削瘦英俊。薄薄眼皮下的一雙眼注視著她，目光溫柔而又安靜。

像是繪在畫中，春日裡一股和煦的微風，很素淡。

她的心怦怦直跳，像被燙到一樣退了兩步，覺得腦子裡從來沒這麼空過。兩腿微微發軟，不敢和他對視，微微垂首訥訥道：「我……我沒事，謝謝你。」

少女的面容羞紅，牙齒咬住下唇，滿是這個年紀獨有的甜美青澀。

「嗯。」

許星純安靜地掃過她，點了一下頭，沒有繼續接話，他的臉上甚至沒有多餘的表情。

歸隊後按身高排隊，馬萱蕊個子比較嬌小，就站在靠前的位置。她認真地盯著腳前的地，只要眼睛微抬，就能看到站在隊伍最前面的人。

側影勻挺修長。

他應該是班長吧，又或是體育委員？

身高真的好高，有些清瘦，軍訓服大小卻剛剛好，穿在他的身上一點也不大。

極有分寸地站在隊伍最前面，一直都不聲不響。一點也不像同齡人一樣喧鬧，和旁邊的熱鬧都隔離開來，如竹秀逸。

馬萱蕊在腦子裡走神一會兒，慢慢吐出一口氣。想到的居然是——剛剛她的額頭，好像靠在那個男生的肩膀上了……

就碰了一下。

還聞到他身上有種淡淡的味道，很乾淨，像不小心打翻的墨水。

她怔怔地站著，心中忐忑了一會兒，把剛剛那短短幾分鐘差點摔倒的情景在腦海裡又回憶了好多好多遍。

反反覆覆地想著和他對視的那一瞬間。

他的手有些冰涼。握著她手臂的力氣有點大，牢牢地穩住她快摔倒的身體。

雖然馬萱蕊說不上有多招人喜歡，但至少算得上清秀佳人，在普通人裡屬於中上。加上從小就成績優異，性格又溫柔，原來班上有不少的暗戀者。所以她對自己的條件還是比較有自信的。一想起他剛剛專注溫柔的目光，她的心就忍不住微微悸動。

正走著神，前面又傳來喧嘩聲。

「九班那群學生，你們在幹什麼，在耍什麼威風！遲到了還不知道快點，慢悠悠地在公園散步嗎？跑！跑起來！」

一大群人浩浩蕩蕩地走過來，走得非常悠閒，手上提個籠子就能遛鳥的那種，反正是無視了教導主任氣急敗壞的訓斥。那群人裡有男有女，身上的紈綺氣質都很明顯。

一個個只差在腦門「寫上」不學無術四個字了。

「九班在這裡啊？靠，找了半天，曬死了。」一道清清脆脆的女聲響起。

又有人冒出了一句：「看什麼看，把我們當猴子嗎？」

九班站在前面嘰嘰喳喳的女生暫時止住了話，馬萱蕊等人的目光全都落在付雪梨身上，眼睛都沒有眨。

她在那群人裡隱隱有首領的架勢。頭髮全部梳了上去，紮成高高的馬尾，露出光潔的額頭，天生一對秀眉，五官小巧精緻。

軍訓外套就那麼隨意敞著，裡面只有一件白色吊帶，腰肢纖細，窈窕動人。胸口一大片肌膚嫩得像是剛去了皮的蓮藕，陽光下明晃晃的，白嫩刺眼。

這種漂亮，讓人覺得很不安。

馬萱蕊不知道要怎麼形容。她從來沒見過像她這般漂亮嬌豔，任性肆意，甚至達到侵略性的女孩。心裡彷彿有某種預感，她轉過頭去看前面的許星純。

他朝付雪梨注視了幾秒。

落在馬萱蕊眼裡，她心裡隱隱有些失落起來。

學生代表致詞，不出意料是許星純。

九班後面有一幫男生看到學生代表是自己班的，立刻熱烈地鼓掌，不停叫好，有的還狂吹口哨。這般出風頭，彷彿這個榮耀屬於自己一樣，讓旁邊幾個班的學生紛紛側目。

「大家好，我叫許星純，來自一年九班，很榮幸能夠作為新生代表站在這裡發言。」

他垂著眼簾，神色從容寧靜。聲音不驕不躁，就像平靜的林間吹來的一陣清風。

操場上響起掌聲。

有的班級開始騷動。

「哇啊啊……新生代表你知道那是誰嗎，怎麼這麼帥？」

「許星純？認識啊，我們讀同個國中，以全市第一名考進來的。」

一人好奇道：「全市第一！原來就是他啊，之前就聽說過，不過成績這麼好為什麼要來私立學校？有沒有八卦有沒有八卦？講來聽聽，快點，比如有沒有女朋友啊，喜歡的女生之類的。」

「花痴啊妳。我也不太清楚，他是我們隔壁班的。」說話的女生眼睛裡有種閃亮的光彩，語氣變得不同，「其他的不知道，只知道他特別聰明，參加競賽經常獲獎，而且成績超好的。聽說脾氣也很好，他喜歡誰我不知道，不過我知道學校裡很多女生都暗戀他。」

§ § §

下午突然下起了大雨，雷聲很大。馬萱蕊在家收拾東西弄晚了，揹著包包急忙衝上大巴。腳底還濕濕的，差點又摔一跤。

學校包了車去軍訓的地方，一個班一台大巴，為期兩週。

她來得晚，上車後位置基本上都沒得選了。看了看，後面有一幫男生已經吵吵鬧鬧地開始打撲克牌，車裡被他們弄得非常吵鬧。

馬萱蕊暗暗皺眉，又往前走了幾步，腳步突然頓住。

許星純坐在靠走道，身上籠罩了薄紗一般的微光，戴了一隻耳機，低著頭，似乎在出神。

眼光觸及，一股淡淡的喜悅從心裡冒出，隨之而來的是羞澀、顧忌。

站在走道權衡猶豫了一會兒，她在心裡幫自己暗自加油打氣，終於邁開腳步走過去，輕輕伸手，戳戳他的肩膀。

許星純抬頭，睫毛濃密，嘴唇顏色很淡，視線落在她身上。

「那個同學……你旁邊有人嗎？」馬萱蕊吞吞吐吐地開口。

「嗯……」

他頓了一下，「嗯」字拖了一點音。

這時，後面傳來一道不耐煩的女聲：「喂，擋到路了妹妹，讓讓啊，快點。」

順著許星純的目光，馬萱蕊回頭看了過去。

不遠處，付雪梨就站在她身後，瞳孔中似乎映襯著粼粼波光。她掃了馬萱蕊和許星純一眼，冷淡且不耐煩地又說了一遍：「愣著幹嘛？讓路啊。」

「喔喔，抱歉。」馬萱蕊面色尷尬又有些莫名其妙，不知道哪裡惹到這位大小姐了。她抿住唇，抱緊書包，側過身子。

待付雪梨走過，馬萱蕊又轉回頭，就聽到許星純淡淡的聲音：「沒人。」

「起來，讓個位子給我。」付雪梨一腳踹開宋一帆，在他身邊靠窗的位置上坐下。

宋一帆大叫一聲：「這是怎麼了？氣沖沖地，大梨子妳今天吃到炸藥了吧？」

前排的謝辭不耐煩地掀開蓋在臉上的鴨舌帽，手臂揣在胸口，支撐起上半身扭過頭，聲音慵散：「宋一帆，叫你小聲點，老子要睡覺，說幾遍了。」

倒楣透了，一個個都拿他出氣！

宋一帆委屈，於是沖著旁邊打牌的一幫男生吼，「聽到沒、聽到沒？辭哥嫌你們吵，辭哥他說他要睡覺！都給我別玩了！」

旁邊無辜中槍的一夥人：「……」

夏天的雨來得快，去得也快。大巴駛上了盤山公路，搖搖晃晃，車上一大半的人都昏昏欲睡。

拉上窗簾，擋住刺眼的光線，宋一帆實在閒得無聊，於是和付雪梨小聲聊天：「梨子，妳看看這太陽那麼大，太煩人了，要是把我曬黑了怎麼辦？」

付雪梨有點暈車，不太想說話：「你都這樣了，還能黑到哪裡去？煩個屁。」

宋一帆不愛聽這句話，想找什麼話反擊，突然腦子裡靈光一現，張口就來：「是是是，我怎麼會有許星純白呢，妳白他白你們最白。」

「神經！」

「粗俗！」

付雪梨面無表情和他互罵：「賤人。」

「我就搞不懂了！」宋一帆天生就是個戲精，痛心疾首的表情做得很到位，情真意切地問道：「付雪梨，我是真的搞不懂了，像許星純智商那麼高的人，他喜歡妳什麼？喜歡妳胸大無腦嗎？喜歡妳下流粗俗嗎？」

「你再說一遍！」

「不敢不敢。」

「別跟我提他行不行！」付雪梨聽到許星純的名字就煩，暴躁地捶他一拳，從後槽牙裡擠出幾個字，「他喜歡我長得漂亮，怎麼，你有意見？」

幾秒鐘後，宋一帆笑起來：「唉，可能人家就是喜歡妳這種沒教養的樣子吧。」

「傻子。」

付雪梨生氣了。

當然，她更氣的是許星純。

這麼短的時間，他居然就不吭不響地和班上的一個女生搭上了。

過了一會兒，宋一帆又湊過來問，「付雪梨……」

「幹嘛？」

「問妳一件事。」

付雪梨瞥了他一眼，沒吭聲。

宋一帆神情認真，目光非常殷切……

「在妳心裡，我重要還是許星純重要？」

付雪梨沒心思聽他說鬼話，重新閉上眼，敷衍地冷哼……

「都不重要。」

§　§　§

全程近三個小時，終於到達目的地，居然是山上。山上其他條件也就不提了，真正讓所有人傻眼的是——

這裡連住的地方都沒有！唯一一間用磚頭蓋的房子是醫務室。

他們來到這裡的第一個任務就是要自己搭帳篷……

雖說正午已過，但陽光仍然很烈。付雪梨中午沒吃飯，她本來就有低血糖，嬌生慣養地，只要一發作就會渾身發軟冒冷汗。曬了沒多久就開始身體不適，大口喘氣，喉嚨乾渴，眼前發黑又聽不到人說話。

最後在原地蹲了好半天才緩解，有人注意到她的異常，過來把她扶去醫務室。

醫務室有空調，付雪梨半暈不暈，躺在一張臨時架起的床上。又累又難受，不知不覺就睡著了。

姚靜單手抱著一大堆東西，推開醫務室的門。她的手割傷了，準備拿一點藥水消毒。剛走沒兩步，眼睛一抬，被眼前的場景嚇得愣在原地。

幾分鐘後，她才反應過來，捂住嘴倒吸一口氣，立刻原路退了出去。

天、天啊……

剛剛……

剛剛那個男生是班長吧？

今天早上作為學生代表致詞的那個！

他剛剛居然……

居然在親付雪梨的脖子！

跑了十幾公尺遠，姚靜躲到牆角，一直都是恍惚的狀態，滿腦子都是剛剛看到的色情的那一幕。

背對著光，許星純俯身，雙臂撐在付雪梨的腦側，直勾勾地凝視著她。

她側臥著，微微弓著身子，手臂垂落，似乎還在熟睡中。

他先是用嘴唇輕輕地觸碰，額角、眼皮、鼻尖、下巴……漸漸下滑，到脖子。

如痴如醉。

然後順勢張口，咬含住。他的下頜清晰，吻得喉結微動。

又用舌尖舔舐，一點點，緩慢細緻，一遍又一遍。

§ § §

醒了又睡，睡了又醒，總是不太安穩。模模糊糊中覺得有人走來走去，付雪梨勉強睜開眼，眼前一片模糊，只看到一個人影坐在她旁邊的椅子上，離床很近。

她懶得抬眼，只看到玉瓷般蒼白的下頷，淡色薄唇。

他一動不動，彷彿已經坐了很久很久。

似乎察覺到她的目光，許星純轉過眼來。

兩人視線對上。

付雪梨睡到半隻手臂都壓麻了，動彈不得。她看了他一眼就轉過頭，翻了身。

過了一會兒，背後一點動靜都沒有。她索性閉上眼一動也不動。

許星純俯下身，看了她片刻。湊近她耳邊，嗓音沙啞：「身體好一點了嗎？」

付雪梨把頭埋在手臂下，屈肘頂開許星純，同時避開他的目光，悶悶道：「你怎麼來了？」

「口渴嗎？我倒點水給妳喝。」

付雪梨忍了又忍，還是沒忍住。猛地翻了身，悻悻道：「不要你管，滾遠點，有多遠滾多遠，我現在要睡覺。」

許星純處變不驚，像沒聽到一樣。垂下眼簾，逕自倒了一點水：「妳睡了很久，起來喝點水。」

像一拳打到棉花上，根本不疼不癢。他油鹽不進，從來不跟她吵架，也不跟她生氣，平淡無波，似乎一點脾氣都沒有。

平時沒什麼感覺，但是不知道怎麼，現在看他這幅樣子她就格外地不順眼。

付雪梨憋了一肚子火，大聲道：「我說話你永遠當在放屁嗎！許星純你聽不聽得懂人話？我說不要你管，你想管，你去管別人啊，求求你了！你不是班長嗎？班上那麼多人排著隊給你管！對了，你不是剛剛就認識一個了嗎？你去管她啊，在我這裡幹什麼！」

她邊喘著氣，惡狠狠地罵了一大通，罵得咬牙切齒，但話剛說完就後悔了。

這口氣也太像個怨婦了吧。

許星純心裡微微一動，凝神看著她。

付雪梨索性破罐破摔，回瞪過去：「你看什麼看？」

「妳生氣了？」他問。

「我沒有！」她下意識矢口否認。

許星純抓住她細瘦的手腕，默然片刻，低低喚她名字：「付雪梨？」

付雪梨偏過腦袋，沒吭聲。

室內一片寂靜。

「您好大的架子啊，大梨子，我們累了一下午，妳倒好，在這裡快活一下午。」宋一帆一行人人未到，說笑聲先傳來。

門簾被掀開一角，幾個人高馬大的男生呼啦啦地湧進來。安靜狹小的地方瞬間變得熱鬧起來。

「喲！班長，巧了，你怎麼也在這裡？剛剛老師還在找你呢！」宋一帆自來熟地摟過許星純的肩膀。

付雪梨聽到宋一帆吵吵鬧鬧的聲音就煩不勝煩，皺起眉：「你怎麼這麼吵？」

「我哪裡吵，我這不是看到妳，心裡開心嗎？我的寶貝。」宋一帆笑嘻嘻地對付雪梨說完，轉頭故意當著眾人的面去握住許星純的手，「謝謝了班長，那麼繁忙還抽空來為我照顧我們家付雪梨，辛苦辛苦，嘿嘿！」

許星純漠然地看著他，把手抽出來：「我從來不替別人做事。」他的聲音平淡而緩慢。

旁邊有男生出來打岔：「雪梨姊好點沒？馬上就吃晚飯了。」

你一嘴我一句，吵得人煩死了。她透過人群的間隙往外看，許星純不知何時已經安靜地離開了。

付雪梨突然心情就不好了，沖著他們吼：「——全部給我出去！」

§ § §

軍訓沒過兩天就發生了一個驚天八卦，是在晚飯前陸陸續續傳開的。

四班有一個男生深更半夜在草叢裡擺蠟燭表白，玩浪漫玩到最後差點燒起來。還好發現得早，火被撲滅了，不然後果真的不堪設想。

被表白的女主角是付雪梨。這件事鬧得比較大，當事人都被叫去批評教育，回學校估計被處分是跑不掉的。

「要我說，四班那個洪家睿是真的弱智，一進來就要背個留校察看的處分。重點是他追誰不好，非要去追付雪梨，腦子壞了吧？」

「啊？我前幾天看到付雪梨覺得挺漂亮的啊，而且家裡也有錢，有男生喜歡不是很正常嗎？四班的人跟我說，洪家睿從國中就開始喜歡付雪梨了耶，滿痴情的。」

一個女生鄙夷道：「我說你那什麼審美？你看她天天和一群男生混在一起，騷死了，不就是會打扮嗎？而且成績又差，性格也不好，除了臉蛋好看一點就沒別的優點了，受不了，現在的男生就是膚淺。」

有人受不了她的尖酸刻薄，嗤笑道：「唉喲，妳怨氣幹嘛這麼重？搞得人家付雪梨認識妳一樣。不就是妳喜歡的男生喜歡付雪梨嗎？嫉妒了？」

被嗆的女生臉一白，梗著脖子道：「你什麼意思？我早就不喜歡那個男生了，你在搞笑嗎，誰嫉妒她！」

「算了，別吵啦。不過你們聽說沒？今天我一個朋友中午休息的時候還看到付雪梨和洪家睿在一起吃飯，好像沒受到半點影響，之後還有說有笑的，不會是修成正果了吧？」

「啊？洪家睿，不會吧，我的天，付雪梨怎麼可能看得上他？洪家睿長得很一般啊。」

「家裡有錢唄，混得又好。」

另一個人幽幽嘆氣：「老實說，我覺得洪家睿，他真的挺可憐的。」

她們嘰嘰喳喳，七嘴八舌說了半天，突然一個女生驚慌地低聲說：「小聲點小聲點，付雪梨過來了。」

「雪梨，明天我……明天我們還能一起吃飯嗎？」洪家睿一百八十多公分，快一百九十公分的大個子，又黑又壯，像頭熊一樣，臉上乾笑，聲音卻若蚊吶。

「雪梨？」洪家睿講了半天自己在籃球場的趣事，半天沒得到回應，他低頭一望，才發現她正走神，忍不住關心道：「是身體不舒服嗎？妳怎麼了，看起來好像不太高興的樣子？」

在洪家睿眼裡，付雪梨答應和他吃飯就是答應當他女朋友的意思，連身邊的兄弟都鬧著回去要他請吃飯。

「啊？什麼？」付雪梨搖搖頭，淡淡地道，「沒什麼，我沒事。」

兩人並肩往前走，付雪梨其實心裡已經煩到不行，嫌身邊的男生太過聒噪，嘰嘰歪歪無休無止，也不知道為什麼這麼多廢話。

平時她和許星純在一起，大多都是她說話，許星純很少開口，只靜靜地注視她，傾聽的模樣安靜又認真。

高下立見，果然是沒有對比就沒有傷害。

但是轉念一想——

許星純最近和班上的一個女生走得那麼近，那次坐大巴，他們還坐在一起。好吧，這就算了，可許星純這兩天對她不冷不熱的。拿洪家睿的事激他，好像也沒什麼特別的反應。

又想起剛剛迎面碰上許星純，她故意和洪家睿有說有笑，特別大聲。

結果許星純與他們擦肩而過，壓根沒有回應她挑釁的視線，一句多餘的話也沒有，就像她是最普通不過的陌生人。

付雪梨氣死了。

許星純果然是個喜歡玩弄別人感情的渣男！

「雪梨，妳真的沒事嗎？」洪家睿去碰付雪梨的手臂。手才靠近，就被她反應激烈地甩開：「靠，別碰我。」

洪家睿：「……」

莫名其妙被人發了一頓火，他也不惱，悶悶地開口道歉：「對不起。」姿態放得太低了，讓付雪梨剩下的話一時間說不出口。

半晌，她只能說：「抱歉，以後不用來找我了。」

說完她就頭也不回地走了，沒有絲毫猶豫和留戀，只留下呆愣的洪家睿一個人在風中淩亂。

§　§　§

晚訓結束後，剛回到帳篷，教官就派人過來告知今晚十一點可能會有流星雨，想去的等等依照班級集合，統一坐吉普車去另一個視野寬闊的山頭觀看。

「雪梨，妳不去看流星雨嗎？」同一個帳篷的女生回來拿東西，臨走時看她不動，好奇地問。

付雪梨整個人趴在軟墊上，手壓在肚子下面，懶洋洋地，「不去。」

「為什麼？妳不想看流星雨嗎？多難得。」

付雪梨提不起興致：「我大姨媽來了，你們玩得開心點。」

「那妳好好休息，我走了喔。」

「嗯，拜拜。」

沒一會兒，周遭徹底安靜下來。

付雪梨發了一會兒呆，無聊至極地哼歌。時間還早，一點睡意都沒有。

她坐起來，穿著睡裙，索性披了一件外套出去溜達。

今晚頭頂的夜空格外漂亮，像深藍色的幕布，星辰璀璨。

隨便找個地方坐了一會兒，頭髮鬆散下來。看著夜空怔怔出神，付雪梨揉了一下眼，突然敏感地發覺背後有人在看她。

她回過頭。

就在幾公尺外，一個人隱隱約約地倚著一棵樹，不知道在她後面站了多久。

付雪梨一瞬間都起了雞皮疙瘩，嚇得站起來：「我靠，你誰啊？」

一片安靜。

幾分鐘後，她試探性地問，「許星純？」

那人依舊沒出聲，真是嚇人。

付雪梨壯起膽子，微微靠近幾步。終於看清後，她長長地吐了一口氣：「你想嚇死我啊？」

她的鼻子很敏感，剛走到跟前就聞到了一股淡淡的菸味。

許星純剛剛在抽菸。

付雪梨皺眉，借著手機的光，看到他穿著一件黑色T恤短袖，衣領鬆垮，鎖骨露出一大半。黑髮微濕，像剛剛才洗澡。

挺拔俊秀，清淨無欲的模樣，不知道是多少女生心裡的幽冷月光。

「你跟蹤我幹嘛？」付雪梨嗤笑了一聲，瞅著他十分坦然，「沒有和你的馬萱蕊一起去看流星雨？」

她已經打聽到那個女生的名字了。

許星純看著付雪梨，安靜得讓人心底發慌。

他看了她半晌，眼睛從來沒有像這樣寒意滲人。

「你、你看什麼看？」付雪梨握拳，不敢跟他對視，「你再看一眼，我就親你信不信？」

看她凶狠的樣子，讓人以為又要放什麼狠話，結果竟然冒出這一句。

他盯著她看了良久，久到她都覺得毛骨悚然。

看許星純遲遲不說話，付雪梨猛地上前，雙手扶住他的肩膀，踮起腳湊過去親他的嘴唇。

他冷眼旁觀，微微往後偏過頭，她一下撲了空。

「……」

付雪梨推開他，退後兩步，羞惱得渾身都在發抖，轉身就想走，手腕卻被拉住。

卡著腕骨，他使了勁，弄得她非常疼，甩又甩不開。

付雪梨奮力掙扎，想抽出自己的手，低下頭，眼淚就出來了：「你弄痛我啦！許星純你快點放開！」

「你是不是有病？」她對他又掐又打，使勁推開他，「別碰我嗚嗚嗚！！！」

許星純看著她泛紅的眼眶，問：「疼嗎？」

「滾！」

許星純的眼睛裡翻湧著暗潮，臉上有些微溫柔的笑容，有耐心地重複了一遍：「疼嗎？」

「我要你滾——唔唔唔！」

許星純低下頭，付雪梨剛說出口的話被他的嘴唇堵了回去。

她的心跳猛地漏了一拍。

兩個人談戀愛這麼久了，許星純幾乎沒有實質性地對她做過什麼，這還是他第一次這麼凶狠又出格地吻她。

力道大得似乎要把她揉碎在懷裡。

先是嘴唇輕輕地觸碰，然後舌頭伸進她的嘴裡，撬開唇齒糾纏。

後來不知道為什麼，付雪梨幾天來的煩悶都煙消雲散了。她的手臂動作笨拙地摟上他的脖子，耳朵和脖子都發燙起來。

腿漸漸發軟，被他吻得七葷八素。許星純在她鬢邊親了一下，流連到耳邊，舔咬住她的耳垂，低聲說：

「我能和妳做愛嗎？」

年少時，他曾經控制住自己內心迅速滋生的愛欲。即使覺得壓抑，也不願意輕易釋放。但好像快要支撐不下去了，她一次比一次還讓他痛苦。

許星純表面溫柔和善，百般克制，努力維持正常人的模樣，只因為她仍舊天真自在。而他已經到了她多看別人一眼，就會發瘋的地步。

# 第六章　執迷

明知自己會傷得更重，還是要去換得她短暫的迷戀。

馬來西亞熱帶雨林的氣候很明顯，天氣好的夜晚有漫天的星星，月下有數不清的螢火蟲攀附在綠葉之間。

點點燈光之間，有幾個人影移動。

山上的深夜戲是當地時間晚上九點到十二點，拍完戲後疲勞至極的付雪梨躺在臨時租的別墅旁的椅子上休息。欣賞了半晌，覺得太漂亮就隨手拍了一張發微博。

@Fuxueli：看星星，嘻嘻。

她平時不太喜歡發微博，就算發也是工作。看星星這條微博剛發沒幾秒，粉絲就鬧翻天了，千軍萬馬直奔留言區搶前排。

『梨梨好好拍戲，我們等妳（哭）』

『看星星怎麼可以沒有自拍呢？』

『我記得妳之前說過的，最喜歡星星。』

『我想和妳一起看。』

付雪梨退出狂風驟雨般彈出訊息的微博，仔仔細細從相簿裡一一翻著，挑了幾張能看的美景傳給許星純，思考良久，多加了一句：

『剛剛下完雨，居然有星星，你是不是偷偷跑到天上去了？』

他的電話號碼是她前幾天臨走時要的，說是為了方便聯繫，備註欄裡只有一個「許」。

這兩天她有斷斷續續地傳訊息給他。內容隨意，想起來就傳一條，只是一直沒收到回覆。

付雪梨開始懷疑這是個空號，有點想撥過去試一試的念頭，但又實在做不出三番兩次去騷擾同一個人的事。

他似乎不太想和她有過多的聯繫……

儘管意識到自己對這份感情不再遊刃有餘，但她還是心有不甘，意氣難平。

心情忐忑地抓著手機等回覆，等了半晌，意料之內沒有任何回覆。

強迫自己轉移注意力，正失落時，忽然響起一陣腳步聲。付雪梨抬頭望去，是江之行。

「怎麼一個人在這裡坐著？他們在吃宵夜，妳不去嗎？」他憑空出現，身上很乾淨，貼身的襯衫，亞麻褲，沒有拍戲沾染的泥汙。

付雪梨搖頭：「我吃不慣這裡的東西，腸胃不太好。」

江之行順勢坐到旁邊：「身體不舒服？我看妳最近臉色有點不太好。」

「還好。」

被他這麼一打擾，之前煩悶的心緒倒是消散了不少，正閒得無聊，兩人隨便聊起天。

「這裡條件很艱苦吧？」

付雪梨還在專心拍她的夜空，保存到相簿裡，轉頭回道：「聽說之前你拍戲去過零下十幾度的地方，那才算艱苦啊。」

目光凝在他的側臉上，鬼使神差地，付雪梨開口說：「我覺得你長得很像我一個朋友……」

話音未落，江之行就笑了一下：「是那個許隊長嗎？」

「你怎麼認識他！」付雪梨吃了一驚。

一下子被人戳破心思，她慌張地轉過頭。幾秒後，江之行像隨意提起，又意味深長地說：「在片場拍戲的時候見過他，他很英俊，所以讓我印象深刻。」

這時有助理匆匆走過來找江之行，付雪梨的其他話不得不咽回去。

《破曉》在馬來西亞取景後，又迅速前往泰國曼谷、金三角地區、雲南幾個地方拍攝。付雪梨因為檔期安排，在雲南提早殺青。

殺青那天好巧不巧，最後一場在叢林裡的打鬥戲出了意外。

付雪梨被一條長達六吋的毒蟲咬傷腳踝，傷口立刻起了一個大水泡。為了不拖延進度，現場的醫生做過簡單的消毒處理後，她咬牙堅持繼續拍戲。

到這場戲結束的時候傷口已經特別嚴重，付雪梨疼得完全不能動，差點休克。四個大漢把她抬到飛機上，連夜趕回申城入院治療。

拍戲受傷這麼好的炒作機會，團隊當然不會放過。於是付雪梨當天晚上就上了熱搜，在她自己本人尚不知曉的情況下，躺在擔架上昏厥打點滴的狼狽模樣被追粉的線民圍觀了一遍。

其實也不算什麼大毛病，加上這段時間拍攝太累，付雪梨一覺睡到第二天下午才醒轉。唐心推門進去，看到付雪梨悠閒地躺在床上，正剝了一根香蕉吃著。

「好一點了嗎？」她把包包放在一邊，坐到床邊的椅子上。

付雪梨正在滑微博，自顧自地咀嚼東西，皺著眉把手機遞過去給唐心看，含含糊糊地道：

「我說，你們是不是錢給太少了？這行銷號放出來的照片怎麼把我照得這麼醜？」

唐心無語：「妳的關注點能不能別這麼偏，身體恢復得怎麼樣了？」

「本來就沒什麼大事。」看微博看著看著，付雪梨突然滑到自己前段時間拍的夜空，她心裡一動。

盯著螢幕若有所思，手指輕撥。

在訊息裡找了一圈，又到未接來電裡找。短短一天，打電話來慰問的朋友真不少。她有耐心地仔細一頁頁地滑動，終於在第三頁，一個鮮紅的「許」出現在視線裡。

看時間是半夜，接近淩晨，剛上熱搜沒多久的時候。

截個圖，付雪梨心滿意足地關了手機。

休息不到兩天，接下來要替一部即將播出的戲到全國各地跑宣傳。進入暑期，是工作最繁忙的一段時間。

之前付雪梨和何錄在某檔王牌綜藝第三季的熱度太高，幾乎成了國民CP。論壇、微博評論、影音平臺，各個地方都被CP粉刷屏屠版。兩方的團隊有心解綁，但是眼下的形勢實在急不來，不是一時半會能解決的事。

一是還有下一季，都和節目組簽了協議；二是怕反噬得太厲害，兩家都捨不得這個熱度。

這個綜藝節目叫「最後百分百」，可以說是多方混戰都難以搶下的大資源。是一檔西瓜台推出的大型戶外真人秀，從國外買版權，製作團隊的編導也是當前國內的頂尖一流人士。

有笑點、淚點以及粉紅，適齡人群廣，在幾年前首播時就一夜爆紅，收視率多次破四，幾乎所有主要主持人都藉此打開了國民度，衝上一線。

參加綜藝節目有個好處，就是拍攝週期短，但是回報高，熱度可以維持，利潤這麼高，傻子才會放棄。

「最後百分百」第四季第一集是在鎮江一個小鎮上拍攝，基本上是上一季的原班人馬，但是除了付雪梨，又多了一個女主持人。

和她年紀相仿，名字叫季沁沁。

季沁沁也算是當紅的一批女明星，是個中歐混血兒，又圓又尖的小V臉，典型西方長相。她有個很特殊的地方就是特別吸粉，但是同時也特別招黑，幾乎是兩個極端。

這就導致了她的粉絲忠誠度極高，戰鬥力爆表，堪比圈裡某些被稱為流量皇帝的小鮮肉。付雪梨有所耳聞，之前季沁沁是韓國女團出身，站在中心，能歌善舞。後來回國發展，京圈、滬圈都有人脈，好資源和通告接連不斷。

為此唐心特別交代過：「季沁沁十有八九是圈裡有個不小的後臺，跟她好好相處，別走太近也別得罪。」

第二天開始拍攝，前一天大家一起聚了餐。上一季混得關係都還不錯，所以飯桌上打趣何錄和付雪梨的人不少。

還有人直接開玩笑問他們婚期云云。

何錄應對如流，他不是傻子，把哏拋給付雪梨。言笑晏晏，表面看起來無任何不妥之處。付雪梨轉著酒杯，小啜兩口，心裡卻冷笑，佩服何錄的定力。

就在前段時間，明赫琪和一個導演的豔照流出，尺度極大，正臉清晰，清純玉女的形象轟然崩塌，想洗白都難。聽說是合作廠商出的手，明赫琪已自身難保，現在正是人人踩的對象。

身為她男友的何錄倒是沒受什麼影響，談笑風生，該趕通告趕通告。

後來沒過多久，論壇就有自稱工作人員的人開了一個爆料文：

『前線報導，今天我在拍攝現場，用腳發誓錄錄和梨梨特別甜，甜到爆炸的那種！！你們知道嗎？他們已經在討論結婚的事了啊啊啊啊啊啊！！！驚不驚喜，意不意外！！！』

【一樓】火鉗劉明

【二樓】眼神騙不了人，錄錄看向梨梨的眼神，是我看過最美的愛情沒錯了！

【三樓】樓上，確認過眼神，錄錄遇上對的人？

【四樓】太可愛了吧！！

【五樓】之前梨梨在馬來西亞拍戲發的那個夜空，說什麼看星星，肯定也是因為思念某人吧！（捂嘴偷笑）

【六樓】繼續繼續求繼續！

【七樓】我覺得還看不出來他們在談戀愛的人應該籌錢買腦子。

最後還附上背影偷拍照，角度很曖昧，夠腦補出幾段故事。ＣＰ粉狂歡的風波甚至蔓延到微博，一副要讓這個緋聞成真的樣子。

然而大部分心裡有數的媒體人，都把這個當作笑話看罷了。

何錄女友是明赫琪這件事，說白了，當事人不公開，其他人相當有自覺，表面上也裝作沒這件事。只要不涉及自身利益，誰和誰傳出緋聞都只是一種手段。演藝圈就是這樣，身處各路形形色色的神仙妖魔之中，明哲保身最重要。

別管閒事，別得罪人。

第二天一大早，化妝師、造型師、跟拍的ＶＪ就進了房間折騰，換好要穿的衣服，早上六點半準時從酒店出發。

大巴就在門口等。

今天天氣看起來不太好，怕是要下雨。也不知道為什麼，從一大早起來，付雪梨眼皮就一直跳，總覺得今天會出什麼事。

女人的第六感有時候準得可怕。

下午的錄製中途，何錄接了一通電話，掛了電話後臉色很難看，招呼也不打就直接走人，說是有急事。

回程途中，付雪梨靠著窗坐，季沁沁挨在她旁邊，兩人東扯西拉隨便聊著天。季沁沁像個社交達人，手機訊息不斷。她隨手回覆完，突然壓低了聲音說：

「知道嗎？剛剛發生了一件事。」

付雪梨波瀾不驚，點了點頭，出於禮貌回問了句：「什麼事？」

季沁沁慢條斯理地舔了舔唇，附到她耳邊，神神祕祕地低聲說：「明赫琪自殺了。」

？！

付雪梨怔了一怔，心裡一顫，第一反應是：「怎麼可能！」

季沁沁勾唇笑了一下：「騙妳幹什麼？」

「進醫院搶救了？」

「死了。」

看付雪梨臉色由驚訝到詫異，然後是難以置信。季沁沁風輕雲淡，歪頭去瞧付雪梨，一本正經地說：「割腕自殺的。」

「何錄要有麻煩了，妳也小心點。」

§ § §

演藝圈某女星身亡的熱搜宛如颶風一樣掃過各大社交平臺，說是掀起了驚濤駭浪也不為過。

當晚九點零五分，微博「申城公安」發布消息：

『八月十七號下午三點左右，申城公安接到報警，稱XXX區XXX路某飯店內有一女子死亡，經查證，死亡女子為明某某（女，二十七歲，安何市人）。具體的死亡原因正在進一步調查中。』

消息一出，「明赫琪死了」、「明赫琪割腕自殺」、「明赫琪」很快就占據了微博熱搜前幾條，娛樂記者們像打了雞血一樣興奮，連夜追擊熱點，一窩蜂地跑到案發地點去挖料。

網路上各社交媒體的狗血和八卦層出不窮，關於明赫琪怎麼死的眾說紛紜。

廣為流傳的版本是，明赫琪因為承受不住之前負面新聞的網路暴力所以自殺。還有人猜測是他殺，剩下的傳言越發離奇，亂七八糟的，總之是亂成了一鍋粥。

真正將這場年度大戲推到頂峰的，是明赫琪的閨蜜在明赫琪出事的幾天後，在微博上開罵何錄，一連發了好幾篇短文，公開了各種聊天記錄和照片，字字泣血，抽絲剝繭地談各種恩恩怨怨。

主要內容有幾個勁爆的部分。

1.兩人地下戀情已經長達五年，明赫琪甚至為他墮過胎，卻從來沒有被正式承認過，並且何錄和她私下有約定：一起出門不能牽手，保持距離，如果有人在就假裝不熟。

2.何錄為了事業一直不想公開關係，期間多次出軌，腳踏兩條船，出軌對象有圈內某三字女星。

3.之前醜聞爆出來後，何錄曾和明赫琪提出分開一段時間冷靜冷靜。事業和愛情方面雙重的打擊，讓明赫琪這段時間的精神狀態糟糕到了極點。

言之鑿鑿，最後明赫琪的閨蜜更發誓如果有說一句假話，所有的詛咒她都背。

這幾篇貼文一出來，輿論風向立刻被帶偏，幾乎把明赫琪的死都歸咎於感情糾葛。不僅明赫琪的粉絲一夜之間都瘋狂了，就連何錄的粉絲、之前各路的CP粉也鬧了起來。連路人看到這些都有些於心不忍。

下面一堆爆炸的評論。

罵渣男何錄的，質疑閨蜜消費死者蹭熱度的，痛恨網路暴力逼死人的，罵廢物經紀公司玩弄CP粉感情的，還有圍觀看熱鬧的人在猜測圈內某三字女星是誰。

最近何錄和付雪梨兩人的緋聞風頭正盛，首當其衝被拉出來討伐。

沒過多久，又有人放出之前明赫琪和付雪梨一起上綜藝玩遊戲的片段，明眼人都看得出來的針鋒相對，暗潮洶湧。

似乎印證了什麼。

於是某三字女星的矛盾，幾乎立刻指向付雪梨。在沒有證實的情況下，真相卻已經被強行板上釘釘。

CP粉們的粉紅幻想一夜破滅，感覺自己像個智障，被人耍了一遭，內心憤恨失望，頃刻之間所有愛意全部轉為痛恨，於是瘋狂開罵。

這件事轟轟烈烈地鬧了好幾天都沒有停，樹倒猢猻散，無數粉絲聯名申請全行業封殺何錄和付雪梨。

眼看著越說越離譜，團隊不得不硬著頭皮在這種一邊倒的形勢下出來解圍，澄清解釋。

『之前的炒作只是節目組需要熱度，有粉紅情節大多也是因為剪輯問題，兩個藝人在《最後百分百》裡相識，私下交往僅限於好友同事，請各方不要謠傳。』

然而一點用也沒有，網路上一邊倒，轟轟烈烈的討伐還在繼續：

『哈哈哈哈哈哈！看這個公關文，渣男配女婊天長地久。』

『兩個人早就搞在一起了吧，現在說這些是打算繼續騙粉絲嗎？當我們都是智障嗎？』

『笑看你們表演，當代線民怕都是民智未開。』

『不要用剪輯當掩飾，你們為了炒作已經沒了良知，不怕遭報應嗎？』

『我現在懷疑這是謀殺……』

『大家冷靜一下吧，感覺現在都瘋了，其實根本沒有確實的證據就在亂罵，上一秒譴責網路暴力，實際上這一秒也在對他人實施網路暴力。非要逼得人家也死了才好嗎？』

『何錄渣男原地爆炸全家升天！！』

§ § §

「抱歉，我說了她現在情緒很不穩定，不能接受任何採訪。是誰把付雪梨的手機號碼放到網路上的？簡直太胡鬧了！！！」唐心踱來踱去，一通接一通的電話讓她煩躁得直揉眉心，猛地放下手：「這件事先看看警方怎麼說，不是還在調查嗎？買點行銷號控制輿論，我暫時幫付雪梨把通告都推了，這段時間最好別在公眾前露面，你們也把嘴巴給我鎖上，什麼都不要回應。」

「什麼？你確定嗎，是聽誰說的？」大概不是什麼好消息，唐心的口氣忽然變了，表情變得凝重。半天後她嘆了口氣，打斷對方，聲音因為激動還有些克制不住的顫抖：「算了，這個以後再說，我現在這裡有事。」

掛了電話，唐心打開客廳的燈。

「妳還OK嗎？」

「還行。」

有些昏沉的光線下，付雪梨的聲音聽不出情緒，只是略微有些疲憊。

「怎麼了？這幾天妳一直失眠？」

「我這是老毛病了。」

「那妳趁著這段時間好好休息。」唐心頓了頓，「做我們這一行，妳知道的，很多話說不清，妳別太在意，這幾天就在家裡好好休息，別去管外界的言論。」

「妳和何錄的事情要說清楚，但不是現在，沒人會聽妳說。等風波過去再說，現在說什麼都是錯，連標點符號都會被人拿來罵。」

「……」

「付雪梨？」唐心喊道。

她蜷縮著，蓋著毛毯，沉默地把頭埋進膝蓋，一個人默不作聲，看起來孤零零的。

也是，又不是鋼筋鐵骨。面對這些，客觀來講，是個人心裡都會有些過不去。

她十二點十萬火急地在中城的機場接到付雪梨，旁邊跟了幾個助理和保鑣，但還是擋不住圍上來的長槍短炮，四周鎂光燈如白晝一樣地閃，記者爭先恐後地問八卦，麥克風爭先恐後地往前遞，窮追不捨。

「請問妳和何錄的戀情是否是真的？」

「對於明赫琪的死，妳有什麼回應嗎？」

「付雪梨，妳會公開回應網路上的一系列質疑嗎？」

「請問……」

除了娛樂記者，還有聞風而來的粉絲及海嘯一般的討伐聲。各種難聽的髒話層出不窮，每個人都情緒憤怒，甚至還有人出手朝他們扔東西。

別說付雪梨這種從小到大都順風順水、嬌生慣養的溫室花朵沒見過這種架勢，就連在演藝圈這個大染缸裡打拚多年的唐心。見慣了大風大浪和大場面的人都沒經歷過這種噩夢。

像過街老鼠一樣，走到哪裡都幾乎快被別人用憎惡的目光燒穿。

手機裡一條接一條的恐嚇訊息，小三、賤人、婊子、嘲諷、挖苦、咒罵，幾乎要將手機塞爆了。

現實世界無可避免，生而為人，撕下血淋淋的外表，呈現的東西罪惡又恐怖。

前途坎坷，一路鬼怪。

自從出了事，無奈之下，唐心替付雪梨暫停了所有活動，就差把她家裡的網路都停了，不接收外界的任何消息才好。

——轟隆隆。

——轟隆隆。

被太陽暴曬了幾個星期的申城，今天烏雲密布，涼風乍起，到傍晚終於嘩啦啦地下起了雨。

室內的空調溫度開得很低，這種天氣讓人只想裹著被子好好睡一覺。

有人按門鈴。

門鈴響了好半天，鍥而不捨。付雪梨振作起精神，翻身而起去開門。

門一拉開——望著門口，付雪梨睜大了眼，頭有點暈，像在夢中。

心臟一陣顫抖。

許星純背著光，手裡拿著還在滴水的黑傘。他抿著唇，鼻梁挺直，眼神陰沉。

好像淋雨了。黑色短髮上掛著水滴。

付雪梨身上還裹著小被子。心想他來幹什麼，又不出聲，臉上的表情強制地壓抑。

她看著他：「你來幹嘛？」

「警方有幾個問題需要問妳。」

「……」

一句話在付雪梨的心硬生生地戳出一個洞，頓時就想抓狂。頓了半天，才難以置信地問：

「所以你現在是來我家調查明赫琪的案子的？」

看到許星純默認的樣子，付雪梨頓時氣得反胃，心裡泛起莫可名狀的委屈：「要是我不願意呢？」

他的眼裡沒有一點波動，垂下來：「我沒有權力強制要求妳配合。」

寡淡到漠然的樣子，讓付雪梨心底最後的一點驚喜也沒了，她似笑非笑：「你們當員警的就是不得了。」

不知道自己的眼睛都紅了，還在裝作無所謂：「許星純，你隨隨便便就能找到別人住的地方嗎？又在濫用私權吧？」

許星純側身擦過她進門，在擺滿了空酒瓶的茶几前停下。

付雪梨去浴室洗了把臉，放慢動作，稍微把自己收拾一番才出來。

她的手揹在身後，十根手指都絞在一起，高抬著下巴：「想問我什麼問題，直接問唄。怎麼樣，還想看我什麼笑話？」

許星純目光掃過她的臉，一言不發。

他平淡無波的眼神此時格外刺眼，像是諷刺，猛地她就被刺傷了自尊心。要往回走，肩膀忽然被抓住。

靜止了兩三秒，她忽然爆發了，這幾天對外界各種聲音的憤怒齊齊湧上，猛地掙開許星純往後退：「放開我！你們真的很搞笑啊，我為什麼要被莫名其妙地扯進來配合你們？我又不知道明赫琪怎麼死的。」

許星純依舊平淡：「是關於何錄。」

最近這個名字看到、聽到太多次，每每都伴隨著各種骯髒的汙言穢語，以至於從他口中聽到，讓付雪梨沒來由地一陣反胃。

她把手握成拳頭，強壓著火氣，氣息紊亂：「我和他？你們想聽什麼？三角戀，出軌小三導致原配自殺，你想聽的是這個嗎？」

「所以妳是嗎？」他問。

「我是你媽！」付雪梨隨手抄起旁邊的東西瘋狂往他身上砸，「滾！」

原本一肚子想說的話，現在一個字都不想說了。許星純伸手擋住她：「妳冷靜一點。」

從小，付雪梨就不懂為人處世，得罪了不知道多少人。但是隨著年紀增長，遇到某些事情，終究還是忍下來了。

但是對許星純，說實話，別人對她怎麼樣無所謂，但是她在他身上吃不了任何苦頭，受不了任何委屈。就算只有一點點，也讓她馬上想爆炸。

「冷靜個屁！你也看到新聞了吧，你不就是過來看我笑話的嗎？那你現在看到了，快點滾啊，反正像我這麼齷齪的人，死了也不要你管，你滾吧，現在就滾。等我死了你再來調查吧……」付雪梨抽泣著，淚水決堤而下，模糊了視線。

許星純任她打罵，一動也不動。

她低下頭，哆哆嗦嗦，不停用袖口擦眼淚。死死咬著嘴唇，忍著不哭出聲。

因為她不想哭的，至少不想在他面前這麼狼狽。

反正許星純已經不會心疼她了。

記憶裡溫溫柔柔的許星純，對她那麼好的許星純，統統都是狗屁。

一路被連扯帶拉。

後背撞在冰涼的瓷磚上，蓮蓬頭被打開，刺骨的冷水迎面澆來，從頭冷到腳。付雪梨只來得及閉上眼，膝蓋發軟幾乎要跪下去，她瑟縮著，滾燙的眼淚湧出來，牙齒控制不住地打顫，上氣不接下氣。

許星純單手把她壓在牆上，貼著她的耳朵用沙啞的嗓子問：「妳說妳想死？」

「妳想死？」

許星純咬著牙又問了一遍，語調冷颼颼的。表情顯露不多，卻戾氣逼人。

她忽然平靜了，往後退咬著嘴唇：「關你什麼事。」

「和我有什麼關係？付雪梨，妳有親人朋友，妳不是未成年，出了事情，能不能成熟堅強一點？妳認為死就是解脫嗎？」

「你是我的什麼人？憑什麼到這裡教訓我？」她緊緊追問一句。

默然很久，他一句話也說不出口。付雪梨撇過頭去，有點受不了許星純此刻的表情和眼神。

冷水噴灑著，他的身上也被淋濕了，襯衫緊緊貼著肌膚。付雪梨臉上分不清是淚還是水，兩人的模樣都狼狽至極。

及肩的黑髮被水打濕散開，一縷一縷貼著白淨細膩的皮膚，眼睛烏黑濕潤。

「你別碰我。」付雪梨用力掰開許星純的手，推開他，跌跌撞撞地往前走。

剛走兩步就摔倒在地。膝蓋直磕在濕滑的瓷磚地面，鑽心地疼。

真的好疼啊，從骨髓直達頭皮的那種。

緩了一兩秒，付雪梨知道身後的人在看著她。她咬牙，扶住一旁的洗手臺，忍著痛準備爬起來。突然，一隻手臂被狠狠拉著，被人打橫抱起。

肩膀上持續傳來的痛楚彷彿要刺進心裡，她感覺要被許星純捏碎了，卻忽然一點都不怕，身上也感覺不到絲毫寒冷。轉頭摟住他的脖子，把腦袋靠在他肩上。

感覺得到許星純渾身一顫，付雪梨突然想笑。

眼睛彎得像月牙，但是心裡卻莫名難受極了，一點一點地揪得發疼。

婊子的做作永遠比淑女的真話迷人。

許星純從來都不懂。這麼多年，一點長進都沒有。

他從小就缺愛，她隨隨便便的一句玩笑話，甚至是謊話，都能讓他痛苦萬分。

記得很久以前，上高中的時候，有一次她和他發脾氣，隨口說：「分手吧，許星純我真的厭倦你了，你馬上就要逼死我了你知道嗎？再不分手我寧願去死。」

這當然是氣頭上的胡話，她太知道怎麼能讓一個人更傷心了。聽到這樣的話，許星純整個人似乎一瞬間都空了。

接連幾天的課他都沒去上，聽老師說是請了病假。

第四天放假。

付雪梨在家一覺睡到黃昏，天色已暗，出門吃飯。許星純坐在她家旁的花壇上，抽了整整一包菸。

身形孤零零的，像一棵挺拔嶙峋的樹。

她站了兩分鐘才溜達過去。

剛走近，就看見許星純衣服上有明顯的血漬。袖口處尤其明顯，付雪梨大驚失色，急忙過去拉起他的手臂。

上面全是縱橫交錯的傷口。

「你瘋了！」她不敢置信。

他居然瘋狂偏執到這種地步，為了她隨便一句氣話這樣對待自己的身體。

許星純抬頭，眼裡很平靜，和她對視，握住她的手指，極其輕地落下一吻：「付雪梨，妳要死，我和妳一起好嗎？」

「……」

他站起來，付雪梨掙扎著往後退。

幾秒鐘的寂靜。那時候她隱隱約約就意識到——

像許星純這種表面溫和的人，其實骨子裡比誰都絕情。她死咬著慘白的嘴唇，不敢有任何動作，脊背有冷汗滲出。

他俯身過去，下巴放在她的肩上，鼻息噴灑在她耳畔：「不敢死，以後就不要在我面前說這種話。」

她起了一身雞皮疙瘩，像被一盆冷水猛然淋在頭上。

「嗚嗚嗚，許星純你就是一個變態吧？」付雪梨腦子裡轟地一聲，哭得更大聲了，快要喘不過氣，「你這個賤人，你敢死你死，我才不死。」

§　§　§

申城公安分局會議室。

「氯硝西泮？」

「對，在死者體內檢測出來的。」林錦翻看著卷宗和資料，「我覺得事情沒那麼簡單。明赫琪被發現時躺在浴缸裡，身穿紅裙泡在水裡。因為失血過多，全身皮膚已經呈青紫色，但怪異的是臉上濃妝豔抹。」

劉敬波眉頭緊蹙：「你是說她被下藥了？」

「這什麼藥啊？聽都沒聽說過，能不能來個專業的介紹？」小王年紀尚淺，沒見識過許多，在旁邊聽得很迷糊。

「這玩意兒無色無味，一般人吃了以後約二十分鐘生效，持續四小時以上。服用後，人根本就是昏厥狀態。」林錦直接解釋。

劉敬波越來越疑惑了：「對，奇怪的地方就是這裡，你說自殺就自殺唄，割腕前化好妝，還吃個稀奇古怪的藥，想想都怪嚇人的。」

林錦搖頭：「不排除死者求生欲望太低，害怕自己反悔，割腕前服用以減輕痛苦。」

但化妝又是為了什麼？上路也要走得體面一些嗎？

這個案件他們有些頭痛，助理發現明赫琪自殺以後，第一時間撥打的是急救電話，等醫生趕來才報警，之後明赫琪當場搶救無效死亡。

隨後不知道怎麼的，消息傳得太快，記者和路人都進去看熱鬧。第一現場被破壞得乾乾淨淨，能留給他們偵查的細節很少。

明星在飯店身亡引起的關注非常大，各家媒體都在等警方這邊的消息。

林錦站起身揉揉額角，靠在會議桌旁，聲音低沉：「按照許隊和老秦那邊初步的鑑定，死者死亡時間大概是上午十一點左右。但是按照氯硝西泮在血液裡的濃度分析來看，正常情況下，服藥時間應該比死亡時間提前一個小時到兩個小時，也就是說，死者是在藥效發作後才割腕。」

「但這不是矛盾了嗎……」小王翻看案發現場留下的照片，「不知道是不是現場太混亂，我們去的時候查了幾遍，都沒有發現明赫琪割腕自殺的器具。」

明赫琪割腕的方式是順著動脈割，這種情況下，只有抱著必死的決心才會這麼做。身上沒有明顯掙扎的痕跡，手腕被鋒利的尖銳器具割破了皮下組織八毫米到一點五釐米深，流血速度很快，被人發現之前就已經死亡了。

林錦繼續說道：「根據飯店提供的記錄，明赫琪死亡當天，房間門口出現過三個人。」

「一個是送外賣的，沒有進入房間，這個暫時排除。」

「一個是戴著口罩和黑色鴨舌帽的年輕男人，經過調查應該是何錄。不過按照他的口供，他只是出發去烏江錄節目之前探望一下女友，並且說當時明赫琪情緒較為穩定。」

「還有一個是負責照顧明赫琪生活的助理，案發的時間她剛好出門替死者買東西。」

「三個人的口供基本上都一致，和飯店的監視畫面也能對上。」

小王撓撓腦袋：「那就是說，明赫琪是自殺？」

林錦搖搖頭：「沒這麼簡單。」

討論了一上午也沒有什麼實質性的進展。在解開一系列謎團之前，要快速下判斷也不可能，但偵破這個案子迫在眉睫，不能耽擱太久。

到中午吃飯的時間，小王收好一大堆案卷，揉著發痠的肩起身。

身邊的人一個個經過，小王快步跟在劉敬波身後神神祕祕地小聲說：「劉隊，問您一件事啊？」

劉敬波看他一眼：「什麼事？」

「就那個，最近我上網，好多沒證據的事在瞎傳，看得我都急得發慌。就付雪梨，那個明星，你知道吧？唉，被罵得特別慘。然後呢，我就突然想到，她好像還是許隊的舊朋友呢。」

劉敬波聽得不耐煩，打斷他，「你到底想說什麼？」

小王嘿嘿一笑：「聽說漢街那裡的洗浴中心和娛樂中心，聚眾吸毒的案件又發生了好幾起，許隊他最近應該很忙吧？怎麼有心思特地來管這件事？」

雖說許星純是警察機構的法醫，但首要身分是一名緝毒員警。他最近兩年表現很突出，在基層鍛煉的幾年裡，破獲的毒品案件有上百件。去年才在體制內被調來申城，聽說是上頭的安排，他們也不太清楚。許星純平時特別忙，連影子都見不著，除了法醫工作，相當多的時候還要承擔與緝毒相關的工作。

「所以呢？」劉敬波問。

小王一臉八卦加夢幻的表情：「所以我想問您啊！許隊和那個付雪梨，他們是不是真有什麼不可言說的關係？上次您知道我看到什麼了嗎？我在許隊的臨時休息室裡，看到付雪梨了！當時我就震驚了，懷疑自己是不是看錯了。所以這幾天我一直在思考……其實許隊是大明星的地下男友。您覺得有沒有可能？」

「……」

「其實挺不好意思的，我有個特別喜歡的偶像，好多年了。我就想說能不能拜託一下許隊，幫我要個簽名什麼的，嘿嘿。」

劉敬波像在看傻子一樣，猛地打了他腦袋一下：「小王，我說你怎麼一年到頭破不了幾個正經案子，原來是心思全放在這上面了！」

「哎喲哎喲別打，有話好好說！」小王抱著腦袋嘀咕，「我不就是關心關心許隊嗎？」

§ § §

付雪梨作了個夢。

在夢裡她和一群朋友去吃飯，其他人先上樓了，只有她一個人坐電梯上去，進去後按鍵上全是年分。

來不及收手，按到了十年前。電梯門打開，她走出去，教室裡正在上課。朗朗的讀書聲裡，許星純穿著乾淨的校服，站在講臺上抄板書。

大家齊刷刷盯過來。

付雪梨頓時慌了，想回電梯裡，一轉身反應過來教學大樓沒電梯，剛才的地方變成了走廊。

她是被嚇醒的。

茫然地睜開眼，看著頭頂的天花板喘氣。過了好半天才反應過來，原來是在作夢。又花了幾分鐘漸漸找回思緒，剛剛她在浴室……

在浴室被許星純攔腰抱起來。然後……然後……

付雪梨眼皮沉重，勉強撐起身子，掀開身上的被子下床。打著赤腳，拉開臥室的門。

突然聞到空氣裡有股類似食物的淡淡香氣。

她走過去，看到餐廳的桌上擺著一碗粥。已經沒有熱氣了，不知道放了多久。

不用看也知道是誰煮出來的。

付雪梨拉開椅子坐下，往嘴裡送了一勺，然後慢慢咽進去。

一口接著一口，雖然很難吃，但她都吃完了，心裡百感交集。

在沙發上摸起手機，開機。付雪梨的腦子裡胡思亂想了一會兒，下定決心，撥出許星純的號碼。

『嘟……嘟……嘟……』

耳邊突然隱隱約約有鈴聲響起，不遠不近，分辨不清具體方位，大概是在陽臺的方向。

許星純沒走？

付雪梨的內心深處鬆了口氣。她跟著聲音走，猶豫地拉開陽臺的門。

在她的注視中，許星純按下手機按鍵，終止通話。他穿著單薄的襯衫，陽臺的風很大。

付雪梨停下腳步。

久違地，心虛又心悸。

「那個……」她遲疑了一瞬間，然後開口，「上次的粥，也是你煮的吧。」

付雪梨希望自己這句話，問得很自然。

有短短一段沉默。

「你每次主動來找我都擺出一副不想跟我說話的模樣，你到底想幹什麼啊？」她疑惑地問。

許星純置若罔聞，靠在牆邊，低頭點燃一支菸。

他的肩線流暢，順著衣服的側縫線延伸出筆直的線條，略濕的白襯衫，黑色皮夾克。

一團煙霧繚繞之中，他似有若無地盯著她的模樣，居然有種說不上來的誘惑。

陽臺上擺著原木的桌椅，牆壁上嵌著暖黃的燈帶。付雪梨在心裡一遍又一遍地提醒自己：不能被美色誘惑，千萬要把持住，千萬要把持住。

千萬要把持住自己。

到底還是忍不住，向他走近兩步，她一時手快，去搶許星純的菸。

他沒有反抗。

付雪梨光著腳，剛好到他的下巴，只能仰頭，才能看到許星純的眼睛。

「許星純，你在裝什麼？」她仰頭，一板一眼地問，似乎很疑惑。

燒了半截的菸被她隨意丟棄到一邊。他無動於衷，微敞開的黑色夾克裡襯衫也半濕，脖子好看得想讓人仰頭咬上去。

許星純抬手，關了旁邊的壁燈。

付雪梨微微踮腳，張開手臂環繞過他的脖頸。她用很輕很輕的聲音，在他耳邊問：「你明明就放不下我，對不對？所以你一次又一次主動來找我，你根本控制不住你自己啊，許星純。」

他全身都綳緊了，不發一言，像是被戳破了什麼難堪的祕密心事。

付雪梨把頭貼在許星純的胸膛上。不知怎麼，突然有點懷念，她好久都沒看到他笑過了。其他人都不知道，許星純笑起來有多好看。

年少時候的她可惡至極，經常惡作劇作弄他。他們單獨在一起的時候，許星純往往不會生氣，偶爾會對她露出無可奈何的笑容。

笑得深的時候，臉頰上有淺淺的酒窩，不用細看就能讓人醉到心窩裡。

她玉白的指尖閒閒地戳他的下巴，漫不經心地道：「笑一個好不好？」

許星純冷淡地看著付雪梨，沒有任何實質性的反抗動作。沒有推開她，也沒有抗拒，只是微微擋住那隻亂劃的手，語氣陰沉：「妳想幹什麼？」

「我想……你對我笑一個，好不好？」付雪梨又問了一遍，心裡一嘆。

沒等他拒絕，鮮紅的薄唇，快狠準，毫不猶豫地對上他微張的唇。

舌尖挑開他的牙齒，付雪梨一邊笑，如願以償地看著許星純劇烈抖動的眼睫毛。

她加深了這個吻，越發專注投入，雙臂緩慢纏繞住他的腰。

由淺入深，由表及裡，不過幾分鐘，場面就失控了。

負面心理和感情一直都被強行壓抑住，一旦發洩出去，完全得不到控制。

理智一點一點瓦解，瘋狂又激烈的情愫剎那間超越了警戒線，變成被欲望支配的怪物。付雪梨像在狂風暴雨裡漂浮的一葉孤舟，感覺骨頭都要被他勒斷了。

一路糾纏到客廳，她被按在柔軟的沙發上，無力地攀住許星純。他和她十指糾纏，額頭相抵，不停摩蹭。

付雪梨感受到他炙熱的唇，撕破平靜後，像要把她生吞活剝。

從她眉心一點點碾過，停在頸窩處，一點點舔舐，然後深深喘氣。

色情到了極致。

他口中低聲呢喃的全是她的名字。

這讓付雪梨突然萌生了一種罪惡感。她大口大口地呼吸，瞇著眼，盯著頭頂眩暈的燈圈，感覺自己漸漸下沉。多年前的記憶，在眼前似乎越發清楚——

人頭攢動的商業大廈裡，她臨時接到好友的電話邀約。許星純在旁邊，她瞎編了一個理由，讓他去冰淇淋店買冰淇淋。

等他去排隊後，付雪梨安心地溜走去酒吧跳舞。在計程車上用手機傳訊息，通知了許星純一聲。

『我走啦，許星純，一個人要乖乖的喔。』

夜裡下起暴雨，嗨到三更半夜的她被好友送回家，醉醺醺地撐著不知道是誰的傘。

剛下車，搖搖晃晃地走了幾步，一抬頭就看到許星純站在她家門口。淩晨暗淡的路燈下，他全身濕透，手裡還拿著早已經融化的冰淇淋，就那麼平靜無波地看著她。

那是付雪梨的人生裡，極少數極少數會對某個人，產生類似愧疚的情緒。

付雪梨，妳要許星純乖乖聽話。

他乖乖聽話，然後乖乖被妳丟下。

有一個想法讓她心生恐懼。

「許星純。」

親吻無盡地漫長，付雪梨的聲音突然有些哽咽，一緩一頓：「上次的粥，和這次的粥，都是你親自做的，對不對？」

聽到她的聲音，他慢慢停下動作，許星純垂下眼簾，很輕地嗯了一聲。

更多的話最終沒說出口，被咽回去，藏在了心裡。付雪梨心臟有些火燒火燎的痛：「你這麼多年都沒有忘記我，對不對？」

許星純似乎知道她要說什麼了，嘶啞著聲音自嘲道：「妳繼續。」

「許星純，你真傻。」

她用力抱著許星純的腰，想笑笑不出，想哭也沒眼淚。湊過頭去，鼻尖輕輕蹭蹭他耳畔說：「你不要愛我了好不好？」

真奇怪。

許星純為什麼這麼傻？一路撞著牆，這麼多年都不知道回頭？

她知道的。

他愛她。

他沒脾氣。

所有做給她看的冷漠，骨子裡都是赤裸裸的熱情。所以她第一次覺得，他可能喜歡她，真的喜歡得太辛苦了。

在這方面，她一直都沒有自覺和自知之明。

付城麟說得沒錯，天生三心二意的人就一心一意玩耍，不要勉強自己專一。

付雪梨突然開始怨恨自己。自己就是這種玩意兒，控制不了天性裡的缺陷，一點都配不上別人對她的好。

許星純就是一個大傻子。還是一個運氣不好的大傻子，碰上她就一根筋。

真的好慘啊。

明知自己會傷得更重，還是要去換得她短暫的迷戀。

像牢籠裡的困獸，裝作深藏不露，然後獨自吃下藏都藏不住的苦頭。

# 第七章　劫持

在三人的注視中，槍重重落向地面，他緩緩舉起手。

唐心推開門，付雪梨趴在餐桌上一動也不動，彷彿睡死過去了。她的面前擺著一個盛過粥的空碗，來不及收拾。

一聲不吭地走過去，唐心伸手推了推她的肩膀：「醒醒，妳怎麼睡在這裡？也不怕著涼。」

付雪梨的頭埋在雙臂間，過了老半天，才抬起來看她。

「……」

唐心嚇了一跳，看付雪梨眼皮紅腫，臉色蒼白。整個人恍恍惚惚地，呼吸間酒氣微醺，不知道昨晚哭了多久的模樣。她皺著眉頭說：「不是吧，付雪梨？您不是一向最灑脫了嗎？這次一點負面新聞就把妳打擊成這樣了？」

「沒有。」付雪梨慢慢直起身，她覺得累極了，極度無力，嗓子已經啞得說不出話來，「妳怎麼來了？」

唐心起身去廚房的冰箱拿了一瓶低度酒，拿個玻璃杯倒了一點，隨口問道：「妳最近上網沒？」

「沒。」付雪梨側歪在椅背上，頭髮亂糟糟地，手指摩挲著光滑的碗面，凝視半晌。

她有一搭沒一搭地聽唐心說話，腦袋裡有如一團亂麻。

昨晚許星純走之前最後看她的眼神，一直浮現在眼前。

從驚濤駭浪，到最後歸於死寂，彷彿最後一點光也熄滅了。

他靜靜離去時的背影映在她眼底，更像是一種滾燙的疼痛。

步。

感覺心在一抽一抽地，憋得胸口發疼。她也沒想到自己這麼狠，居然會把許星純逼到這個地

有一瞬間付雪梨有過後悔，想出爾反爾，出聲留下他，但理智隨即回籠。

她之前一句話堵死了兩人以後的路。她怎麼能這麼沒良心，厚著臉皮糾纏他，然後看著許星純繼續沉淪在痛苦中！

他早點對她死心也好。

唐心看付雪梨又恍神，也不在意，繼續自顧自低聲爆料，臉上有隱約的笑意：「呵，妳知道嗎？明赫琪根本不是為情自殺，警方已經放出消息了。」

「什麼？」付雪梨游離的思緒瞬間被拉回來，「這是什麼情況？」

「具體的還在保密，我也不太清楚，不過已經確定明赫琪是他殺了。」唐心漫不經心地撥弄指甲，「昨天買通了圈裡一個狗仔，沒意外的話，今晚微博就會爆出何錄出軌的人。誰都別想白白讓妳背黑鍋，要踩著我的人上位，不可能的事。」

「喔對了，妳別擔心了，網路上變天快得很，一天一個樣。今天一過，我保證明天會在微博上幫妳帶出一個『向付雪梨道歉』的標籤。」

「……」

唐心喝完最後一點酒，放下杯子：「行了，這個事暫時告一段落。下個月我手裡有個項目，估計得出國一個月。這幾天妳在家休息夠了吧？接下來的通告我等等傳到你的微信。」

§ § §

堪稱年度大戲居然大反轉，網路上各式各樣的娛樂新聞鋪天蓋地。唐心趁著熱度正高，第一時間就幫付雪梨安排了一場記者會，粉絲也有幾個名額。

採訪到中途，底下突然有個男粉絲聲嘶力竭地喊叫，激動得淚流滿面：「付雪梨！！！全世界都欠妳一個『對不起』！」

「……」

付雪梨本來在回答問題，猛然聽到這個哥們兒粗獷又略帶一絲心碎的聲音，頓時覺得有點好笑。忍不住停了一下，控制住臉部表情才沒笑出聲音來。

但下面的記者沒忍住，三三兩兩，現場輕鬆地笑開了，氣氛一下子輕鬆不少。

有網媒繼續提問：「那請問妳和何錄——」

「不好意思，我們之前已經統一答覆過，我司藝人和何錄先生私下沒有交流，僅限於同事關係，不回答類似問題，抱歉。」旁邊有工作人員有禮地打斷這個記者。

付雪梨安安靜靜不出聲，過了一會兒拿起麥克風，一字一句認真說道：「最後只說一遍。出道以來，我從來沒有和任何圈內人發展過戀情。」

一場記者會平平穩穩地開完，無功無過。下午付雪梨要趕去另一個地方拍攝一支MV，中午的休息時間很短暫，要吃飯化妝換衣服。

連續高強度的工作，幾乎天天都在趕通告。付雪梨深感疲勞，有些支撐不住。定好一個十五分鐘的鬧鐘，窩在沙發上沉沉睡去。

身邊似乎人來人往，嘈雜的聲音時強時弱。昏昏沉沉之間，付雪梨摸起手機看時間，西西在半分鐘前傳了一條訊息：

『雪梨姊，機票已經拿到手了，行李也收拾好了～我在車上等妳喔^^』

走出電梯，進入地下停車場，付雪梨拿著手機，往西西剛剛傳的位置走去。

§　§　§

「小方、小方。」西西推門而入，空曠的化妝間裡就剩小方一個人。她探頭四處望了望，「你看到雪梨姊在哪裡了嗎？我手機不知道掉到哪裡了，聯繫不上她。」

小方抬頭，納悶地道：「啊？我剛剛看到雪梨姊稍微補了妝就出去了啊，是不是去上廁所了？」

「什麼時候？」時間快來不及了，西西有些著急地問，「現在路上有點塞，我怕到時候飛機來不及。」

小方想了想，說：「十五分鐘前吧，好像。」

東街花園居民區。

「嫌疑人是住在這裡嗎？」劉波關上警車的門，打量著這棟有些破舊的老式房屋。

林錦凝重地點點頭：「應該沒錯。」

他們好歹和犯罪分子鬥爭了這麼多年，一開始他們雖然察覺到明赫琪的事情不簡單，但一直都沒什麼頭緒。網路上又一直在拿這件事炒作，弄得他們一時間焦頭爛額。初步確定明赫琪不是自殺後，案子充滿了層層疑點和矛盾。

現場沒有留下任何可以比對的線索，加上當天出現在飯店的每個人口供基本上都一致，都挑不出毛病。於是反覆看錄影畫面，假定犯罪現場，最後排查目標，鎖定的嫌疑人居然是明赫琪身邊的助理——

那個在警察局做筆錄時，哭到快暈厥的瘦弱小女孩朱夏。

「雖然我目前還沒有找到犯罪嫌疑人的作案動機，但是這個助理和明赫琪的死一定脫不了關係。」林錦肯定地說，「她一定對我們撒了謊。飯店附近一個街道的監視錄影畫面顯示，八月十七號下午，朱某根本沒有出去買東西，而是一直待在一輛黑色的本田車上，等案發後半個小時才原路返回。」

「上去看看。」一旁的許星純出聲。

朱夏的家在三樓，是一個頗為迂迴的套房。幾個辦案員警到處打量這個地方，牆壁已經斑駁，角落裡纏著蜘蛛網。明明是炎熱的夏天，這裡卻有一絲絲陰冷的涼意。

「敲門。」劉敬波站在門邊，默默掏出配槍，其他人也自覺地躲在兩側。

小王深呼吸兩次，抬手在門上敲了兩下。

等了半分鐘，沒反應，於是又抬手敲了兩下。

還是沒反應，小王正準備貼耳傾聽，旁邊沉默的林錦忍不住出聲提醒：「按門鈴。」

「……」小王有些尷尬，看了他們一眼，伸手去按門鈴。

家裡應該沒人。劉敬波幾人交流眼神，最後決定破門強入。

厚重的防盜門一打開，看清房子裡的樣子後，在場的人都倒吸了一口氣。

映入眼簾的，全是何錄大大小小的寫真照。許星純彎下腰，隨手撿起一個揉皺的紙團，打開。

密密麻麻都是用黑色中性筆寫的何錄名字。

小王感嘆了一句：「這好恐怖啊，沒想到這個朱夏居然是何錄的瘋狂粉絲。我記得明赫琪不是何錄女朋友嗎？」

其實在看到這些後，林錦等人已經在腦海中對這個案子做出了簡單的判斷。這時，偵查員在屋裡搜出一把帶著血跡的水果刀。他把水果刀放進物證封裝袋裡說：「這應該就是當時現場明赫琪割腕的那把刀，等等拿回去比對一下上面的血跡和DNA，結果出來就能確定了。」

林錦點點頭。

劉敬波繼續在這個狹小的房間轉。朱夏平時應該很少在家，不注重個人衛生。很多地方都積著灰塵，廚房髒亂。他從浴室走到客廳，一轉頭，看到許星純立在臥室門口一動不動。

「怎麼了？許隊有什麼新發現？」他走上前去。

環顧一圈，劉波順著許星純的視線，看到臥室裡擺著兩幅大型海報。其中有一幅是明赫琪，臉上已經被尖銳物品劃爛，而另一幅——

劉敬波的寒毛都豎了起來。

雖然海報上那個女人的雙眼已經被挖掉，只剩下黑漆漆的兩個洞，但劉敬波還是一下就認了出來——

付雪梨。

——糟糕，恐怕出事了！

§　§　§

拿著手機的小王許久都沒等到付雪梨的電話接通，又重新撥了幾次，都不在服務範圍內。

身邊的人都緊張地盯著電話，小王的手心也漸漸出汗，「她們明星都很忙，可能現在沒看手機，沒接電話是正常的吧？」

林錦眉心緊皺：「快點通知付雪梨身邊的人，如果沒猜錯，嫌疑人應該知道自己暴露了，下一個下手的目標很可能是她，犯罪概率很高。」

「不用急。」劉敬波還想說什麼，視線瞥到許星純的表情，他張張嘴改口道，「快點聯繫局裡，讓他們調出付雪梨助理和經紀人的手機號碼。」

那邊動作迅速，一會兒就傳來兩串數字。

小王打過去一個顯示關機。傻眼了，又撥另外一個，唐心立刻接起：『喂？』

「你好，我們是申城金涼區警察分局的警察，是這樣的，我想問一下，付雪梨現在在妳身邊嗎？」

那邊的人聲音很焦急：『付雪梨不在我旁邊，她手機關機，不知道去哪裡了！家裡也沒人，現在我們正準備去調停車場的監控記錄呢！』

手機是擴音模式，聽到這句話，在場的人相顧無言，心都猛地一沉。

劉敬波一抬頭，話還沒出口，就看到許星純的背影消失在門口。

§ § §

城郊一家廢棄工廠，裡面擺滿了髒亂的汽油罐。付雪梨是被一盆冷水澆醒的，她的意識從模糊到漸漸清醒，嘴裡被塞了一團毛巾。

昏迷前的意識漸漸回到腦中。

她去停車場……走了幾步，在一個轉彎處，有人拍了拍她肩膀，一回頭，一塊沾了藥的紗布就捂了過來。

忍著身上的劇痛，她渾身像散了架一樣。嘴裡有一股血腥的鐵銹味，手腕被綁在一張椅子上，一動也不能動。

抬頭望了望四周，天色已經黑了下來。頭頂陰森森的白熾吊燈一晃一晃，不知道是什麼鬼地方。

「看什麼呢？」旁邊的人丟了水桶，一巴掌把付雪梨的臉搧歪過去，「終於醒了？」

看到那把從眼前晃過的剪刀，付雪梨頭痛欲裂，嚇出一身冷汗。絕望地閉上了眼，心裡不知道是恐懼多還是將死的淒涼多。

她真的沒想過，被人綁架這種事居然會發生在自己身上。

朱夏走到付雪梨的面前，抬起她的下巴，表情瘋狂而又陰冷，呵呵笑了一聲：「嘖嘖嘖，妳看妳多麼美的一張臉啊。何錄他喜歡妳什麼呢？如果喜歡的是妳這張臉，那我現在劃花了好不好？」

神經病。

付雪梨僵了一下，死死咬著牙，不讓自己身體打顫。

說完這句話，朱夏又不說話了，不知道想到了什麼。安靜了幾秒，突然又搧了付雪梨一記耳光，狠狠地說道：「網路上罵得沒錯，妳真是一個婊子。妳不是很喜歡勾引男人嗎？妳不是喜歡何錄嗎？為什麼不敢承認！妳這麼喜歡勾引男人，我等等就叫個男人來，當面上了妳好不好？」

付雪梨悄悄握緊了拳頭，含糊又艱難地說：「妳……不如……直接……殺……殺了我。」

看著她狼狽的模樣，朱夏身心愉悅，掐著她的脖子，手上漸漸加重力道說：「妳以為妳不會死？喔，對了，妳知道明赫琪怎麼死的嗎？放心吧，等我折磨完妳，會讓妳嘗嘗那個滋味。」

付雪梨漸漸感覺眼前有一閃而過的白光，漸漸沒了力氣，連呼吸都是間歇的。

「靠，怎麼會這麼快，邪門了！你他媽好了沒有？」一個身形彪悍的光頭男人匆匆從窗戶跳進來，打斷她們，「妳怎麼這麼會鬧？現在好了吧，條子都來了。」

「——裡面的人注意，你們已經被包圍。」

外面的人拿著擴音器，聲音在工廠裡清晰地迴盪著。

「快點解決這個女的。」光頭男人的脾氣很暴躁，氣急敗壞道，「老子就不該答應妳，錢沒撈到，還惹上了警察！」

對峙半個小時後。

「綁匪終於同意讓我們放一個人進去談判。」

在工廠的一百公尺外停著好幾輛警車。林錦抹了一把額頭上的汗，「朱夏和付雪梨都在裡面，還有一個成年男子。」

剛剛調看監控錄影畫面，確定付雪梨在停車場消失以後，他們迅速啟動重特大案件偵查機制，刑偵分隊召集警力投入破案，然後一路追蹤到這裡。

許星純的太陽穴一突一突地跳，不發一語，神色似乎恍惚了一下。

「等等。」劉敬波攔住他往前走的動作，「我知道你現在的心情。但是你別衝動，還是等談判專家吧，已經在路上了。這次人質的身分特殊，我賭他們現在不敢輕舉妄動，你如果現在進去解救人質，一旦失敗，導致人質被殺害，要背處分事小，你知道社會上的壓力會有多大！」

耳麥裡傳來後方監視人員的聲音，『糟糕，人質感覺快不行了，已經處於半暈厥狀態，等不了那麼久，要不要先強行破門解救？』

「不行，這樣風險太大，裡面有一個人手裡有槍，還有一個人的情緒好像不太對勁，很容易出事。」

『指揮中心已經下達命令，萬不得已時可以直接擊斃。』

直接擊斃的風險其實很大，第一是目前已經是深夜，周圍的阻礙太多。第二是綁匪顯然很有經驗，牢牢地和被劫持的人質緊貼在一起。如果貿然開槍，很可能傷害到付雪梨。

工廠內的人已經不耐煩了，向空中開了幾槍。

『我們要不要再商量看看怎麼辦？朱夏身上綁了炸藥，她知道自己死路一條，現在根本不是一個正常人的心理，隨時都可能自爆，眼下貿然進去實在太危險——』

許星純垂頭。安靜了一會兒，終於有了一點反應：「我進去。」

林錦頓時沒了聲音，看了他幾秒，嘆了一口氣：「好吧。」

看許星純走出幾公尺遠後，又忍不住對著他的背影喊：「小心！」

§ § §

付雪梨被光頭大漢緊緊地抱在身前，寒光逼人的尖刀抵在她的脖子處。朱夏雙手握槍，對準剛剛走進來的年輕警察。

「先別動。」朱夏顫著聲音，「現在你不准靠近。」

許星純安靜地看著光頭男：「我不是來談判的，放了她，我當你們的人質。」

付雪梨被人勒著，渾身都已經發軟，眼前開始模糊。聽到那道熟悉的聲音，她心裡一緊，勉強睜開眼，腳開始亂踢亂踹。

「妳幹什麼！老實點。」光頭男不耐煩，手臂用力，固定住付雪梨的腦袋，尖刀在喉嚨處又逼緊了一點。

觸目驚心。

「——不要動她！」電光石火之間，許星純深深吸一口氣，喉嚨發澀，聲音發顫，「你們別動她，我可以當你們的人質。」

「她已經堅持不了……多久，你們不如換我。我是警察，拿我當人質，外面的人不會輕易動你們。」

光頭男扭過頭去看了朱夏一眼，商量道：「要不然……換一換？」

朱夏搖頭，上下打量他：「我怕他太狡猾，他是警察，反抗能力太強了，不能換。」

「你，把身上所有的東西都丟過來。不能帶槍！」見許星純站著不動，朱夏梗著脖子喊。

耳麥裡傳來焦急的聲音。

『——許星純，你要聽指揮，不能輕舉妄動。』

『——等等，別丟槍，小心發生什麼意外！！！和他們先周旋一段時間。』

『——你這樣太危險了，冷靜一點，狙擊手已經就位了。』

「許星純。」付雪梨突然喊了他的名字，眨了眨眼，哽咽著，淚水順著臉頰滴下來。

「許星——」

許星純垂眼，關了對講機，最後傳來的話戛然而止。他摘下耳麥丟下。

在三人的注視中，槍重重地掉上地面，他緩緩舉起手。

付雪梨雙手被反綁，身體不斷發抖，雙腳站不穩。她閉眼深深吸了一口氣，眼睜睜看著許星純站在幾公尺外。

又苦又澀的滋味在口中化開。她說得沒錯，他真的是一個傻子。

付雪梨眼前一陣陣發黑，已經發不出聲音來。

光頭男狠狠喝止住許星純：「別動！不准過來！」

朱夏身上綁滿了炸藥。一隻手拿著引爆器，另一隻手舉槍對准許星純，聲音又尖又細：「你最好老實一點，人質不可能交換，你要是耍什麼花樣，大不了我們就一起死！」

光頭男皺眉道：「老子不想死。你去給我們找一輛車來！」

許星純神色深沉而平靜，眼睛看著付雪梨，很久很久。汗水順著臉頰，一直滑到脖子上，他呼吸漸漸變粗：「你們有什麼要求可以提出來，我身上已經沒有任何東西了。」

「我是來和你們談判的，沒有惡意。」許星純緩緩開口，手依舊舉著。

「付雪梨認識你？」朱夏看著他幽深的眼眸，忽然冷冷一笑，譏誚地開口，「看來是舊相識了，好啊，既然——」

朱夏面色陰沉，正要繼續說下去，忽然察覺了什麼。

就在這一刹那！趁著光頭男側過身的瞬間，藏在頂樓的狙擊手終於找到機會，迅速開槍，一個點射擊穿了他的頭顱，頓時腦漿迸濺！

在場的人都被這個突然的變故嚇呆了。

付雪梨軟綿綿地癱軟在地上。朱夏躲在箱子後，臉色遽然大變，驚怒交集的聲音已經變了調。她盯著許星純的眼裡充滿了怨恨與不甘，厲聲大吼道：「外面果然有人，你就是在騙我拖時間！！」

電光石火間，工廠內響起接連的槍聲。倒在地上的付雪梨痛苦地閉上眼睛，覺得渾身的血液一瞬間變得冰冷。

耳邊傳來清晰的爆炸聲，分貝巨大，震得耳膜發疼。硝煙彌漫，火光沖天。

灼人的熱浪鋪天蓋地，如鋒利的刀割在身上一般劇痛無比。突然有人從身後摟住她整個人，緊緊扣在懷裡。他的手臂流著血，猶帶著體溫的血液已經把兩人的衣服都浸透了。

刺眼黏稠的紅。

在這一刻，不知道為什麼，周圍突然變得很安靜。付雪梨發不出聲音，素來天不怕地不怕的她，此刻驚懼無措的心突然狂跳起來。什麼也不敢想，用盡所有力氣艱難、斷斷續續地問：「許星純……你受傷了……」

停了一下，又顫聲問：「你……會死嗎？」

「……不會。」

不知過了多久。

他慢慢抬手，摸索著蓋住付雪梨的眼睛。氣息很微弱地貼在她耳邊，十分吃力地說：「別哭了。」

# 第八章　醫院

他眼簾垂下，沉默了一會兒，說：

「如果妳喜歡我……我可以和妳在一起。」

從夢魘中掙扎著醒過來，付雪梨猛地睜開眼，入目是刺眼的雪白。迷茫幾秒，她揉了揉眼睛，只覺得渾身上下都痠痛。

身上骯髒帶血的衣服已經被換下，身上也擦洗了一遍。付雪梨稍微動了動，一點都提不起力氣。

旁邊的西西看到她醒了，像看到救世主一樣撲上來，抱住她，眼淚汪汪地叫：「天啊！雪梨姊，妳終於醒了，嚇死我了！」

「嘶，妳輕一點。」付雪梨倒抽一口氣，抽出自己的手臂，聲音沙啞地開口問，「我在醫院？」

「嗯嗯。」西西連忙點頭。

「睡多久了？」

「沒有多久，唐心姊剛走，好多記者在門外，都沒讓他們進來。我剛剛刷微博，網路上現在討論得特別厲害，都在擔心妳呢。」

僅僅一夜，付雪梨被綁架的事情被傳了出去。外界震驚、擔心、八卦皆有，粉絲都很緊張，鬧得不可開交。

西西正在說話，付雪梨一把掀開被子下床，雙膝發軟，額頭冒出冷汗，她抬手撐住一旁的牆：「許星純人呢，他在哪裡？」

看西西張嘴，半天說不出話來，付雪梨感覺事情不對勁。

昏迷前淩亂的記憶回到她腦海裡——

當時朱夏按下手裡自爆器的時候，她整個人被許星純翻身壓在身下，不遠處漫天的星火轟隆隆地炸開，一片殷紅……

西西一直低頭不語。付雪梨急了，推開她想往外面走：「妳聽不到我的話嗎！」

「不是……」西西現在不敢說刺激她的話，「醫生說，妳現在需要好好休息，不能亂跑。那個……那個一起送來的警察，他也是……」

「他是不是出什麼事了？」付雪梨深吸兩口氣，平靜地問。

「啊？」西西苦著臉，細聲細氣，橫下一條心抓住付雪梨的手臂，遲疑著說，「他、他還在ＩＣＵ。」

許星純剛送來搶救的時候情況很糟糕，身上中了兩槍，右肩膀、左腿膝關節，還好都是貫穿傷，子彈沒有留在體內造成二次傷害。只是背上有太多零零碎碎因為爆炸嵌入的小碎片，傷口很深。

流血過多導致休克，已經陷入重度昏迷，生命體征非常微弱，直接推進手術室搶救。

「他……什麼時候能醒？」

醫生為難地說：「這個還真說不定，傷勢太重了。」

就算已經有心理準備，付雪梨還是聽得心裡一揪，佯裝鎮定地點頭。她站在寂靜的重症監護室外，裡面只有醫療儀器發出的滴滴聲響。許星純臉色蒼白，身上到處插著管子，雙目緊閉，唇色如雪，彷彿下一秒就會死掉。

愣怔了好幾秒。

她從來都沒看過這樣的許星純——無力地躺在她面前，渾身纏滿了白色紗布，一動也不動，虛弱到無法甦醒的模樣。

明明當時受了這麼重的傷，還是一聲不吭。他有什麼委屈、有什麼難過，從來都不在她面前提起，從來不主動伸手索取什麼。

付雪梨轉過頭，紅了眼眶，覺得有些心酸。前塵往事一剎那全部湧上心頭，想起她和許星純兜兜轉轉這麼多年，總覺得都是很早很早以前的事了。

人總是懷舊的，就算嘴裡否認，再怎麼逃避，付雪梨也沒辦法否認她對許星純仍舊抱著一種難以言喻的感情。

那晚在她家，許星純最後的眼神時不時在她腦海裡徘徊。

雖然這世上的感情都沒有那麼清白和公平，但她濫用許星純賦予她的權利，不斷肆意傷害他。她對他那麼壞，讓他吃了那麼多苦，最後他也沒能討回個公道。

付雪梨突然害怕起來，其實她可能沒有想像中的那麼愛自己，自由和無拘束在她心裡也沒有那麼重要。她對許星純的感情早已經在不知不覺中積累下來了。

如果許星純真的熬不過去，就這麼死了，那她以後該怎麼辦？連一個好好的再見都沒說過，就要生離死別。

這個城市依舊車水馬龍，夜晚華燈璀璨，人來人往的街頭……好像什麼都不會變，可是不論什麼時候打許星純的電話，永遠都是無法接通。

想傳訊息給他要反應好一會兒，才意識到已經沒這個人了。

他的聲音，她再也聽不見了。

無論是溫柔、冷淡還是甜蜜，統統都聽不到了。

還沒有好好地說過話，這個人以後都不在了。

苦情劇裡演的都是假的，付雪梨站在清清冷冷的走廊裡好幾個小時，一直等到第二天，都沒有等到許星純甦醒的跡象。

做演員這一行，不論人後如何狼狽，人前都要保持光鮮亮麗。不論多疲憊無力，攝影鏡頭對準臉的時候，就得笑出來。

付雪梨除了受到一點驚嚇外，其他沒有什麼大礙，當天唐心就替她辦了出院手續。剛出醫院大門，就遠遠看見幾個穿著制服的年輕警察從車上下來。

外面陽光晃得刺眼。付雪梨的黑眼圈濃重，戴著遮了大半張臉的墨鏡。身邊被一大群人圍著，公司請了幾個保鏢跟在她旁邊。

唐心扯過她的手臂，耳提面命地告誡：「現在外面亂成了一鍋粥，妳的粉絲和何錄的粉絲都瘋了，最近別亂跑。新戲下個月就開機了，我幫妳推掉了一部分的通告宣傳，妳心情不好我理解，那個……許星純是吧？妳不要有太大的負擔，收拾一下心情工作，妳安心去拍戲，有什麼情況我會通知妳的。」

付雪梨心裡不是滋味，嗯了一聲，表示聽見了。

「最近妳和何錄的負面新聞太多，對方團隊正拿錢儘量壓下這件事……」唐心絮絮叨叨。

付雪梨轉頭遠遠望了一眼醫院的某個方向，轉身彎腰踏進保姆車。

壞心情是收拾不了的，不論多忙，不論心理暗示多少次，總是像烏雲壓頂一樣趕也趕不走。

這幾天付雪梨夜裡經常驚醒，一睜眼，四周黑漆漆的，有一種不知道身在何處的茫然和恐懼感。

大半夜呆坐著，又會反覆回想起那個夢魘。奄奄一息的許星純，最後蓋上她含淚的眼。只要想著這一幕，她就汗出如雨。

胸口一團鬱悶堵得實在睡不著了，就跑去外面吹夜風，抽菸。抽到腦袋開始發暈，拿起手機打電話給許星純。

未接聽。

再打一次，還是未接聽。

幾分鐘打了好幾通，通話記錄裡密密麻麻都是許星純的名字。

§ § §

付城麟聽說付雪梨出了事，過了幾天就坐飛機來申城看她。此刻，兩人在醫院旁邊隨便找了一家西餐廳吃飯。

付雪梨下午四點談完工作，拍完一組雜誌照，一整天都沒怎麼吃飯和休息。但她還是吃不下什麼東西，放下筷子催促道：「你快點吃吧，我等等還要去醫院。」

付城麟戳著碟子裡的魚子醬，慢條斯理地道：「我總覺得你們在演苦情劇呢。」

「滾！沒心情聽你說風涼話。」

看她難受到要死的表情，付城麟淡定自若，身體往後靠，一副已然預見的模樣：「妹妹啊，哥早就跟妳說過，要妳年輕的時候少造孽，這遲早都是要還的。」

付雪梨提不起興致和他開玩笑，怔怔地坐在那裡。

在記憶裡搜索一圈，說起許星純，在付城麟的印象裡就是特別抑鬱冷淡的一個人，長得有點小帥，功課特別好。他們國中、高中都是同間學校的，連付城麟都對他有所耳聞——

非常他媽的受這間學校的女生歡迎，秒殺各種類型學姊和學妹的那種。

因為學校論壇裡經常浮現熱門貼文，諸如：

『怎麼才能泡到高一那個特別帥，成績特別好，叫許星純的學弟？』

『許星純他有女朋友了嗎？』

『有個理科班學霸他真的好帥，聽說叫許星純，求聯繫方式』

『今天早上在校門口值班的那個男生叫許星純嗎？』

『一年九班男生的顏值怎麼如此高？除了謝辭，還有那個班長叫什麼？』

連付城麟都時常不解——在這種年紀受到這麼人多愛慕的一個男生，把妹不是隨便都能把到手軟嗎？怎麼可能是個痴情男呢？對象還是自己生性放蕩不羈又傲慢的妹妹。

說實話，付雪梨真的不太受人喜歡，付城麟這個做哥哥的都經常被她氣到快吐血。

還記得之前付雪梨高中時因為流感住院，許星純跑醫院的次數比他這個當哥哥的還多。

更恐怖的是，付城麟怎樣都想不到，像許星純這麼寡淡冷漠的人，面對雪梨真的好到完全沒原則、沒底線。他撞見過幾次，許星純半蹲在地上幫付雪梨換鞋……

好花不常開，好日子不常有。一報還一報啊，唉，但開竅得還不算太晚，看來許星純的好日子快到了。

付城麟默默感嘆，撥弄著打火機：「我吧，也能理解妳。妳嫂子當初出車禍，我就是和妳現在一模一樣。想二十四小時陪著她，寸步不離，恨不得躺在那裡的人是自己……」

「你別說了。」不過是陳詞濫調，說了也沒用，完全不能緩解付雪梨的愁緒。在付城麟叫服務生來結帳的時候，付雪梨突然接到一通醫院打來的電話。

那邊才說了幾句話。

「真的嗎！」付雪梨瞬間從椅子上跳起來。在付城麟莫名其妙的目光裡，她慌忙地拿起自己的包包，打了個手勢示意自己走了。

§ § §

許星純醒過來的消息實在是太突然了，突然到付雪梨一出電梯，就停下了腳步。

說不清是什麼感受，她只是突然想起之前自己對許星純說的話，饒是厚臉皮慣了，也真的沒臉再面對他。看到他，也不知道開口要說什麼。

許星純的主治醫生認識付雪梨，剛從普通病房出來，轉身就看到了她，驚訝地道：「咦，妳來得這麼快？」

「啊？」付雪梨的額頭上有些微汗水，她還在輕輕喘氣，「我剛剛，就在醫院下面。」

醫生笑咪咪地說：「也是夠巧的，快進去吧。」

付雪梨心跳加速：「他……他真的醒了？」

「不知道，可能又睡了。」醫生哈哈笑著，帶著護士走了。

輕輕把手放在門把手上，小心翼翼地旋轉半圈，把門推開一點點縫隙。裡面有點昏黃的光透出來。

付雪梨心一緊，硬著頭皮，慢慢地、慢慢地側身進去，不發出一點聲音。

時間有點久了，許星純似乎又陷入沉睡之中，她就停在拉簾旁看著他。

幾分鐘後，還是忍不住，手指貼在許星純冰涼柔軟的臉頰上。

潔白鬆軟的枕頭上，他安靜地沉睡著。手指忽地微微一動，付雪梨心一揪，猛地收回手，看著他慢慢轉醒。

付雪梨感覺到，他眼睛微微睜開，看到她了。她聲音很低，微微發著抖，憋了半天才憋出一句：「許星純，你醒了？」

她聽到許星純想呼吸，但是很難喘上來的聲音。

感性在這一刻突然被無限放大。眼睛藏不住祕密，強忍著，本來不想哭的，付雪梨還是沒忍住。無聲地別開頭，不爭氣地哭了。

許星純看了她一眼，把手艱難地伸過去，眼淚砸在他的手背上。

付雪梨不知道他想幹什麼，握住他的手，喑啞地說：「你把手放進去。」

她看他這個樣子，自己渾身都疼。蹲下身拿出手機，單手在上面打出一行字：

『你不能說話是嗎？是就眨一下眼睛。』

整個病房都是安靜的。

許星純緩緩地，眨了一下眼。

§ § §

躲進廁所裡，打開小鏡子，藉著不太亮的燈光，付雪梨看到一張妝都哭花了的臉。眼睛疫脹難耐，大概是很久沒這麼頻繁地哭過了。

她拿出卸妝水，打開水龍頭，用冷水洗臉。長長地呼了一口氣，從包包裡翻出化妝棉，一點一點細細地擦去臉上殘餘的妝底。

身後有一點動靜，門被半推開，有人小聲地問了一句，很蒼老沙啞的聲音：「裡面有人嗎？」

付雪梨聞聲回頭，看到一個老婆婆。看起來已經很年邁了，佝僂著腰，滿頭銀絲，但是很慈祥。

她有一點印象，剛剛在許星純的病房裡看過這個老婆婆，應該是哪個病人的家屬。付雪梨上前把門打開，很和氣地說：「我馬上就出去了，您進來吧。」

老婆婆端著塑膠盆，打開水龍頭接水。廁所裡就兩個人，老婆婆不知道面前的人是明星，隨口就攀談起來，布滿皺紋的臉上充滿了笑意問道：「妳看起來和我孫女的年紀差不多大，這麼晚過來，是隔壁床那個小夥子的女朋友嗎？」

「……」付雪梨沒作聲，也沒有什麼忸怩羞澀。

「聽醫生說，他早上才從重症觀察病房轉出來呢。他是警察吧？今天下午我看到好幾個警察來看他呢。唉，這個職業真是危險，怪讓人擔心的。」

付雪梨嗯了一聲，覺得老人家怪親切的：「您就一個人嗎？」

老婆婆笑得很慈祥：「不是啊，兒子白天才來過。晚上我放心不下糟老頭一個人睡，就在醫院陪他。」

「看妳剛剛在哭，是有什麼不開心嗎？」老婆婆伸手去關水龍頭，水龍頭有些生鏽，不太好轉動。

付雪梨見狀去幫忙：「我來吧。」頓了一下說：「沒有，就是最近加班太累了，很多煩心的事，感覺壓力很大。」

「是這樣啊。」老婆婆感嘆地搖一搖頭，拍拍付雪梨的肩膀，「小女孩，妳還年輕，要開心一點。到我們這個年紀妳就知道，什麼事嘆一口氣就放下了。說不定等妳明天睡一覺起來，今天的傷心事都不算什麼了。」

付雪梨低低應了一聲，回到病房。

「我、走、啦。」旁邊同房的病人已經休息了，她俯身，無聲地對許星純做出口型。

房間裡的大燈關了，只開了一盞夜裡應急的小黃燈。付雪梨剛卸完妝，臉上很素淨，沖淡了平時的嫵媚明豔，像寂靜夜霧中綻放的海棠。

他剛甦醒，仍舊昏沉，遲了一拍才反應過來，慢慢點頭。

張了張嘴，費力地吞咽，嗓子啞得厲害：「路上小心。」

「嗯。」

磨磨蹭蹭地轉身，掀開簾子的一瞬間，付雪梨忽然感覺鼻子莫名一酸。

心裡十分矛盾。

她和他分手以後，聽到的消息很少。但是她知道許星純的爸爸很早就去世了，他的家人朋友本來就少，現在這麼晚了，不會有人過來。

寂寞的深夜，他獨自醒來，又要獨自沉睡，一個陪伴的人都沒有。

這麼想著，在門口停下了腳步。付雪梨忽然覺得被抽去了渾身的力氣，摸上門把，卻怎麼也推不開。

不知道過了多久，又一步一步走回去。猶豫了一下，悄悄掀開簾子一角。

許星純沒有睡。

在暗影裡，聽到腳步聲，他緩緩睜開眼。一圈黃濛濛的光圈，看到她，睫毛漆黑，眼睛靜靜的。

誰也不先開口。

他什麼也沒說，但是付雪梨覺得，他什麼都說了。

付雪梨將目光投向一邊，慢慢往前挪了一步，嘴唇動了動，低聲說：「我今晚就在這裡陪你。」

沒人逼迫，沒人強求，她硬著頭皮回來了。付雪梨找來一張矮凳。

這麼狹窄安靜的一片小空間，雖然沒說話，但她感覺到許星純微微側轉頭，一直注視著她。神情平靜，目光專注，只是莫名遙遠，像未融化的積雪。

突然心底有些不舒服。

付雪梨忽然探身，手輕輕抬起來，放在許星純的眼睛上。掌心裡傳來睫毛眨動微微瘙癢的觸感，他的眼珠好像也在動。

付雪梨小聲地問：「你是不是怕我走？」

不等他回答，付雪梨帶著一點自己都沒發覺的柔軟，垂下頭說：「我就坐在這裡，不會走，你安心睡吧。」

慢慢拿開手——許星純的眼睛已經乖乖閉上了。

她緩緩嘆了口氣。兩人離得很近，她可以很清晰地看到許星純的面容。

目光一瞬間移不開。

在暖黃柔和的光線中，他安靜地躺著，弱不禁風的脆弱模樣，沒有一點反抗能力。雖然臉色因失血顯得蒼白，但掩不住他的英俊。

她出神地看了一會兒，居然有些心猿意馬，產生一個奇怪的聯想——

這個角度和姿勢挺適合接吻的……應該會滿舒服……

定了定神，神魂回體，付雪梨立刻彈起身。

我靠！！付雪梨妳是禽獸還是變態！

這什麼時候了，還在……還在貪圖他的美色？？！！

付雪梨坐回小板凳上，驚魂未定，在心裡暗罵自己。

她真的被自己剛剛一閃而過，卻很強烈的念頭震驚了——

她剛剛居然想湊上去強吻許星純！

強吻……許星純？！

都快死翹翹了，她腦子裡居然還想著侵犯人家！

付雪梨心情複雜……她覺得自己怎麼樣也不是會見色起意的一個人。

這也太下流了吧！

她眼神呆滯，從包包裡找出手機，打開微信。唐心傳了十幾條訊息。

『下個星期去象山拍戲。』

『西西說妳又不見了？妳人呢？為什麼又消失了？！』

『我跟妳說，妳別亂跑又出什麼事，不然我就馬上辭職，不當妳經紀人了，呵呵。』

『妳是不是又跑去醫院了？明天早上七點半給我準時趕去拍 adis 照片！晚上飛騰的明星之夜也別忘記了。』

『回訊息！！回我訊息！！看到就回訊息！』

付雪梨看看時間，心虛地回了一條：『把象山的戲推了？反正我只是個友情打醬油的。怎麼辦？我還沒休息好呢……』

唐心立刻回覆：『什麼怎麼辦！這次大製作大班底，妳知道主演是誰嗎？能蹭個光就很不錯了，戲總不能開天窗吧，妳能讓我省點心嗎？』

付雪梨：『知道了：）』

她想了想。象山的古裝戲……男主角是江之行，女主……好像是季沁沁？

不過，江之行這幾年不是不拍電視劇了嗎？怎麼也下海了……

想著想著，付雪梨太累就睡了，在夢裡迷迷糊糊地想。

其實從一開始，她一直都對許星純的長相就沒什麼抵抗力。除了太喜歡管她，其他地方都很合她的意。

不吵不鬧，安安靜靜、秀秀氣氣地念書，還滿吸引人的。

兩人當同桌，那是由春天過渡到夏天的時候。

國中無聊的國文課，她就喜歡趴在課桌上睡覺，抽屜裡塞滿了垃圾零食和過期的考卷，耳邊是老師若有若無的講課聲。

偶爾她醒過來，就在草稿紙上塗塗畫畫，經常畫到最後，不經意畫出的就是許星純的側臉。

有一次在自習課上伸懶腰，付雪梨打了一個哈欠，手繞過許星純的背，拍他右肩膀。

許星純轉頭，她立刻收手。

後面的男生被看得一臉無辜，幾秒後，許星純轉頭回來繼續寫作業。付雪梨又故技重施，拍一下之後快速縮回來。低著頭，咬著唇悶悶地笑。

笑夠了，然後偷偷去瞄許星純的反應。

視線才對上，許星純就停下筆，看著她不說話。

付雪梨得逞的笑意僵住，看著許星純從抽屜默默掏出一本班級日誌，翻開。

她一下撲上去，趴到許星純桌上，蓋住那本班級日誌。他穩住差點被翻倒的課桌，低垂著眼睛看她。

而付雪梨卻愣住了，她眼尖，這個角度突然看到——

之前被她揉成一團隨意丟在地上的畫像，安然地躺在許星純沒有拉上拉鍊的書包裡。

它的歸宿不應該是垃圾桶嗎？！

「你……」付雪梨頓了一下，居然說不出其他話來，「你翻垃圾桶幹什麼？」

許星純的表情看起來很平靜，低聲咳了一聲，有些不太自然地說：「我沒有翻垃圾桶，紙團上寫了我的名字。」

所以呢？？

付雪梨從牙縫裡擠出一句：「繼續。」

許星純淡淡指出：「妳畫的是我。」

「……」

他沒頭沒腦地問：「付雪梨，妳是不是喜歡我？」

付雪梨傻了……

也還好吧。許星純怎麼自戀到這種地步了？

班級裡鬧起來，不知道前面發生了什麼事。彌漫在整個教室的油墨書香，窗外吹來溫柔的風。許星純看起來還是很淡定，不過把手上的筆抓得很緊。

付雪梨的汗從身上冒出來，心臟跳急跳慢，居然開始不受控制。

他眼簾垂下，沉默了一會兒，說：「如果妳喜歡我……我可以和妳在一起。」

§ § §

剛過五點，天還沒亮。

手機鬧鈴開始震動，付雪梨微微一動，伸出手胡亂摸索著，按掉鬧鈴。

昨晚趴在床邊睡覺的姿勢不舒服，又作了很多亂七八糟的夢。現在一動，全身上下像竄過電流一樣，都是麻的。付雪梨忍不住輕輕嘶了一聲。

好不容易把注意力集中到眼前，視線還處於模糊之中，她愣了一會兒。微微抬頭，眼睛睜開一些，才看清自己的臉下……

是許星純的手？

慢慢才反應過來。

摸了摸，他的指尖熱熱的。手掌攤開，骨節分明，托著她的臉，猶帶著餘溫。

一隻手臂就這麼在被子外面晾了一整晚。

付雪梨站起身，扭了扭痠痛的脖子，看了一眼床上沉睡著的人，心情複雜——

昨晚是她睡得太……直接把他的手臂拿來當枕頭了？

付雪梨想了想，輕輕把他的手臂放回被子裡。

許星純的眉頭皺了皺，卻沒醒。付雪梨向來不喜歡和別人道別，就沒叫醒他。躡手躡腳地走出了病房，一轉身就看到走廊上，昨晚的老婆婆慢吞吞地走過來。

「小女孩，這麼早就走了啊。」老婆婆打了個招呼。

付雪梨點點頭，看到她提著的早餐，思考了一會兒突然問：「婆婆，您這是在哪買的啊？」

「這個？」老婆婆準備開門進去，「就在醫院旁邊的一個小巷子裡，很近。」

「好，謝謝啦。」

墨鏡、口罩、鴨舌帽，裝備齊全了，付雪梨才敢走出住院大樓。

現在她看到記者就想躲，家也不想回。可能是最近曝光率太高的原因，付雪梨住的社區周圍經常有私生飯徘徊，唐心上次還打電話給她，說管理公司在她家附近發現了很多攝影鏡頭，因此不出意外的話，又要準備搬家事宜了。

醫院附近有很多賣早餐的小店，快到六點，都是早起的上班族、學生還有老爺爺老奶奶。付雪梨選了一家人少的店，櫥窗裡面是一對中年夫婦在忙碌，還有幫忙的年輕小夥子。

看到有客人，年輕小夥子迎上來問，「小姐，想吃什麼嗎？」

付雪梨整身的裝束實在太嚴實，店裡有其他客人投來奇特的探究目光。

付雪梨仰頭研究了一下菜單，有些猶豫地轉頭問：「那個，你們這裡有送外賣嗎？」

「外賣？」小夥子愣一下，「您要送到哪裡？大概幾點？」

「就中醫院，很近……七點半到八點之間吧。」

「那個啊，沒問題，可以的。」

「是嗎？」付雪梨開心了，借了紙筆，想了想，把病房號碼和地址寫下來遞過去，「那你等等要記得喔，送一份原磨豆漿、一碗粥，再加幾根油條什麼的。」

「好的。」小夥子笑臉相迎。

付雪梨猶豫著，又一本正經地交代：「如果他問是誰替他買的早餐，你就說是一個善心的大美女就好了，讓他不要感動，別的就不要多說了。」

「……」小夥子笑著說：「記住了。」

§ § §

前一段時間積累的工作太多，最近付雪梨的通告越發頻繁，各種出席活動、接受採訪。經過這大半個月的各種波瀾起伏，何錄和付雪梨的緋聞終於沒市場了，她被記者問的問題也正常起來。

晚上明星之夜走紅毯，付雪梨和方南一起。方南是唐心手下的藝人，和付雪梨關係不錯，也是最近兩年拍青春偶像劇崛起的。很有少年感，就是喜歡插科打諢不正經。

面對四面八方的攝影鏡頭，方南笑得桃紅的唇瓣咧得老寬，一排白牙全顯，一派孩子氣，站在旁邊的付雪梨娉娉婷婷，閃亮亮的銀色晚禮服，同樣笑容迷人。

進場後找到座位，把椅子放下，付雪梨就跟方南交代：「我玩一下手機，幫我注意一下導播鏡頭，掃過來的時候提醒一聲。」

方南扭頭，用帶點香港口音的中文說：「是玩遊戲嗎，網癮少女？」

「少女？你知道我幾歲了嗎？」付雪梨打開通訊錄，找到一個號碼，猶豫著要不要撥。想了半天，還是沒撥。

方南饒有興趣地笑：「當然，我以為妳們女人無論到什麼年紀都喜歡聽這種誇獎。」

「我？還好吧。」付雪梨興致缺缺。她現在一閒下來，就開始想許星純。

想許星純。

又想到許星純的日記本。

老舊、泛黃，像十幾年前用的，可能他從小到大都只用這一本本子，總之真的很老土。於是付雪梨想起之前付城麟對他的評價：

許星純是一個很念舊又固執的人，比較專一，不易改變。

她以前最厭煩的也是許星純的這一點，原則太多，一旦認定了什麼就抓住不放手，執著得可怕。

一開始還好好的，到了高中以後，占有欲就愈演愈烈。

真是沒錯，情情愛愛不是什麼好東西，就算是克制力再強的人也會漸漸暴露缺陷。

但是，對付雪梨這種從小到大肆意瀟灑慣了的渣女來說，對於愛的需求是彼此寬容，重要的是保持新鮮感。雖然許星純無底限地對她好，卻連基本條件都滿足不了，感情註定會陷入困境。

上次她在許星純的辦公室偶然發現這個日記本。雖然偷窺別人隱私的行為真的非常可恥，但是像付雪梨這種沒有什麼道德感的人，又在好奇心爆表的情況下——對象還是許星純……

她是真的摸不透許星純天天都在想什麼，也想知道他到底在想什麼。

於是大概只花了半分鐘在心裡掙扎，她就決定拿手機偷偷照下來。喀嚓喀嚓，一共有幾十頁，都存在私密照片裡。

本來想等哪天閒下來時再去慢慢欣賞，但是接踵而來的事太多，付雪梨早就把日記本拋諸於腦後了。第一次想起來要看，還是她在家被網路上那些黑粉罵得情緒崩潰，打算看點別的東西轉移注意力。結果隨手點開，剛好就看到一點關於她的，一點點而已，就讓她的愧疚感爆表。

自己真是壞透了。

她大概真的是插進許星純胸口的那把帶血的刀。

抱著駝鳥的心態，乾脆就不看了……反正越看越覺得對不起他。

此刻付雪梨倒是又想起來了，手指在螢幕上點了點。要不要看呢……

方南突然轉頭搭話：「或許，妳喜歡玩王者榮耀嗎？」

「……」付雪梨把手機收起來，「不玩。」

晚上的頒獎典禮進行了一大半，付雪梨撈了一個人氣明星獎，在掌聲中不鹹不淡地說完感謝詞，下臺後，找個上廁所的藉口就中途開溜。

保姆車在茫茫夜色裡朝著市中心醫院開去，窗外繁華街道的影子飛速倒退。付雪梨在車上打了一通電話，那邊很快就接通：『喂？』

「齊阿姨嗎？我是雪梨。」

西西抱著剛訂好的馬蹄蓮，看付雪梨掛了電話後，小心翼翼地問：「雪梨姊，現在已經十一點了，飛機是明天早上六點的，妳現在還要去醫院看許警官嗎？」

「嗯，我把花放在那裡就走。」

到了醫院，才發現已經過了探望病人的時間。和值班的護士交涉半天，護士依舊搖頭：「真的不好意思，你們可以明天早上六點再來。」

付雪梨點點頭：「能麻煩妳幫個忙嗎？」

護士問：「什麼？」

她把花遞過去：「明天把這束花送到四〇一房的二號床，謝謝。」

§ § §

最近醫院的護士很喜歡去四〇一號房查房。張秋就是其中一個，每次去之前都在鏡子前轉來轉去，把自己整理好。

「哎喲，又要去四〇一看帥哥了吧？」有一人經過時，看張秋又在臭美，不禁打趣道。

說起四〇一的那個病人，女護士們多多少少都有印象。

眉清目秀的，穿著病患服，像黑白老舊的精緻工筆劃，濃淡剛好。平時看起來很溫和，但話不怎麼多。

「那個警察我找人打聽過了，叫許星純是吧。年紀輕輕就是個中隊長，沒什麼不良嗜好。我有個表哥就是他們分隊的，說他還沒有女朋友。工作上很少出差錯，他們局裡很多長官都很賞識他，反正是個潛力股，前途無量。」護士A眼光灼灼，中午吃飯時和張秋聊起來。

張秋淡定自若，聽著護士A說八卦，斯斯文文地吃飯。她無法否認自己的確對許星純挺感興趣的。還有一個原因就是最近家裡一直催婚，逼她去和一些油膩的中年男人相親。

張秋長得很漂亮，人有點傲，就是從小就是外貌協會。她本身的條件好，又是護士這種鐵飯碗，追求她的人不少。雖然那些相親男大多都很有錢，但她總感覺少了格調，反正就是都看不上。

「對了對了，還有，」護士A神神祕祕地說，「他的父母好像都不在了，看起來面冷心熱，肯定是個會疼人的個性。雖然工作性質危險了一點，但有車有房，嫁過去就能享福了。」

張秋一愣，仔細想了想。好像除了一個經常來送飯的阿姨，真的沒什麼親戚來看過許星純。

不過她表面沒顯露出什麼，有些矜持地對護士A嬌嗔：「妳在瞎說什麼呢？現在什麼都沒發生呢。」

「妳別裝了好嗎？妳這幾天都像活在春天裡，我還不知道妳對他有興趣？上次我去幫許長官換繃帶，哎喲，那個誘人的肉體，八塊腹肌超性感，我都想伸手去摸一摸。可惜我有男朋友，不然肯定會要個聯繫方式什麼的。」

張秋臉一紅，作勢要打她：「妳色不色？」

護士A會心一笑：「哎喲哎喲，行了行了，不開玩笑了。」

到了午休，張秋還在琢磨許星純。

她覺得，他家庭不幸福，肯定會有一點缺愛。如果她在這段時間趁虛而入，多去送送溫暖，讓他體會到被別人關心的滋味，說不定能有事半功倍的效果。雖然許星純現在表現得有些性冷感，但是至少表明了他是長得帥，卻不喜歡勾搭女人的男人。

下午查房，隔壁床的老爺爺在前幾天去世，病房裡只剩下許星純一個。

他的神情淡定，靠坐在床頭。因為右肩受傷，只有一隻手能自由活動，面前堆滿了要處理的文件和一台電腦。

張秋的目光從許星純臉上掃過，又注意到他握筆的手。

沒有過於凸出的指關節，指甲修剪得很整齊，修長流暢，看起來很賞心悅目。

一個男人，在本來就擁有英俊外表的情況下，尤其是凝神專注時模樣真的非常吸引人。

她不自然地咳嗽一聲，手插在上衣口袋裡，喚起他的注意力：「許警官？」

許星純聞聲抬頭。

張秋調皮地歪頭，玩味地、帶點笑意說：「業務能力這麼強啊，身體都沒有恢復就開始忙工作？」

許星純微微點頭，算是回應。

撩男人呢，就是張弛有度，不能太熱情，但也不能太冷淡。逾越一點沒事，若有若無的曖昧才最恰到好處。

張秋過去幫他扶了扶歪掉的靠枕，聲音裡帶著恰到好處的靦腆：「平時就不要再和那些來醫院的同事討論案子啦，醫生都說了，要你少說話，最好別說話。現在還沒恢復，要注意休息。」

「你別怪我囉嗦啊，畢竟身體最重要。」

她低著頭，羞澀地甜笑著，自然沒看到許星純眼裡的倦意和冷淡。

床頭有一束小巧潔白的馬蹄蓮，已經沒了香氣，張秋注意到，伸手去摸，卻被一隻手擋下。

她一愣，聽到許星純毫無情緒的兩個字：「別碰。」

「那個……」張秋露出帶點委屈又天真的神情，欲言又止地解釋，「我看它已經枯了，是想問你要澆點水，或者拿去丟掉嗎？」

她感覺到許星純剛才的語氣裡，好像藏著很複雜的情緒，似在極力控制、忍耐著什麼。

「不用了，謝謝。」還沒來得及細想，他對她點頭，聲音中隱約帶著疏離，又恢復了往常的樣子，「我現在要處理一點事。」

言下之意是讓她別待在這裡嗎？

一句話就堵死了張秋想說的話。她有些鬱悶地離開病房，轉個彎就碰到每天來送飯的阿姨，兩人象徵性地打了個招呼，張秋就魂不守舍地走了。

齊阿姨拎著兩個保溫桶推門進來：「小許啊，怎麼還在忙？」

許星純一愣，放下筆：「齊阿姨。」

「今天幫你熬了雞湯，特別香，餓了吧？」齊阿姨也沒問，直接把桌上亂七八糟的文件全部拿起來放到一邊，換上兩個保溫桶，「先吃飯，快點快點。」

齊阿姨坐在一旁看許星純吃飯，陪他有一搭沒一搭地聊天：「醫生有說你要多久才能出院嗎？」

「半個月。」

齊阿姨微笑：「那挺快的。」

許星純低頭：「麻煩您了，這段時間。」

「麻煩什麼！你也算是我從小看到大的，你不知道，我之前接到梨梨的電話，她讓我來申城照顧你一段時間，說是受重傷住院了，可把我心疼的。」

許星純的手一頓。

齊阿姨是付雪梨家裡的保姆，一做就是很多年，對付家有很深的感情，算是半個長輩。這幾年，付城麟和付雪梨因為工作繁忙，回家次數很少，齊阿姨也算是半退休了。

齊阿姨看著許星純把最後一點湯喝完，眉開眼笑地回憶道：「我就記得你喜歡阿姨的手藝，以前國中、高中，你經常來家裡幫梨梨補習，幾個人都挑食，就你吃得最乾淨。這麼多年，我寶刀未老吧？」

許星純聞言笑了：「嗯，還是很好吃。」

「你這個孩子就是一直很懂事，特別惹人疼。都這樣了就少折騰自己，別整天工作。」齊阿姨收拾桌子，突然問：「對了，你現在和梨梨怎麼樣了？我問她，她也不跟我說，就叫我別管。」

許星純又恢復一貫的沉默寡言。

看他情緒低落的樣子，齊阿姨也不好再問，自言自語道：「你們也是挺奇怪的，梨梨天天打電話給我問你的情況，我讓她親自問你，她卻不肯。不知道你們在搞什麼。」

許星純盯著那束即將枯萎的馬蹄蓮。

齊阿姨臉上隱有憂色：「唉，梨梨從小就這樣，脾氣很倔，這麼多年還像個小孩一樣，心智不成熟。你們要是有什麼矛盾，你脾氣好，多擔待她。」

許星純似乎走神了，半晌才點點頭，輕聲道：「好。」

§ § §

申城最近悶熱的天氣持續了很久，從前幾天開始終於雨多了起來。無聲無息落下，像一張巨大的網，把整個城市罩住。

夏季的雨不起風，顯得很沉悶。

付雪梨拜託導演和編劇快點讓她殺青，理由是和下個月檔期有衝突。於是緊趕慢趕，她的古裝戲不到一個月就拍完了。

象山的影視城離申城只要搭飛機一個小時左右，付雪梨偶爾會在拍攝間隙偷偷搭凌晨的飛機，溜回來去看許星純。

因為擔心許星純，她拍戲的時候也心神不寧。

不敢看手機，怕收到什麼消息，又不敢不看手機，怕錯過什麼消息。

但是不知道為什麼，每次真正到了只離許星純幾公尺的地方，付雪梨都貼著門縫看半天，就是不敢進去。

每次想進去，又想起之前自己對許星純說出那種傷人的話，現在這麼主動去找他，總是顯得自己有些反覆矛盾，刻意求和的感覺。

不太好。

以前年紀小的時候，付雪梨真的不太喜歡許星純管她管得太多，有時候煩了，隔三差五地就開始單方面的冷戰。如果主動求和，那是很沒有面子的事情。

可是現在和以前的心境不同了。

倒不是面子不面子的問題，只是付雪梨心裡深處總有隱約的猶豫，搖擺不定。

她有點知道許星純想要的是什麼，但是不確定自己能不能給。

或許可以。

或許不能。

如果不能……她帶給他的傷害，可能會更大。

所以她總是暗暗警告自己，最好別主動靠近他。可是付雪梨又常常陷入矛盾且自我懷疑的狀態。她覺得……自己也還是挺喜歡許星純的……

如果把他讓給別的女人，光想都有些不甘心。

但是不論怎麼樣，總是跑去偷窺別人的行為也太奇葩了。

§　§　§

小王抓緊時間向許星純彙報最近的工作。他一邊在許星純的杯子裡續上茶水，一邊說：「許隊，你恢復得還不錯啊。」

「嗯。」

小王把杯子放桌上，等許星純自己拿。他知道許星純不太喜歡和別人有身體接觸。

「劉隊前幾天還跟我說，等你出院了，在家一個人不太方便，要不要去他家裡住？劉隊家裡有一間房空著，嫂子平時還能照顧你。劉隊還特地囑咐我，要你別不好意思。正好劉隊他兒子上國中了，成績一直很一般，想到許隊您學歷這麼高，可以順便幫劉小胖輔導功課什麼的。」

劉敬波家離許星純的房子很近，都在以前警察局分配的優惠房那一帶，社區裡有很多老一輩的長官，警備比較好。

許星純聽了，揉揉額角閉上眼：「不用了。」

小王勸道：「我知道許隊你不喜歡麻煩別人，但是你一個人確實不太方便吧？我們這種工作，也不能隨隨便便僱一個看護，再說了，你又有點小潔癖……」

說了半天，許星純都沒什麼反應，小王也不繼續自討沒趣。眼見天色漸晚，他突然想起一件事：「噯，許隊，我有件事，不知道能不能拜託你。」

「什麼？」

小王撓撓頭說：「就是，我們部門裡最近新來了一個小夥子，和我挺好的，他特別迷付雪梨，知道你們關係好，非拜託我求你要個簽名。」

房間裡沒了聲音。

看著許星純的表情，小王小心翼翼，為自己找臺階下：「……說起來，許隊也算是付雪梨的救命恩人，要個簽名不過分吧？」

「……」

「——不過分啊。」

小王一愣，猛地回頭。

許星純睜開眼，緩緩轉頭，看向聲音來源。

付雪梨今天又是一身黑，黑色牛仔褲，黑色牛仔外套，戴著黑色鴨舌帽。她手裡拎著許星純很眼熟的保溫桶，臉上沒化妝。

簽完名，打發走小王，房間裡很快就安靜下來。

許星純收回目光。

她摘下帽子，頭髮順勢披散在肩頭。低頭擰開保溫桶，顯然不怎麼熟練，擰了幾次才打開。裡面是熱騰騰的黑芝麻糯米粥，還有棗泥的饅頭，又香又軟。

食物熱氣蒸騰，付雪梨看著許星純。

他的臉好像瘦了一圈，棱角分明。心跳又不自覺加快：「你最近還好嗎？」

許星純點點頭。

「今天齊阿姨有點事，我幫她送過來。」付雪梨故作鎮定，很自然地替他擺好碗筷。

來之前，付雪梨做了很多次心理建設。

許星純經歷一次死亡後，應該很多事都能看開一些。他已經等待、忍耐了那麼久，估計也累了。

付雪梨是這樣想的，因為她覺得許星純對她的感情已經沒有以前那種，濃烈到讓人窒息的狀態，不是很冷淡，也談不上溫柔。

她說不出到底是什麼感覺。就像偶爾不經意聞到某種漸淡的香氣，但想仔細體會，又聞不出個所以然。

付城麟之前說，很多事就像鬥地主，要不起就算了。

可能許星純是真的要不起她，打算放棄了吧。

他右肩受傷，只能用左手拿勺子，動作遲緩，感覺很不方便。

付雪梨猶豫了一下，有些討好地說：「我來餵你吧？」

「……」

在他的注視下，她硬著頭皮，一手端著碗一手拿起勺子，仔細吹了吹，才小心翼翼地送到他唇邊。

許星純垂眼，頓了大概有兩三秒才順從地張口，吞咽下去。

兩個人一個人餵，一個人吃，倒是有極少見的溫馨和諧。

難得付雪梨放鬆了不少，最後還和許星純開起玩笑。她的話和以前一樣多，許星純一直很有耐心地聽著。

「許星純，我覺得你好像越來越白了，死人臉那種，都要長成蘑菇了，你應該多曬曬太陽。」

許星純嗯了一聲。

他穿著藍白條紋的病患服，臉被衣服一襯，顯得更蒼白了。眼瞼有些內收，睫毛漆黑筆直，一點也不翹。

一想起他行動不便，宛如殘疾，付雪梨想都沒想就脫口而出：「你出院後怎麼辦？」

話一出口，兩個人都沉默了。

過了半晌，也不知道是腦子哪裡不對勁了，付雪梨接下來說出口的話，她真的覺得自己需要強大的心理素質，也需要一張比城牆還厚的臉皮。

她問：「要不然，我搬去你家住吧？」

許星純繃著臉，目光移到她臉上。

付雪梨咬了一下嘴唇：「我可以付你房租。」

# 第九章　同居

只要等到一點火，他就能燒得只剩下灰燼。

房間裡，兩個人同時陷入了沉默。

氣氛僵硬了十幾秒，付雪梨忍不住將視線挪到他臉上。

眼窩微陷，眼神有些潮，淺淺的雙眼皮，漆黑柔軟的短髮。

臉部輪廓淺顯疏淡，病患服領口有點低，白皙的肩胛和鎖骨全露了出來。

不得不說，他這種長相、身材，真的很有誘惑力，一般女人想不喜歡都難。

她自己……也經常被他的美色迷惑，至今也沒怎麼改掉這個毛病。

目光又在他身上逗留了一會兒，付雪梨強迫自己移開視線。

她知道，自己突然提出搬去他家這種話很不妥，真的很不妥。

畢竟是孤男寡女，又曾經有過一段那麼糾結的感情……但她剛剛真的沒多想，他們兩個算得上是從小一起長大，感情早就不止於愛情。

愛情能徹底消失，但感情不能，就算一刀斬下去，牽絆和糾纏還在。

許星純這次又是為她受的傷，於情於理都不能不管。但是之前她還說要人家忘記她，好好開始新生活，現在她又主動提出搬去他家……

連付雪梨都覺得自己有毛病。可是說出去的話就像潑出去的水，這時候收回，會不會顯得太反覆無常了？如果不行，還是得解釋幾句。

「你怎麼沒反應，沒聽到嗎？」她問。

許星純面色無波，眼神不溫不火。睫毛顫了顫，半晌之後，目光定格在她的臉上才緩緩說了一句：「妳對我說的話，哪一句是真的。」

「……」

突然來這麼一句，付雪梨一時間沒聽出他的口氣到底是疑問還是陳述。

他是在諷刺她只會對他說謊？還是單純發問？

付雪梨自問也沒有欺騙他多少次啊……

許星純這麼冷靜的樣子，總讓人不知道在想什麼。他向來都是這樣，冷冷淡淡，不會輕易動怒。就算動怒，也不會讓別人看出來。

她手裡還端著碗，一時間不知道該說什麼好。

「說話。」許星純蹙眉，壓著氣息。

她以為他這是拒絕且不耐煩、催促的意思，付雪梨太尷尬了，有些艱難又窘迫地解釋：「我知道你有潔癖，事情又比較多，不喜歡別人碰。你又不願意住別人家，也不想請看護，我剛剛在外面不小心聽到了，就想到最近一兩個月我的通告都在申城，時間比較閒，所以才問問你的。」

他默不作聲，也不為所動。她只能繼續磕磕巴巴地說下去，自己也不知道自己想表達什麼，語無倫次。

「呃，許星純你是不是誤會什麼了？我意思是等你恢復了我就搬出去，不是你想的那樣，你這次是為了我才受的傷，我就是想補償你……不是，不是補償，是報答。如果你一個人在家休養又出了什麼意外，我真的會過意不去的。」

這幾句話讓許星純的眼底頃刻布滿陰霾，好不容易正常的表情又迅速冷淡下來。

只是他流露出的難言寂靜和悲傷瞬間即逝，快得讓人無法捕捉。

付雪梨動了動嘴，好不容易擠出一句話：「不好意思啊，如果你不開心，就當我是開玩笑的吧，你別當真。」

凝滯的空氣彷彿回到了一種原始、靜止的狀態。

許星純凝視著她，兩手緊握，手背的筋緊緊繃著。

過了很久，他調開視線，望向別處，「……妳走吧。」

每個字都說得艱難生澀，彷彿經過重重阻礙，快要喘不過氣來。

「……」

付雪梨想說什麼，可終究在快說出口時又咽了回去。面對這樣的他，她似乎失去了語言組織能力，平時嘴硬狡辯的功夫也不見了。

難堪地別過頭，終究啞口無言。她覺得，她來之前可能把事情想得太簡單了。

「那我走了。」除了這句話，她想不出還有什麼別的話能說。

默默收拾好碗筷，臨走時，看了一眼許星純。

他似乎疲憊至極，倚靠在床頭，已經閉上了眼。

付雪梨輕手輕腳地拉開了門。

「——咯噠。」窸窸窣窣的聲響後，伴隨著房門一聲輕響，房內重回寧靜……

很安靜。

安靜到連呼吸聲都能清晰可聞。

良久，許星純胸口起伏，扶著把手，再按住牆，從床上下來。枯萎的馬蹄蓮被不小心掃落，砸在地板上，震碎，有幾片花瓣分離、散落。

下過雨的夜空十分清朗，住院大樓下，稀稀疏疏的路燈散發著一點點光亮。

他太著急了。

他嫉妒。

他不甘。

從失落到絕望。

覬覦隱忍，折磨、思念、欲望、良心——他這麼義無反顧地愛了付雪梨十幾年。時隔多年，重新再見她，她還是沒有太大的改變。

但他還是太過於投入了，投入到漸漸忘記付雪梨是怎樣的人。情緒在最微妙時破碎沉墜，總是控制不住，於是他故意設計一個個意外，讓她更加愧疚。

但是他太急了……

還是太急了。幾乎是下一秒，下一個忍不住的瞬間，她就會意識到——

自己仍身處在他恐怖扭曲、令人害怕的愛慕之中，然後立刻毫不留情地離開、逃避、推卸。

付雪梨從來沒有責任心，最喜歡說一時興起的謊言。她給他的體溫，她給他的一切，總有一天會給別人。

從來都沒變過。

這份愛情，對他是人間極致，對她卻是從小就習慣了的無聊。

要比誰更狠心，許星純怎麼可能比得過付雪梨。

病房門沒關緊，被風吹開。外面有護士經過，走了回來，看到許星純筆直地站在窗戶那裡，不知道看什麼看得這麼入神，這麼久還保持著同一個姿勢。

她忍不住走進來提醒：「喂，那位病人，幹嘛呢？你腿上打著石膏呢，不能久站，快回床上去！」

接著，突然響起一道熟悉的聲音：「許星純！」

這道聲音響起的時候，許星純渾身一僵，慢慢回頭。

付雪梨單手扶著門框，半彎下腰喘氣，因為跑得太急，臉頰已經開始泛紅。

短短半秒內，他的表情經歷了一連串的變化，從眉梢到嘴角，最終才堪堪維持住表面上的平穩。

他一時之間，一句話也說不出來。

付雪梨微微喘著氣走進來，才看到許星純的臉色比平常更蒼白，毫無血色。

「妳回來幹什麼？」連帶著聲線也低下來，已經變得虛弱又沙啞。

付雪梨不自覺地繃起嘴唇，局促而緊迫地盯著他看似平靜的臉。

其實剛剛拎著保溫桶，走出住院大樓去停車場的途中，付雪梨心裡一直很不舒服，開始自我分析一番。

目前的形勢，她真的有點捉摸不透。

雖然可能、大概只是她有點自戀地在想——許星純還是喜歡她。但是在他沒有親口承認的情況下，這一切也只是她的猜測而已。不管怎麼說，當初她因為家裡出事，把因此產生的壞心情一股腦地全部發洩在許星純身上，無數次由她挑起的分分合合讓他疲憊不堪，直到許星純選擇一走了之結束。

這麼多年，她不是沒有愧疚過，甚至有好幾次，她透過了一些方式聯繫過許星純。只是事到臨頭，她還是選擇了逃避。她很清楚地知道自己是個什麼樣的人，喜新厭舊的毛病根本改不掉，許星純想要的自始至終不過是她的專一罷了。

而她給不了。

她還沒準備好去面對這樣的責任。他們兩個也許根本就不合適，各種觀念都合不來。不過說真的，如果問付雪梨還喜不喜歡許星純——

她絕對說不出否定的答案。若不還喜歡，怎麼可能記得這麼多年？

所以付雪梨很怕她的一時心軟，帶給許星純的不過是重複的折磨。

但又想起付城麟的話，不管怎麼說，她終歸還是欠他的。以前的、現在的，都應該好好還完才能說再見，一次次這樣逃跑像什麼話。

付雪梨就這樣一直在做激烈的自我鬥爭，來來回回，感覺都精神分裂了，最後還是回去。

「那個……」

付雪梨看著許星純，連他臉上最微小的感情變化也不放過，語速變得異常地迅速，「首先，我非常非常認真地，對之前可能傷害到你的話說聲抱歉。如果你討厭我說謊，我保證，以後儘量不會再欺騙你。」

許星純的手臂自然地垂落到身側，身體一晃，付雪梨眼疾手快伸手扶住他。

他的眼瞼低垂，脊背微弓，視線直望著她。長而直的睫毛牽出一條細細的黑影，眼裡似乎有一片模糊的霧氣，無法消散。

幾秒後，付雪梨重新把目光聚焦到他的眼睛，續道：「我不能向你保證什麼，但是我會儘量對你好。如果你願意放下，找到更好的女孩，我也會祝福你。但是現在，我想……我想好好和你重新開始，從朋友、從同學，從什麼都可以。以後會怎麼樣我也不知道，但眼前，我是認真地想跟你好好開始。」

「……開始什麼？」許星純的語音依舊難以辨析。

「你想什麼就是什麼。」

付雪梨努力保持著鎮定的神情，認真地，又重新問了一遍：「所以……讓我和齊阿姨在你恢復的這段時間在你家照顧你，可以嗎？」

他久久沒有出聲。

但她感覺到許星純的指節自然鬆弛著，很輕、很輕地，反手抓住她的手腕。

付雪梨知道，許星純這次，依舊對她沒原則地妥協了。

§ § §

十月下旬，申城迎來最後一場高溫後氣溫陡降。天空中積壓著灰濛濛的烏雲，街上起了大風，不過一會兒，大雨就飄潑而下。

今天是許星純出院的日子。

齊阿姨提前買了新床單，拿去社區洗衣店洗了又烘乾。知道付雪梨睡不習慣硬床，又特地去訂了一款軟床墊讓人送了過來。

光收拾屋子就花了一整個上午，看看時間，剛過下午三點。

齊阿姨估算著時間差不多了，許星純該從醫院回到家了，準備去超市買菜。

付雪梨怕濕也怕冷，根本不想動。她在沙發上拿手機玩消消樂，懶洋洋地說：「外面雨下得很大，幹嘛不叫外賣？」

齊阿姨在玄關處換鞋，說：「外賣哪有我的手藝好，再說了，我今天打算熬個排骨湯給小許喝。」

走出社區，隔著幾條街才有菜市場。入秋後的雨威力不同一般，還夾雜著風，齊阿姨撐著傘，身上也不可避免地被淋濕一點，另一隻手吃力地拎著一大堆菜，站在街邊縮肩跺腳，準備攔個計程車回去。

正左右張望，面前突然先後停下幾輛警車，其中一輛按了幾聲喇叭。過往路人都不禁側目。

齊阿姨正愣著，還以為周圍出了什麼事，也跟著張望。警車的車窗降下一半：「嘿，真巧啊阿姨，來、來，載您一程。」

「我撐著傘耶，你們還能看到我？」坐上車，齊阿姨糊里糊塗。

第一次坐警車，齊姨還是挺忐忑的，四處打量，又莫名有種氣派的感覺。

劉敬波開車，許星純坐在副駕駛座。旁邊的小王調侃：「這算什麼，阿姨您不知道，我們出去辦案子的時候，看嫌疑人那才叫厲害。眼睛像X光似的，一掃掃一片，那嫌疑人有變性的、有化妝的，我們照樣能抓出來。」

齊阿姨覺得有趣，故意問：「照你這麼說，我是你們的嫌疑人了？」

「沒沒沒！」小王賠笑，「您看您，還不是多虧許隊，一眼就認出您來了。」

齊阿姨問：「你們這幾輛車的人都是去接小許出院的？他好像也沒什麼東西，怎麼需要這麼多人？」

兩人說話的時候，劉敬波插了一句：「我們是今天休假，就一起來了。我老婆還在家做了一大桌的菜呢，您要不要把菜放進冰箱，今晚帶著許星純去我家吃吧？」

「不用了。」還沒等齊阿姨說話，許星純就開口拒絕。

齊阿姨笑著說：「你們吃你們吃，家裡還有一個人呢。」

小王剛想說「誰啊？一起帶去唄」，話到嘴邊，不知道想起什麼了，又把話咽回去。

許星純手臂上的石膏拆了，傷口纏著白色繃帶。腳傷仍不太方便，需要拐杖。

分隊裡一個強壯的小夥子幫許星純把零零碎碎的東西搬到家門口，往返幾趟，在樓道門口和許星純又說了幾句才離去，其他人都去劉敬波家裡吃飯。

「哎喲，小許啊，你看你這樣，怎麼不讓他們扶你上去？」

許星純搖頭：「不麻煩他們了。」

齊阿姨不知道許星純在一般情況下，都會避免所有與人的身體接觸。他有重度潔癖。

「雪梨，我們回來了。」

拿鑰匙開門，齊阿姨叫了兩次，偌大的房子裡沒有一點動靜，也沒有回應。她納悶地把菜放好，嘀咕著：「人呢？又跑哪裡去了？」

隱約聽到有人叫自己的名字。付雪梨迷迷糊糊地摘下耳機，撐起身子，從沙發裡探出頭：

「……你們回來了。」

話音剛落，又軟趴趴地倒回去。

齊阿姨安置完大包小包的東西，換了一身衣服就去廚房忙碌。

她睡得正迷糊，被人吵醒了也提不起精神。臉埋在軟綿的抱枕裡，翻了個身，又沉沉地睡了過去。

昨晚她在別的地方錄通告，然後趕回申城，連夜叫了搬家公司，把一些重要東西從家裡挪到許星純這裡。可是這個社區保全特別嚴，付雪梨不得已打了好幾通電話給許星純，好說歹說，證明這個證明那個後，警衛才放行。幾乎一夜沒闔眼，今天一大早又和季沁沁去拍 ViGO 的姊妹系列聖誕特輯廣告，到現在才有休息的時間。

付雪梨好睏啊，深重的疲憊感襲來。電視機開著，不時能聽到廚房裡乒乒乒乒的聲音，還有隱隱飄來的飯菜香氣。

她一直處於半睡眠狀態，隱約感覺有人影在面前晃來晃去。

直到被齊阿姨推醒：「梨梨，去，去房間裡叫小許出來吃飯。」

牆壁上的掛鐘已經指向七點半。

「喔。」她頂著亂糟糟的頭髮，打了個哈欠，閉著眼穿上拖鞋，起身去叫人。

推開臥室的門，她怔了怔。

許星純一臉平靜，腿微微伸著，正在打電話。

手指停在襯衫上，已經解開幾顆釦子，露出大半片胸膛，準備換衣服的樣子。

他聽到門響的聲音一停，抬頭望過來。

兩人同時靜默。

「……」

電話那頭的人半天得不到回應，扯著嗓子吼了幾聲。

許星純取下耳機，終止了和那邊的通話。

付雪梨下午剛洗過澡，穿著純棉睡衣，光著腳。她的喉嚨有點緊，隨即恢復正常，眼皮耷拉著後退幾步：「許星純，出來吃飯了。」

青椒炒肉絲、糖醋茄子、番茄雞蛋湯、麻婆豆腐，紅的白的綠的一眼望過去，湯汁濃郁鮮美，香噴噴又美味，色香味俱全。

乖乖在椅子上等的付雪梨精神一振，湊上去聞了聞，是記憶裡屬於少年時期的熟悉香味。

齊阿姨把碗筷隨手放到餐桌的一邊，又回廚房繼續端菜。許星純想去幫忙，被攔了下來：「許星純，你都殘疾了，就好好休息吧，跟我一起坐著等吃的，別給齊阿姨添亂了。」付雪梨好似完全忘記了剛剛那尷尬的一幕，手肘撐在桌沿上，雙手托著下巴，目光灼灼地盯著眼前的美食。

過了半天，她突然抬頭問坐在旁邊的許星純：「許星純，你信不信我用手就能把這桌上的菜吃完？」

他的視線和她對上：「不信。」

於是付雪梨理直氣壯地瞪著他，眼睛黑亮黑亮：「不信你還他媽不趕緊遞雙筷子給我！」

「……」

身後，齊阿姨扯著嗓子吼了一句：「梨梨妳身高沒什麼長，脾氣倒是長了不少。好手好腳地什麼都不幹，還坐在這裡指揮小許做這個做那個！一把懶骨頭。」

許星純把碗筷推到她那邊去，低聲說：「沒事。」

付雪梨美滋滋地，擼起袖子拿了筷子準備開吃，同時提高嗓門辯解：「可是筷子和碗都在他那邊，他方便一點。」

最近忙得要死都顧不上吃飯，就等著現在吃頓好的。付雪梨盡心盡力地吭一塊排骨，肉啃得乾乾淨淨，一點也不剩。

齊阿姨看她狼吞虎嚥的樣子很心疼，又夾了一塊放在她的盤子裡：「吃慢點，多得是，沒人跟妳搶。」

「不行，我只能吃兩塊排骨，不然會變胖。」付雪梨想都沒想，很自然地夾起那塊排骨，隨手就扔進許星純的碗裡。

許星純只是頓了一下，瞥一眼突然多出來的排骨，繼續默默吃飯。

對她讓步，已經成了許星純的本能。

齊阿姨看在眼裡，心裡默默地嘆了一口氣。

中途吃著吃著，付雪梨老毛病犯了，又開始挑食。

「我說了我不喜歡吃香菜啦，也不喜歡生薑大蒜，聞到這個味道我真的就不想吃了。」

「本來能吃的就少，幹嘛還要放香菜。」

做明星以後，平時唐心對她吃的東西要求都很高。要嚴格控制飲食、自律，咖啡、奶茶、蛋糕，什麼都不能沾。加上付雪梨這胃口早就被養得挑剔無比，想到好不容易今天能放縱一次，吃一頓好的，結果卻是這樣。

她百般不情願，恨不得當場摔筷子，這種挑剔的小姐模樣自然又被齊阿姨數落一頓。

「妳怎麼這麼大了，還和小時候一樣挑食，一點也不懂事。生薑大蒜是去腥味的，當然要放。一點點不滿意就不吃了，這怎麼行。再說了，今天這些菜是為小許準備的，妳還挑剔？」

許星純停下筷子勸道：「沒事，齊阿姨，先吃飯吧。」

「什麼沒事，小許，你不能總這麼寵梨梨，什麼都隨她的脾氣。一點不如意就發脾氣，等以後成家怎麼辦？讓別人嫌棄……」

除了齊阿姨，付雪梨幾時被人這樣數落過。

但這是齊阿姨，又不是許星純，她想發火又沒理，蠻橫也蠻橫不起來。於是付雪梨只能皺著鼻子出聲打斷，哼哼唧唧地像撒嬌：「停停停，好了、好了，我知道錯了，我是真的意識到自己的錯誤了。不過要我的人多得是呢，齊阿姨，妳瞎擔心什麼啊。」

她父母早逝，從小跟著叔叔長大。付家旁系親屬很少，家裡長輩不多，從小齊阿姨就照顧他們吃喝拉撒，肯定算一個。

這也是為什麼付雪梨和付城麟性格頑劣，上天下地沒怕過誰，卻很少忤逆齊阿姨的原因。

排骨湯熬玉米太香了，付雪梨喝的時候有點燙到。

一頓飯吃下來，雖然許星純的話不多，但是飯桌上基本上沒有冷場。齊阿姨話特別多，付雪梨的話也不少。

晚上齊阿姨不住在這裡，只剩下付雪梨和許星純兩個人。他們兩個現在單獨相處，還是有些尷尬和不自然。付雪梨在齊阿姨走後，就龜縮在房間裡。

她下午已經把每個角落都看了一遍，很熟悉了。

晚上輕車熟路地摸去浴室洗完澡，付雪梨閒得無聊，躺在床上敷面膜，抱著 iPad 開始看季沁沁傳給她的，最近很紅的一部泰國恐怖片。

片中，靈異事件發生在一家精神病院，從一個女病人吊死在一個房間開始。

付雪梨是典型的不敢看鬼片，但是一旦開始看又控制不住好奇心的人。

跑去洗手間放溫水，洗完臉上的面膜，她立刻跳回床上。又怕又慌又猶豫，提心吊膽了一個半小時，終於把這部泰國鬼片看到結局。

為了尋求刺激，房間裡的燈全都關了，黑沉沉的。外面電閃雷鳴，轟隆轟隆，偶爾亮起一道閃電，似乎有風在拍打著窗戶。

付雪梨感覺脖子上冷汗直冒。

閉上眼過了幾秒，女鬼最後那張淒厲尖叫的恐怖面孔在頭腦裡越來越清晰，越來越清晰……又是在陌生不熟悉的環境中，付雪梨總覺得黑暗中有雙眼睛一直盯著自己，越發毛骨悚然。

真的好恐怖啊。

突然想到，許星純是法醫，動不動就要和死人打交道……

他的家裡應該不會放過什麼屍體吧？

想到這裡，她猛地打了個冷顫。

在床上輾轉反側，實在睡不著。付雪梨回憶著剛剛的鬼片情節，越來越胡思亂想，自己都要把自己嚇死了。

眼看就要十二點了，付雪梨終於忍不住，掀開被子，躡手躡腳地下了床。

二十四小時裡，她最害怕的就是晚上十二點。

因為以前聽別人說過，晚上十二點是最容易招來鬼的時候。

心狂跳不止，耳根子也開始出汗。付雪梨忙不迭地穿過空蕩蕩的客廳，拔足狂奔，跑向另一頭許星純的房間。

二話不說，也不敲門，直接推開他的房門。

房裡只開了一盞床頭燈，溫暖的光線裡，付雪梨差點被絆倒，腦子清醒了一大半。

她輕手輕腳靠過去。

許星純背對著她躺在床上。他右肩受傷，只能側躺。

「許星純？」她小心翼翼地出聲，「你睡了嗎？」

她慢慢地，慢慢地繞過去，凝視了半晌。

他看起來已經睡沉了。

她居然有點喜歡許星純這樣睡覺的樣子。看起來好乖，臉半埋在枕頭裡，睡夢中也緊皺著眉頭。不像清醒的時候，總是顯得過於正統，有無法看透的沉默。

靜默了幾秒，付雪梨單腿跪上床沿，去推許星純的臉：「嗳，你醒一醒。」

手中的觸感軟滑得不像話。付雪梨頓了一下，控制不住想揉他臉蛋的衝動。

許星純的皮膚怎麼好像比女人還好？

又等了幾秒，他的眼睫毛微動。

付雪梨仍舊保持著剛剛的姿勢，一瞬不瞬地盯著他。

燈光下，他的臉孔模糊，她很少這麼專注地看著他。

許星純身上乾乾淨淨，什麼味道也沒有。

他的五官，無論哪裡真的都恰到好處。不算突兀，但是組合起來就很英俊。

挺拔的鼻樑，薄薄的唇，有點軟、有點紅。

許星純半天沒說話，短暫地處於迷茫期。眼皮微微張開，半睜不睜地，似乎有點迷惑。

可能還沒反應過來是何時何地。她的面容映在他微抬的眼裡，有很少見的，似乎很溫柔的感覺，目光不像平時一樣淡淡的。

付雪梨乾咳了一聲，厚著臉皮，假裝弄醒許星純的不是自己。

她若無其事地說：「許星純，我想問你一個問題。」

他像要起身，聲音疲倦暗啞得很：「……什麼？」

付雪梨退開了一點，坐在床邊，很認真地問：「你覺得，這個世界上有鬼嗎？」

「……」

她又問了一遍：「許星純，這個世界上有鬼嗎？」

以前付雪梨一個人在家害怕時，就喜歡打電話給許星純問這種問題。他總是有耐心地一遍遍告訴她，沒有鬼，這個世界上沒有鬼。

只要聽他從嘴裡說出來，她就格外相信。

許星純上半身靠著床頭不動，靜靜地看著她：「鬼只是代稱而已，存在某種物質是有可能的。」

「不對，你以前不是這樣跟我說的。」付雪梨有點生氣，捶了一下床，對他的答案顯然很不滿意。

他沒睡醒，嗓音仍舊很低，比剛才更沙啞：「我是怎麼說的？」

「你跟我說，這個世界是什麼……」她是個半文盲，從小就不好好讀書，只知道貪玩。他現在一問，還真有點想不起來，只是模模糊糊地有印象罷了，「你說這個世界是唯物主義，還是什麼……我忘記了。」

沒聽見他出聲，許星純仍專注地看著她，手指抬了抬，碰碰她的耳垂。

付雪梨僵了僵，有種口乾舌燥的感覺。

這動作……這……有點不對勁啊……

他斜靠在床頭，過了片刻低聲說：「唯物主義，承認世界的本質是物質，世界上先有物質，後有意識，物質決定意識，意識是物質的反映。」

繞來繞去，繞得付雪梨有些混亂。她伸手拉了拉他的被子，依舊不放棄，湊過去：「等等，你重新跟我說一遍，這個世界上有沒有鬼？沒有對不對？那些東西都是編的對不對？」

許星純無聲，整個人沉默著。

她覺得他的眼神裡似乎有什麼別的東西，仔細看，又什麼都沒有，彷彿只是自己的錯覺。

他嗯了一聲。

「不行！」付雪梨壓根沒注意，自己上半身已經壓住了他赤裸的小腿、腳踝，小聲要求，「你親口跟我說一遍好不好？」

過了好一會兒，他嘴唇微動：「世界上沒有鬼。」

許星純低緩的聲音，在這樣寂靜的黑夜裡格外深沉。

臥室裡立刻響起她的追問：「真的沒有嗎？」

「嗯，沒有。」

回到房間後，付雪梨躺在床上，獨自翻來覆去。明明心裡不是很怕了，但是這時候很神奇地不怎麼睏。

過了很久，她又窸窸窣窣地穿上拖鞋，打開門，沿著剛剛的路線重新推開許星純房間的門。付雪梨走進去幾步，發現房裡沒有人。

四處張望一圈，才發現黑黢黢的陽臺上有一點微紅亮光，忽明忽暗。

她有點心虛，不敢走過去，只是站在原地喊：「許星純？」

借著房裡透出來的一點點昏暗光線，她看到許星純嘴角叼著菸，有熾紅的一點微光。

他又抽菸了。

為什麼在這個時間抽菸？是因為有煩心事？還是因為寂寞？

回過頭看到她，許星純拿下菸，熄滅。夜風颯颯，他的碎髮有點被細雨打濕。

付雪梨有些猶豫，困惑了幾秒。有點不安，小心翼翼地問：「你……是不是被我吵得睡不著？」

「怎麼還沒睡？」他反問。

「我睡不著。」

隔著一段距離，付雪梨抬眼看他：「你是不是因為我，心情又不好了？」

許星純穿著一件黑色短袖，只是有點濕了。他的腿仍然有些不方便，把打火機扔在桌上，隨口說：「不是。」

打火機輕輕磕碰桌面，發出響聲。付雪梨喔了一聲，然後問：「那是為什麼？」

許星純看著她：「我有點餓，所以睡不著。」

付雪梨立刻露出一個討好的笑容：「那我煮麵給你吃，你真的好能吃喔，晚上吃了那麼多還餓。」

事實證明，付雪梨可能真的不太適合廚房這個地方。

她一點生活自理的能力都沒有。

打開瓦斯爐，等了一會兒，把鍋裡的水煮沸，咕嚕嚕地一直冒泡泡。付雪梨開始思考要丟多少麵條進去，鍋裡的水已經翻騰著往外溢，她連忙把火調小。然後憑著感覺扔了一把麵條，又手忙腳亂地想起沒放調味料。

她也不知道要放什麼調味料，臨時拿手機出來查。按照食譜，一點點醋，一點點鹽，一點點味精。

忙得一身汗，一番折騰下來，總算弄出一碗看起來還像樣的麵，付雪梨雙手端起瓷碗，這一下，差點把大碗甩出去！

我靠。她差點喊出來，馬上放下，手捏著耳垂，好燙好燙。

用濕毛巾裹好碗的下面，付雪梨一點一點地挪去餐廳。

在許星純下筷的第一時間。

「好吃嗎？」她就迫不及待地問。有點期待，也有忐忑，還有點窘。

「嗯。」

「那你多吃一點！」付雪梨開心了。

過了一會兒，許星純低聲說：「妳先去睡吧。」

「不行！」付雪梨穿著圍裙，現在正得意呢，沉浸在自己能做家務的喜悅裡，「我等你吃完，我要把碗洗了。」

「……」

許星純停下，鼻尖沁出汗，臉上看不出來太明顯的情緒。吃了一口麵，慢慢咀嚼，又咽下去。

許星純無聲地吃麵，付雪梨趴在旁邊看，腦子裡想著奇奇怪怪的東西。

他吃了她的麵條，就說明她已經補償了——2／100。要記下來。等到100，她就不欠許星純了。

「妳的手怎麼了？」

付雪梨發著呆，許星純忽然抓住她的右手，一臉凝重。

她順著他的視線低頭看去——沒怎麼注意，剛剛被燙到的地方已經起了一粒晶瑩的小水泡。

付雪梨居然有點緊張，想把自己的手抽回來：「沒事。」

一下沒抽動，她這才發現許星純的表情已經冷了下來。看不出是生氣還是沒生氣，就是莫名讓人心底發慌。

他牽著她的手腕，一路進了廚房。打開水龍頭，放進水池裡沖。

一連串的動作沉默而強硬，是她很少體會過的強勢與壓迫感，令人莫名產生畏懼感。

冰冷的水流順著指尖不斷往下滴。付雪梨靠著流理臺，走神了一會兒。

許星純的眼睛盯著她，他俯身過來的時候，無聲無息。

付雪梨忽然被扯得傾身過去。然後只有一隻手，不算用力地扣緊她的背，算是溫柔的力道。她僵了一下，但是完全沒有掙扎。

這是他們隔了很久很久以後的，第一個擁抱。

但是時間好像有點久，已經超過必要的範圍。

腦子裡短暫發愣。

許星純好像……已經有點，克制不住地輕顫了。

她費力地將臉側開一點，抿唇，微微張嘴。手一點點抬起，又放下，又抬起，然後抱住他的腰。

§ § §

大中午，付雪梨被電話吵醒。

西西的聲音焦急：『雪梨姊，攝影大哥被攔在外面了，我們不准進社區，還說哪裡都不准拍。』

付雪梨看著天花板，反應了幾秒。喔……忘記了，她之前接了一個綜藝，今天約好要專門來藝人住的地方拍攝。

她掙扎著起身，吐出兩個字：「不行。」

當然不行。許星純還在呢，他怎麼可以被攝影機拍到，到時候新聞黑稿又要滿天飛了。付雪梨打電話給唐心，讓她臨時訂了一個飯店，叫人去布置。

社區警衛只放了西西和化妝師上去。

剛起來時腰特別酸，半清醒之間，發現床頭櫃放了一杯水。付雪梨端起來潤嗓子，穿上拖鞋去許星純房間。

她揉揉眼睛，靠在牆上瞧他。正午的陽光太明亮，晃得眼瞳有些不舒服。

「許星純，你早餐吃什麼？」剛睡醒，她的聲音還有點微弱乾啞。

「現在是中午十二點半。」陽臺上有冷風呼呼直灌，溫度有點低，許星純坐在椅子上，他身上只有一件有些鬆垮的薄灰毛衣，沒穿外套。翻過一頁書頁，平淡安穩。

「齊阿姨沒來？」

「來過。」

付雪梨皺眉：「怎麼不叫我？」

此時門鈴正好響起，她話頭止住，轉身去開門，隨即又回頭說了一句：「你衣服穿多點啊，許星純，這麼冷。」

拉開門，西西抱著一大堆東西在外面等。看到付雪梨，立刻眉開眼笑，第一句就是：「嘿嘿，雪梨姊，這裡管得好嚴，應該不用擔心記者來偷拍了。」

「我又不在這裡長住。」付雪梨皺眉，放她們進來。

西西和化妝師都沒有接受過什麼高深教育，進門就被那一整排書唬住了。隨即又暗自嘀咕，如果能把攝影大哥帶進來，到時候播出，網路上肯定又可以掀起一場風波。

好奇地打量著，又不太好意思到處轉。簡簡單單地四下看了一圈，就跟去了付雪梨房間。

因為時間緊迫，只有半個小時搞定髮型衣服和妝容。付雪梨沒吃飯，啃了幾片吐司，還有一杯西西帶上來的豆漿。

接近十一月，天氣已經有點冷，但她要錄綜藝，不得不穿只及膝蓋的連身裙。

滑溜溜的，還是真絲的。

啜著半杯豆漿，付雪梨有點不放心，又晃蕩過去，推開許星純房間的門。他還保持著剛剛的姿勢沒動。

她說：「我今天下午有點事，晚上不知道能不能回來，你有事情打電話給我。」

沉吟了一會兒，繼續說：「你一個人待在家可以嗎？我要把齊阿姨叫來，還是怎麼辦？」

安靜了一小會兒，付雪梨自顧自點點頭：「算了，我儘量早點回來。」

許星純沒回答。

「付雪梨。」許星純開口叫她。

付雪梨轉頭看他。

「鑰匙帶著。」許星純說，「在客廳的桌上。」

§ § §

一路上，西西一臉花痴地撐著腦袋，略帶羞澀地說：「雪梨姊，我覺得許警官好帥。」

明明在家養病，卻一點都沒有消瘦疲憊的感覺。雖然距離有點遠，西西沒看得很仔細，就莫名覺得，他身上有一種特別冷感的氣質，卻很協調。

付雪梨斜眼睨她：「一直都很帥啊，高中是我們班班草呢。」

「真的？」西西瞪大眼睛。

付雪梨想了想，想到了謝辭。於是又改口，彎了一下唇角：「喔……還有個比他帥的，不過人很渾蛋。」

「其實我覺得，許警官勝在氣質好。對了，他上學的時候是不是成績超好？」

付雪梨正在翻等等要錄的劇本，動作一頓：「妳怎麼今天突然對許星純這麼好奇？」

西西不好意思：「我就是突然想聽一下，因為我沒上過高中，所以很崇拜會讀書的人。」

會讀書的人？

付雪梨盯著劇本，有點出神。

要說會讀書的人，那許星純一定可以算一個。

以前國高中，他隨便站在那裡，就和許多人劃開了一道明顯的界線。每一分每一秒，他就只差告訴別人，我不一樣，明晃晃地在腦門上頂著「優等生」三個字。

每次上午比較久的下課，她和宋一帆一群人瘋完了回教室，路過走廊都能看見規規矩矩穿著校服的許星純，單手扶住旁邊的欄杆，低頭認真地幫別人講解題目。

那樣子，身旁好像罩著一層薄紗的微光，總之是會讓經過的女生小心偷看的那種帥。

他的確不一樣。

也不止一個人找過付雪梨，能讓她記得的，也就是高中畢業最後一次聚會，大部分的人喝醉了。馬萱蕊看樣子快哭了，湊到她耳邊問她。

憑什麼妳什麼都不用做，也能讓許星純喜歡？

他到底喜歡妳什麼？

付雪梨自己也想知道。她除了長得好看，實在沒有一點可取之處。又不乖巧，也不懂事，做什麼事都隨著自己的脾氣來，從不顧慮別人的感受。

像許星純這麼優秀的人，喜歡自己什麼？

喜歡她的漂亮？還是她的無情？

西西還在追問，付雪梨卻不想細說，避開了這個話題，隨便兩句打發了。

接下來，付雪梨迅速讀了一遍手裡的劇本，記住了大概。然後在腦海裡開始制定 1v1 還債計畫。她打定主意，要讓許星純徹底放下心結，重新做個正常人。

只是腦袋空空，想了一天，什麼都沒想出來。

晚上，唐心通知付雪梨回臨飛開會，整個團隊都要去。有個讓人比較驚訝的消息，臨飛簽下了季沁沁，接下來一段時間應該會給她資源。消息還沒爆出去，知道的人很少。

看著季沁沁那張笑咪咪的臉，付雪梨問：「妳是魔鬼嗎？」

「……」

「為什麼最近在我身邊，妳一直陰魂不散？」

季沁沁聳了聳肩：「付雪梨，妳一點都不可愛了，嘻嘻。我是魔鬼，所以我們以後要經常見面嘍。」

確定了一些事情後，付雪梨懶得跟她開玩笑。

下午她收到付城麟傳來的訊息，付遠東要她今年過年回臨市——去掃墓。

這條訊息瞬間毀掉付雪梨大半天的好心情。

開完會，公司大手筆地安排在某間高檔飯店聚餐。付雪梨準備吃兩口就走人，結果被方南拉住：「怎麼回事啊，付雪梨？整天往家裡跑，妳是家裡養人了嗎？」

「沒有，有點事。」

方南的笑容不懷好意：「聽說妳酒量很差啊，是不是不會喝酒才想早點溜，免得丟人？」

付雪梨正心情不好，語氣特別衝：「怎麼樣，想灌醉我？」

方南笑說：「不敢不敢。」

付雪梨向來對這種酒桌文化很不耐煩，但這時候心裡提起勁，對方南說：「你長得帥一點的話，我還能考慮一杯倒。就你這種的，我付雪梨今天豁出命也要讓你見識一下什麼叫社會。」

方南：「……」

最後付雪梨沒讓方南見識到什麼叫社會，自己倒是見識了一把。所以喝多了準誤事，付雪梨整個人迷迷糊糊地，下臺階的時候又拐到了腳。

倒楣透頂。

§ § §

夜裡是被凍醒的。

她喝得有點多，在客廳的沙發上睡得很死。她抱著不知道哪來的毯子坐起來，一抬頭，暈得天旋地轉，眼前似乎有重影晃動。

啪地按開頭頂的小吊燈，付雪梨收回手，一轉頭就嚇了一大跳，「——啊！」

「許星純，你幹嘛裝神弄鬼，想嚇死我啊？」她驚魂未定，酒嚇醒了一大半。

「去房裡睡。」他的聲音有點沉悶，卻沒解釋自己在黑暗裡坐著的奇怪行為。

付雪梨擰著眉頭，視線對好焦距：「我知道。」

結果一隻腿放下來，立刻痛得倒抽一口氣。腳背腳踝一片紅腫，高高地鼓起。

落在旁邊人眼裡，又是另一番景象。

「嘶，別碰別碰，我有點痛。」付雪梨的臉頰有些發紅，忍不住想掙扎，嘴角有些抽搐。

許星純動作一滯。

「別動。」他低聲說，然後去旁邊打電話。

接通後，說了兩句，電話那頭隨即破口大罵：『許星純你沒學過醫啊！只是拐到腳，有需要這樣嗎？還專門打電話問，也不看看現在幾點了，老子剛做完一台手術你知道嗎！為了這一點破事，大半夜的擾人清夢，神經病！』

這個聲音在寂靜的深夜裡有點太大了，許星純聽得面不改色，付雪梨都有些尷尬起來。

幸好家裡有碎冰塊，可以敷一敷。許星純身上有傷，行動不太方便，只有一隻手能用力。

他用一種很彆扭姿勢，半跪在她面前。

「好疼。」付雪梨差點哭出來，另一隻腳蹬上許星純的肩膀，想要脫離桎梏。

「付雪梨。」許星純稍微停頓了一下，「別鬧脾氣。」

「我沒鬧脾氣，可是很疼。」

他等了一會兒，似乎輕輕嘆了口氣：「忍一下。」

「你心疼我了？」她大著舌頭，一喝酒就喜歡亂說話，也不管有沒有醉。

「我是不是太美了？」她又問。

「是啊。」許星純淡淡地回答。垂下眼睛，修長的手指帶著冰涼刺骨的冷意，卻用著很溫柔的手法，揉著腫成饅頭的腳踝。

「對，我太美了。」付雪梨點點頭，「所以我做什麼壞事你都會原諒我對嗎？」

「比如？」

「比如……」付雪梨還在想，可是他手裡一用力又弄痛她了。

她心想，許星純果然還是那個樣子。無論怎麼裝冷淡與漠然，都掩飾不了自己的天性，她早就看清了。

他就像一把枯草，多半的時候是沉默地把自己藏得極深，但骨子裡是依舊無法壓抑的歇斯底里，有時候甚至懶得掩飾。

她覺得，許星純一直都憋著一股勁。只要等來一點火，他就能燒得只剩下灰燼。

「齊阿姨有沒有煮大骨湯給你喝？」腳踝處傳來的痛感稍微減輕了一些，付雪梨緊繃的精神鬆懈了不少。

「沒有。」許星純彎曲手指，按壓那處紅腫，「疼就跟我說。」

「你最近不要抽菸，也不要喝酒。」付雪梨的目光漫無目的地在茶几上逗留了一會兒，然後若無其事地問，「那東百合是誰送的？」

他不冷不淡回答：「同事。」

「馬萱蕊？」付雪梨直接問，「她今天來過？」

「有一群人。」

這算是默認了嗎！

她半邊眼尾挑起，忍不住問：「那你知不知道……一般探望男朋友才送百合？」

許星純低垂著頭，充耳不聞，她看不太清楚他的表情。

「當然，我不是要管你的意思，假如你現在有合適的對象……」

她努力想找個理由，把剛才話裡流露而出的占有欲圓回來——

畢竟他們現在的狀態和關係比較僵硬糾結，什麼話都沒說開。且不說她摸不清許星純的態度，連自己的都難以確定。

換句話說，她對許星純有感情，有欲望，還有很多很多愧疚。

那麼多的愧疚感，甚至已經要超過她能承受的範圍。

可是怎麼辦呢？付雪梨就是這麼缺乏責任感。

明明自己也知道，但總是控制不住地得意忘形。要改掉劣根性根本不是一時半會的事。

有時候也會冒出算了，乾脆一走了之的想法，裝作她從來沒有做過對不起許星純的事，他們也是互不虧欠的。可心裡總有一個聲音說——

對許星純好一點吧。

他這麼可憐，他喜歡了妳這麼久，對他好一點吧。

「有合適的對象，然後呢？」許星純的語氣裡似乎帶著嘲諷。

付雪梨知道自己說錯話了，心裡仍抱著僥倖，硬著頭皮，企圖像以前一樣矇混過關：「我們之前不是說好了嗎……」

說好就當朋友，放下以前，重新開始……

唉，為什麼剛剛輕鬆的氣氛，現在突然變成了這個樣子？

許星純盯著她看了片刻：「妳到現在，還要繼續對我說這種話裝傻嗎？」

「沒有，不是。」付雪梨下意識否認。一時茫然，想說什麼又沒開口。靜默片刻之後，突然理解了許星純話裡的意思，心裡七上八下的，漸漸下沉，濃重羞愧的情緒又湧上來。

原來，他心裡比誰都清楚，只是不想說穿而已。

冷眼旁觀她的反覆無常，看她對他一連串的行為——像償還，其實是自己受不了誘惑，從而找了冠冕堂皇的藉口接近他。

看透了她的自私狹隘，看穿了她的人性陰暗，卻依舊沒有揭破。

表面像是付雪梨在對他好，其實呢？其實只是她打著償還的旗幟，對許星純做盡了無恥之事。

還是喜歡對他撒嬌，展現似有若無的占有欲。偶爾給他嘗一點甜頭，卻又不付出什麼實際行動。

她知道自己這樣真的很自私。說一兩句表面話關心他，就假裝自己是在償還，但是根本沒想過他要的到底是什麼。

只要他不說，她以為就這樣假裝下去，就這樣掩飾太平，也沒事。

大約幾分鐘後，付雪梨很小聲地說，「對不起……」說完又在心裡罵自己。

又說對不起……到底要說多少個對不起才算結束？

對不起有用嗎？

不說對不起又能說什麼？

可是說對不起真的好無力。

許星純的呼吸明顯變得粗重起來，他站起身說：「好。」

付雪梨有些心慌，伸手抓住他的手腕：「我剛剛……不是那個意思。」

「嗯，那是什麼意思？」

「我覺得你應該……有更好的女孩。」付雪梨又在口是心非。

許星純變得好凶，和平時的他反差太大了，弄得她有點不敢惹。

這麼低的氣壓，這麼冷淡的表情，對旁人很少有，最近對她卻不少。

付雪梨悶著不出聲，突然像是洩了氣，嘴角一撇：「當初我那樣對你，你是不是很傷心啊？所以到現在也不願意原諒我？」

「原諒妳什麼？」

張了張嘴，付雪梨說：「如果你願意聽，我以後再跟你講，好嗎?許星純，你不要恨我，我難受。」

「妳知道和我住在一起的後果嗎？」許星純問。

他的回答，和她的提問八竿子打不著，的確讓人有些摸不著頭腦。

毫無預兆地，許星純俯下身。付雪梨只感覺後頸被一股力量抓住，驀地，唇舌被人迎面堵住。

他擋住了背後的光，剩下一片漆黑，半點空隙都沒有，幾乎是要窒息的力度。他真的是用咬的，濕濕軟軟的下唇又被裹住，吮了吮，津液黏膩。

她根本來不及反應，只能被迫承受。

下巴被手指扣緊，身上那條滑溜溜的真絲裙已經被粗暴地撕開。雙腿被折起，她的眼裡泛起霧氣，試圖推開他，但是推不動。口腔、鼻道的氧氣在一點點流逝，眼角沁出了一點淚。

她說，不要恨她。短短幾個字，就讓許星純的克制力迅速崩潰瓦解。

下巴被手指……

汗從相互接觸的地方緊密滲出。拉扯間，他身上的T恤也從腰部捲起來。她的手無處安放，不小心碰到他背上赤裸的皮膚，指尖像帶電一樣，又快速彈開。

許星純下腹發緊，疼到痙攣。混合著情欲，有點讓人崩潰的疼痛，卻遠遠不及她一兩句話來得厲害。

「不行，許星純……」付雪梨有點怕他這樣不受控制的樣子，心裡有點抵觸的不安，但隱約間又有莫名的刺激。許星純這個樣子，有種難言的性感。

耳邊有點嗡嗡作響，突然這麼激烈地親吻，讓付雪梨不知道怎麼辦。慢慢地，她停止了對他的推扯，不再抗拒，而是勉力環住許星純的脊背。

姿勢很彆扭，但他感受到她的回應，這不是錯覺。

許星純的呼吸滾燙，將頭埋在她的頸窩。手背的青筋凸起，格外白皙，能看清脈絡血管。

他撐在她頭頂上方的牆壁上，保持這個姿勢一動不動，過了很久。

沒有再進一步的動作。

「……許星純……你在想什麼，能不能告訴我？」付雪梨勉強找回聲音，她已經徹底洩氣了。

他的聲音嘶啞：「付雪梨……」

「啊？」

「三年的牢我應該坐得起，妳想試一試嗎？」

付雪梨一臉茫然，沒聽懂也沒敢問。

沙發微微顫動，許星純像是深深嘆了一口氣，湊到她的耳邊：「從現在起，我不逼妳……但是如果妳沒想好，就不要來找我，懂嗎？」

# 第十章　掃黃

走廊上頭的鑽石燈光照下來，年輕警官安靜地站著，側臉的輪廓稜角分明。

付雪梨從夢裡醒過來，一時之間有些恍惚，昨天晚上又作了那個噩夢。壓抑沉悶得讓她腦袋發疼，下床拉開窗戶。

帶著晨露氣息的淡淡涼風從敞開的窗戶吹入，飯店房間的角落裡有安神香。

從和許星純分開的那個晚上到現在，已經過了兩個月。雖然沒有從他家搬走，但是和齊阿姨說好以後，付雪梨再也沒有回去過。

卻總是忍不住回想起那個晚上。

許星純把她壓在身下，無動於衷地看著她呼吸困難地張嘴喘氣，像一條瀕死的魚。在眼淚流得最凶的時候，她被狠狠按在沙發上。他傾身過來，模樣好像和以前一樣，又好像不一樣，喑啞的聲音裡，滿滿都是忍不住的攻擊欲望：「付雪梨，我最後給妳一次機會。」

最後一次機會？

他們兩個到底是怎麼回事？付雪梨很少在乎別人的想法，什麼都不喜歡思考，她現在想不清楚，心酸又困惑。

她不知道許星純真正想要的是什麼，但又好像隱隱約約知道。只是暫時，她無法把真實的自己袒露在他面前。

金色的朝陽慢慢從天邊升起，維多利亞港灣的海風吹在身上。付雪梨支撐著下巴，望著遠方出神。

今天又要回申城了。

臨飛最近在和一家上市的餐飲娛樂公司談融股，這次回申城，是放年假之前最後的應酬。

付雪梨有點忘了自己要幹什麼，直到身邊的人提醒才回過神來。

「妳怎麼了？是不是哪裡不舒服？」唐心問。

「我沒怎麼了啊。」她淡淡回答。

唐心撇撇嘴：「從昨天下午開始，妳幹什麼都心不在焉。」

付雪梨敷衍道：「可能是馬上就能休假了，比較開心吧。」

一年忙到尾，也只有這個時候能休息。明星表面上風光無限，可背後的辛苦又有誰知道。

「妳今年大年三十要回去過是吧？」

「是啊。」付雪梨擺弄著手上的菸和打火機。

唐心點頭：「是該回去和家裡人團聚了。」

申城入夜，臨近七點，各大主要幹路上又開始堵堵停停。黑色夜幕下，這裡是城市繁華高消費的金三角地區，霓虹閃爍、燈紅酒綠。

天堂——在這片金三角區很出名的高級娛樂場所，裡面除了金碧輝煌及豪華以外，想不到更多的形容詞，分成幾層樓，一共有四十八個包廂。

進了大廳，前面有經理帶路。唐心低聲說：「最近房地產圈死氣沉沉，前幾天長官找我說方總打算投資幾家傳媒公司，今天圈裡來的人應該很多，妳……」

「什麼意思？我和那個方總又不是很熟。」付雪梨皺眉。

唐心翻了個白眼：「大小姐，沒讓妳幹嘛，方總今天過生日，等等去敬酒的時候說兩句好聽的話，順帶提一下是代表公司來的就行了。」

來天堂的人均非富即貴，一般都見過大世面，都是有頭有臉的名流。不會弄那些太低俗的事，起碼不會在那裡胡來。今晚到的，基本上都是像唐心她們一樣為了拉攏關係，也就是一個過場，重點還是要去談事情。

與此同時。

「中城娛樂界的頂級場所，那個『天堂』的大股東叫方沉，是方都的弟弟。」

會議室裡，林錦皺眉：「這個方沉，在中城和B市等地擁有幾十家房地產公司，也是有名的夜店『天堂』的大老闆，從上個月就接到非常多群眾的舉報。」

許星純一動也不動地望著窗外，夜色深沉。

這是行動前，臨時組織的最後一場會議。許濤穿好衣服，把槍套打開：「上次我們在加油站抓的那兩個人嘴巴很緊，但是根據調查，他們都是方都手下的人，現在的幾家夜總會，表面上看不出什麼，實際上都是以吸毒、組織賣淫、聚眾賭博為主的場所。」

幾個月前，新官上任三把火，申城進行了一次小規模的掃黃。因為陸續接到的舉報太多，上頭又成立了專案小組，是治安、刑偵、巡警、特警等多警種聯合，分幾路突查。

對象是天堂、名夜、花城國際、鑽石春天等四家豪華夜總會。

晚上十一點。

夜色更濃了，一輛接著一輛警車悄無聲息地飛馳在路上。林錦按下一點車窗，風聲大作，灌入耳內，他轉頭，看了看儀表板的碼數，打趣道：「純兒啊，我最佩服你了，每次飆車都能面無表情，一點都不怕死。」

「……」

林錦嘆息：「唉，你真是難溝通，和你說什麼都會冷場。今天的行動這麼有趣，又不沉重，放輕鬆一點嘛。」

和其他死人案件比起來，這次掃黃打非的確不算是什麼大行動。

許星純揉了揉太陽穴，平淡地說：「天堂，那個夜總會有點問題。」

林錦努力回想：「在我印象裡，之前天堂不是關過一次嗎？」

「是啊。」後面的警員接話，「我的上任局長是在XX年十月調離這裡的。在那之前，天堂就是重點關注對象了。涉黃、涉毒、涉黑的情況很嚴重，上頭給了指示，也進行了多次打擊，但是後來不知道為什麼被壓下來了。」

林錦也有了印象：「我想起來了，反正那陣子風頭一過，這個天堂就轟轟烈烈地重新開張了是吧？也就是說上任局長走了他們就開門，也是一種示威吧，我靠，他們有夠囂張啊。」

警員點頭：「我們從上次加油站抓到的人口中審問出來的線索，沿著找下去，最後都斷了。目前只知道天堂肯定有穩定的毒品來源，但是一直沒辦法根除。」

花天酒地，聲色犬馬，到處彌漫著淫靡的氣息。一樓包廂，付雪梨拿了一杯酒靠在鋼琴旁邊，有女歌手在臺上唱王菲的歌。她不知何時已經不再享受這種熱鬧，漸漸厭倦了這種浮誇的社交場合。

真沒意思。付雪梨心想。

聽周圍的人笑，自己也笑，只是神情略嫌冷淡。

不遠處的角落，暗紅色沙發上有兩個人在瘋狂地接吻。不用問也知道，這兩個剛剛肯定嗑了藥。

付雪梨漠然地別開視線。果汁口味的酒，度數不太高。但她頭有點暈，隨手放下玻璃杯，裡面的冰塊輕輕晃動。

付雪梨看著鏡子中無精打采的自己，接起一捧冷水，醒了醒神。推開廁所的門出去時，手機嗡嗡震動，微信接到幾條訊息。

她剛走到樓梯轉角處，還沒來得及看，突然有個男人迎面從樓上下來，踉蹌一下摔倒了。付雪梨嚇了一跳，然後看著他站起來試圖下樓梯，但由於無法站穩，只好雙手著地趴著往下退，但依然下不了樓梯，再次摔倒了。

靠，又一個吸毒的。

付雪梨怔了兩秒，嫌惡地繞過他，抬腳繼續往前走。拿起手機，正好看到唐心的訊息。

『妳在哪裡？快點想辦法溜走，我剛剛接到消息，今晚有警察要來查。我們這個包廂應該不會被動，但是外面記者不少，不少都是對手公司請來的狗仔，被拍到了會出大事。』

看著這幾行字，付雪梨一時不知道該說什麼。

開始懷疑人生，估計是本命年要到了。

有個貌似經理的人拿著對講機，匆匆路過：「快點通知清場轉移。」

她找了個隱蔽的位置，扶住欄杆，探望樓下的情況。

數十名便衣衝進大廳，天堂的酒店保全正愕然，看到對方亮出明晃晃的證件：「我們是警察，例行搜檢，請配合一下。」

僅僅過了幾十分鐘，正在包廂內陪唱、陪酒的小姐全部被帶到天堂的大廳集中接受調查，一時間大廳內擠滿了穿著暴露的年輕女人。

流年不利，真是幹什麼都倒楣。到處都充斥著尖叫聲，付雪梨一個頭兩個大，現在這麼亂，警察又多，要怎麼走？她貼著牆，儘量降低存在感，想找個隱蔽的消防通道看能不能出去。

結果才沒走幾步……

「等等，前面那個女的，頭抬起來，妳是幹嘛的？」一個警察在後面叫住她。付雪梨低著頭，背對著他站住了。

許濤一行人停下腳步，眼神掃過背對著他們的女人。

漆黑的髮絲被一根琉璃釵綰起，露出光潔的月索頸。瘦骨伶仃，纖薄的旗袍，淡紫色的裙襬，隱隱可見暗金色的繁複花紋。

這個裝扮不像天堂裡的嗨妹，滿正常的，就是行為有點鬼祟。

付雪梨的血液飆到了極致，背上全是細密的冷汗。腦子被迫飛速轉動，這個時候需要找個說得過去的理由快點離開，一旦被認出來，就真的完了。

「我……」她深呼吸，吞了吞口水，差點就想不管不顧地跑路算了。

身後的腳步聲越來越近，付雪梨一言不發，心漸漸沉下去。

完了完了完了。

下一秒。

徹底絕望前，突然被人勒住肩膀，付雪梨的身體被那個人一帶，不可控制地反轉過去，踉踉蹌蹌，臉撞上藍色的制服薄衫，身體被人整個擋住。

付雪梨難以置信，心裡一跳，起了一身雞皮疙瘩。她沒反抗，一瞬間，一股熟悉的味道撲入鼻子，骨頭都發麻了，腳軟腿發虛。

許濤震驚地看著眼前詭異的一幕，都快結巴了：「許、許隊，你這是？」

沉默了一會兒，面容英俊的警察當著他們的面，和往日一樣冷淡並毫無波動地說：「抱歉，這是我女朋友，我先把她帶出去。」

「喔……喔，好的，沒事沒事。」許濤想說什麼，這個時候也只能憋住。內心瘋狂吐槽：這他媽的怎麼回事，掃黃掃到家屬了？！

「我馬上回來。」

臉貼著的胸膛裡微微發出震動，他的聲音依舊平緩。付雪梨劫後餘生，現在依舊很緊張。她得救了，被他扣在懷裡，頭低埋在肩頸處，隔絕了所有視線。

她抬手，緩慢地抓住許星純的衣角。

天堂六層樓的出口全部被封鎖，各個電梯口、樓梯口都有警察把守著。人山人海，估計有上百名員警。

在正門外二十公尺處拉起黃色的警戒線把路人擋在外面，有戴著頭盔的特警端著槍，連成人牆，旁邊停著押送人的大巴和警車，這個地方已經被大批警力包圍。

太天真了，這怎麼可能偷偷溜掉，太荒唐了。

付雪梨頭上罩著許星純不知道從哪裡弄來的外套，她掀開一點點縫隙，被眼前的場面嚇到，這麼大陣仗是要幹什麼？

許星純攬著她疾步往外走，一路暢通無阻。他和其他人打了聲招呼，很快就走出了警戒線外。又走了幾步，黑漆漆的環境裡，前面的人停下腳步。這裡有一堆熄火的警車，不遠處有三三兩兩吸菸的員警。

付雪梨惴惴不安。

她也站住，把外套從頭上拿下來，不知道該說什麼，躊躇地開口說：「……謝謝你。」

「有碰東西嗎？」許星純穿著制服的樣子冷硬得不近人情。

付雪梨屏住一秒呼吸，小心地問：「你說什麼？」

她烏黑的瞳仁很亮，像剛從水裡撈出來一樣。殷紅的嘴唇像花瓣，半張半合。此時因為狼狽，少了很多豔麗，卻有了一種乖乖的可愛。

被他那麼注視著，她突然意識到許星純在問什麼。

「有碰嗎？」他森冷地問，聲音滯重。和往日清秀溫和的外表截然不同，許星純沉著臉，按住她的肩膀，怒喝：「我問妳有沒有碰！」

「沒有！」付雪梨脫口而出。她憋出了一身的汗，艱難地回答，「許星純，你誤會了，我從來都不碰那種東西。」

許星純的嘴角收緊，垂眼，邁出半步後定定看著她。

「我真的不吸毒，我要是想碰這種東西，我高中時就可以啊。要不然你把我帶回你們那裡檢查？」付雪梨語無倫次，實在不知道怎麼解釋。

濃稠的黑暗隱沒了許星純修頎的身形。只有一隻手臂的距離，她卻能明顯感覺出來他的情緒看似平靜，其實很不正常，夾雜著少見的暴烈。

微凸的喉結上下動了一下，他下頷收斂，濃密的眼睫垂下：「外套穿好，坐在這裡，等我回來。」

「你要去多久……」付雪梨遲疑了一下，換了個說法，「我要等多久？」

就在她以為自己等不到回答的時候，聽到許星純說，「不知道。」

聲線深沉而冰冷，他的表情，有一瞬間的陰沉。

「喔……好吧，你快點啊，我明天還要趕飛機回臨市。」接著她又乖乖地問，「我就在這裡嗎？」

付雪梨眼裡有他全部的倒影，這樣少見的乖順讓許星純稍有停頓：「嗯。」

「好。」

聽到答覆而不是拒絕以後，他用了極大的自制力竭力逼迫自己轉身。

付雪梨裹緊了有點大的外套，坐在石凳上，看著許星純重新返回混亂的現場。

從黑暗裡，一步一步走到光影切割出來的分界線下，淺藍色襯衫，身高腿長，他腰桿挺拔，背影孤桀。

§ § §

許濤煩躁地靠著包廂的門，四下打量，咬了一根菸含在嘴裡。

抬手關掉炫目浮誇的壁燈，裡面有十幾個人在搜，玻璃瓶裡的各種液體都不放過。又過了幾分鐘，一個警員走出來，搖頭無奈道：「目前為止什麼都沒有發現。」

「一點貨都沒有？」許濤皺眉。

「都搜遍了，沒有。」警員搖頭，說完視線往上一移，喊道，「許隊。」

許星純點點頭，問：「怎麼樣？」

「不怎麼樣。」許濤騰出一隻手揉揉眼睛，控制不住八卦的心，打趣道：「喲，您把女朋友送出去啦，這麼快？」

見許星純冷著臉不回答，許濤又回憶起剛剛的畫面。他這個平日不近女色、冷靜自持的隊長，在所有人意識到之前在眾目睽睽之下，把一個女人死死按在懷裡。動作簡直堪稱迅雷不及掩耳，令人目瞪口呆，這似乎真的和平日的他不太搭……

「今天除了抓到一些賣淫的，估計也查不出什麼了。」另一個警員來彙報。

他們搜完一個包廂，正準備去下一個。剛好路遇熟人，對方打了個招呼，「哎喲，許濤你們是禁毒隊的吧？」

「怎麼？」

「哎呀，偵查員剛剛回饋資訊給指揮部了，早一個小時就有服務生和保全去幾個包廂裡打招呼，說等等警察局要派人來搜查，應該是事先就轉移了。」

許濤和許星純對視一眼，低聲罵娘：「靠。」

此刻正混亂，眼下到處都有衣衫不整、逃竄的男男女女。看到他們穿警服的一行人就像老鼠見了貓，怕得不得了，一個勁地躲。

許濤瞇著眼隨意一瞟，看到前面包廂走出幾個年輕壯漢。各個都是項上金鏈，紋著花臂，塊頭結實，只是腳步有些虛浮，兩眼發直。

那群人還沒來得及做出反應，轉身就碰到了許星純他們，臉色立刻難看了起來。

有人小聲偏頭問：「怎麼辦？」

「快點走，別出聲！」

他們腳步迅疾，剛走沒兩步，後方果然傳來一聲喝止：「站住！」

紋了花臂，看似大哥的人神色不太自然，轉過身，勉強對帶頭而來的許星純打了聲招呼，說：「警官，我們就是幾個人出來聚個會，喝喝小酒，也沒招妓，真的沒犯法，不知道你們有什麼事？」

許濤簡直想翻白眼，不耐煩地道：「這種話就別說了，裝什麼裝，和我們走一趟。」

「憑什麼啊？現在警察能隨便抓老百姓了，有沒有王法了？」幾個壯漢臉色難看起來，開始和他們對峙，罵罵咧咧。

許濤等人理都不理，直接亮出手銬。

「今天我就不走！」壯漢像是突然憤怒，雙目怒瞪，肌肉忿張，「我看看今天誰敢動我，也不是嚇唬你們，我們都是在社會上刀尖舔血的人，混到現在就沒怕過誰，別來這一……」

這位大哥話沒說完，突然噤聲，眼瞳收縮，一瞬間屏住了呼吸——一把槍穩穩地頂在他後腦勺上。

走廊上頭的鑽石燈光照下來，年輕警官安靜地站著，側臉的輪廓棱角分明。他單手持槍，頂住眼前人的腦袋。

食指扣著扳機，黑色碎髮形狀不勻的陰影遮住了冷淡的眼神。

「那個……」花臂大哥的聲音有些生硬緊繃，腿正在不易察覺地抖動。

許星純一句廢話也沒有。語速輕緩，聲調低了幾度，卻不容置喙：「銬上，帶走。」

這個夜晚相當不平靜，警笛聲引來了大量圍觀群眾，看熱鬧的人到淩晨還沒散。付雪梨安安分分地坐在石凳上，風很大，這裡黑得幾乎伸手不見五指。

有點冷，她怕唐心擔心，點開微信回訊息：我沒事，碰到許星純，他把我帶出來了。

唐心：這麼巧？嚇死我了。

付雪梨：妳呢，在哪裡？

唐心：我還在天堂，我們這個包廂沒有員警進來。妳在哪裡，到飯店了嗎？

付雪梨：沒有啊，我在一個人很少的地方等許星純呢。明天我就要回臨市了，等等讓西西把我的身分證送來，行李沒什麼要帶的。然後加上年假，請妳至少一個多星期不要打電話給我好嗎？

唐心：知道了知道了，也不知道他們員警是年底要衝業績還是怎麼樣，為什麼要挑過年前掃黃啊，真是服了！妳記得等等幫我問問啊！

付雪梨：問誰？

唐心：問妳那個很帥的員警炮友啊：）

她此刻雖然狼狽，但看到這句話也忍不住笑出來。一旁有腳步聲漸漸靠近，付雪梨臉上還殘留著笑，側頭望去，試探地問：「許星純？」

離她還有幾公尺遠，來人停下腳步。

付雪梨舉著手機，借著微弱的光辨析對方的身形。

「許星純嗎？」遲疑著，她又問了一遍。

「不是。」

其實付雪梨對別人的聲音不太敏感，每天接觸打交道的人太多，她想記也記不住。但這個聲音，幾乎是聽到的一瞬間就從記憶裡找了出來。

凍僵的雙腿有點疼，她跺了跺腳，很快恢復平淡的神態，猶疑地問：「是馬萱蕊啊？妳來這裡幹什麼？」

呿！

不著痕跡地，馬萱蕊順勢坐在她身邊，笑了笑問：「妳好像很緊張啊？」

付雪梨目光四處逡巡，牽了牽唇角，漫不經心地道：「妳想說什麼？」

長時間的靜默。漆黑又陰冷的環境，兩個人一時都沒開口。

過了一會兒，馬萱蕊像是自言自語道：「我猜，你們又開始聯繫了吧？」

不用問也知道她口中的「你們」指誰。

眼下，付雪梨只能看到一點模糊的影像。她覺得在這種情況下和別人談心，還是談感情的事真的挺詭異的。有點不耐煩了，付雪梨簡短地回覆：「和妳有什麼關係嗎？」

馬萱蕊笑了笑，不為所動。

「妳愛許星純嗎？」短暫地沉默後，她突然問。

付雪梨實在莫名其妙，耐心消失殆盡：「妳在說什麼？」

馬萱蕊不知道在說給誰聽，似乎只是想傾訴：「我知道妳不喜歡他，可是我喜歡他啊。喜歡到巴不得他眾叛親離，所有人都拋棄他，只有我一個人愛他。」

她的聲音輕柔，語調溫和，不等付雪梨插嘴，接著說了下去：「妳付雪梨這麼多人愛，哪缺許星純一個對不對？他就算死了，妳都不會傷心多久啊。可是許星純為什麼就不懂呢？」

付雪梨忍不住了，說：「妳來的目的是什麼？如果妳想告訴我妳有多愛他，我知道。」似乎突然又想到了什麼，她不痛不癢地補充道：「如果妳想告訴我他有多愛我，我也知道。」

「嗯，妳什麼都知道。」馬萱蕊略帶嘲諷，「那妳知道，許星純他媽媽是什麼時候死的嗎？」

「……」這句話，成功地把她噎住。

過了很久，馬萱蕊一字一句，每一個字都咬死了牙關：「那一年，B市舉辦奧運會。許星純瞞著所有人一個人住院，妳知道我這麼多年，多想給妳看那份診斷書嗎？兩個月以後，他一個人去學校，申請從臨市分局調走，從此就沒了消息。」

她越說越激動，語速毫無徵兆地乍然提高：「妳呢，付雪梨？我想不通許星純有多絕望才會去自殺！他奄奄一息地躺在病床上，出院之後又一個人離開，妳那個時候又在幹什麼，又在哪裡？和誰笑得多開心？」

最後馬萱蕊的音調非常尖銳顫抖，只有一句話被她說得清晰：「妳對許星純做了什麼，妳自己記得嗎！」

壓制著想轉身逃離的衝動，付雪梨聽得頭皮發麻，像被人當頭潑下一盆冷水。深深呼吸，手指神經質地蜷縮起來。

§ § §

之前為了防止風聲走漏，參與辦案的員警手機都統一關機上繳。

直到天際微微透白，所有工作才算收尾。

許濤拿著一籃手機到處發，抓住一個人問：「許隊呢，怎麼沒看見他的人？」

「許隊啊？」那人仔細回憶：「剛剛看他坐在B區那邊的椅子上，你去看看。」

許濤找到許星純時。他正一個人坐在石凳上，晨霧濃重。

不知道坐了多久，他的頭髮有點濕了，又是平時寡言少語的表情，身上有點很淡的血腥味，旁邊放著一件武警的黑色外套。

許星純不像是在發呆，樣子莫名有種異樣的耐心沉穩，彷彿正在心無旁騖地等著誰，但又的確是孤身一人。

許濤眼皮跳了跳，總覺得哪裡有點怪怪的，他走過去把許星純的手機遞給他：「哥兒們，在這裡坐著幹嘛？抓緊時間回家休息，小心猝死。」

兩人視線對上的時候，許濤看著許星純，心裡一驚。他眼裡有很濃的倦意，眼神一點起伏也沒有。

許濤以為許星純是累倒了，拍拍他肩膀：「辛苦了。」

通往機場的路上。

許星純專注地開車，通宵了一整晚，一點也不見疲憊，行車平穩如常，只是皮膚蒼白得不像話。沾著血汙的袖口向上翻折到手肘，露出一截線條流暢優美的手臂。

中央臺上的手機介面暗去，有一條已讀訊息：

『許星純，我先走了，最後一次跟你說對不起。我現在有點沒辦法面對你，等我想清楚了，我就來找你。』

# 第十一章 和好

許星純，你不會後悔了吧？

雪梨每年的這時都會來這個陵園。她手裡捧著路上臨時買的紙錢和鮮花，慢慢拾級而上。

墓碑上有一張黑白合影，一男一女微笑著，男人英俊，女人柔婉，皆是年輕時的容顏——是付雪梨的親生父母。她茫然地盯著那張照片，眼睛眨了眨，不知道該說什麼。放下白菊花，又蹲在一邊發了很久的呆。過了半天，才想起要燒紙錢。

「爸……」停了一下，又艱難地喊，「媽。」

說出口後，鼻腔酸脹得難以忍受，眼裡滾燙的淚水終於忍不住掉了下來。她連忙抬手胡亂地擦，苦笑道：「其實我知道……我可能做錯事了，但是今天才敢承認，我是不是很膽小懦弱？」

「有一個傻瓜他很愛我，很愛很愛我。」付雪梨的下巴抵著膝蓋，整個人蜷縮起來，把火點燃，哽咽道：「我總以為，他把所有的事情都跟我說了。」

付雪梨感覺嘴唇在顫抖，說著說著就自己笑起來，可是眼淚就是止不住地流。

她知道的，許星純什麼也不會對她說，於是她也就假裝什麼也不知道。

可是馬萱蕊的話字字都像一記重錘，狠狠砸在她的心上。把付雪梨一直以來自欺欺人，拿來自我安慰的一層表皮碾得稀爛，讓她覺得全身的血管筋脈被阻斷，五臟六腑全部被凍結。

付雪梨呼吸困難，止住了話，頓了一會兒接著說：「你們把我生下來，可能就是一個錯吧。這幾年，我覺得自己活得像個笑話。我埋怨很多人，埋怨叔叔，埋怨你們。甚至還埋怨過他，我埋怨他為什麼我給不了他長久的愛情，他就要拋棄我，從此消失。」

「我多怕寂寞啊，我捨不得他，但是他這麼多年都沒有回來。」付雪梨感覺有鹹濕的淚水流進嘴裡，「我也想過去找他，但卻日復一日地害怕我會犯下像你們一樣可笑的錯誤。」

「我只是覺得他應該找個更好的女孩。」她深深埋下頭，「但是我知道，我不敢承認。這些全都是冠冕堂皇，讓我能心安理得地好好過日子的藉口。」

是的，直到現在，付雪梨才敢承認——許星純過了這麼多年，從來沒有，沒有一秒放棄過喜歡她這件事。

付雪梨從小都看得清身邊的人，誰和誰相配，誰和誰不合適。

她知道兩個世界的人不應該在一起，這是她一直都懂的道理。可是她還是辜負了許星純這麼多年，讓他獨自傷心難過這麼久。

轉眼日漸黃昏，只有付雪梨一個人安靜坐著，堅持看著紙錢燃盡。似乎只要這團火燃盡，往事就能乾乾淨淨，無憂無慮。

「許星純，我想好了。」

在付雪梨說完這句話的一瞬間，電話那頭沒了聲息。

哭得太久，她聲音完全嘶啞了，頓了頓才能繼續：「如果你想聽，我在臨市，我現在就能去找你。」

『……妳在哪裡？』許星純問。

付雪梨堅持道：「我去找你。」

那邊過了好一會兒才打破沉默，說出一個地名。

——他們分手的地方。

§ § §

好像過了很多年，又好像只過了幾天。這所大學到處都沒有變，熟悉的一草一木，樓亭建築。晚上七點以後，校園裡的路燈亮起。來來往往許多結伴而行的學生、老師和大學生混雜在一起，不容易分辨。女生宿舍樓下，有一對對抱在一起如膠似漆，怎麼也不分開的情侶。

這是付雪梨曾就讀的大學。

路燈昏暗，淡淡的光線模糊了他的臉。許星純坐在那裡一動不動，還穿著昨天已經有點髒了的警服，做著就像過去好多年，日日夜夜在做的事情一樣。

——等著她。

在許星純身邊坐下的瞬間，付雪梨微不可見地，身體輕輕抖了一下。

空氣裡有黏膩的水氣，讓呼吸無法正常。

兩個人不知道安靜了多久，三分鐘、五分鐘，或者更長。她終於開口，語速很緩慢：「許星純，我想跟你說一個事情。」

「……嗯。」

付雪梨把自己的手機拿出來，設了一個鬧鐘。

只有五分鐘。

她知道他正在看著她，然後說：「你應該知道是什麼意思，五分鐘之內，我就可以講完。」

心底一陣窒悶。

付雪梨說出在腦海裡排練過數百遍的一句話：「今天是我親生父母的忌日。」

§ § §

和許多年前一樣，那天也是一個很普通的忌日。

上完墳後，在家裡擺著照片，付遠東、付城麟和付雪梨一起吃了頓飯。

這是每年都有的形式。吃完後，付雪梨約了朋友，打了聲招呼就出去了。因為從小就跟著付遠東長大，她對親生父母並沒有太過濃重深厚的感情。

忌日那天下著雪，在路邊想攔計程車卻怎麼樣都攔不到。等得不耐煩了，付雪梨只好回家，準備拿鑰匙自己開車去。

開門後，客廳空曠極了，齊阿姨也不知道去了哪裡。根本沒人，只是門口多了一雙鞋子。

付雪梨覺得奇怪，想叫人，然後走上樓。書房的門虛掩著，她看到付遠東一邊倒酒，一邊嘆氣搖頭。付雪梨聽到了自己母親的名字。

她推門的動作一頓，站在原地沒出聲。

家裡的狗懶散地趴在不遠處，懶洋洋地搖著尾巴，看著主人奇怪的行徑。

付遠東旁邊的好友勸道：「都過了這麼多年，你把阿娟和阿坤的女兒養到這麼大了，他們不會怪你的。」

付遠東重重地嘆了一口氣：「如果不是我催坤哥回家解決事情，他不會賠上自己的命，還有阿娟……」

友人急忙說：「總歸要分開的，阿娟對阿坤早就沒了感情，當初年輕，誰也不知道會發生這種事。」

付遠東：「他們本來不會死在那種地方。那時候我年輕莽撞，只想著做生意，只想著和愛的人在一起。我和阿娟的事被坤哥看到，是我對不起他，這些年想一想，前幾年也是一起扶持過來的……」

——聽到這些話，付雪梨要瘋了。

無法消化這些資訊，她頓時只感到窒息，往後退了兩步，感覺整個世界都被顛覆了，以往無數個困惑都湧上心頭。

為什麼付遠東這麼多年不結婚？

為什麼她偶爾能感覺到付遠東對她流露出過分哀傷的神色？

為什麼付遠東對她，比對付城麟還好？

為什麼自己的堂哥和叔叔都對那個嬸嬸閉口不談？

為什麼付遠東總說是欠她的？

原來是這樣……

付遠東和付遠坤準備做一個工程，可是拆夥資金跟不上。當時已經在談合約，每天都要應酬，那段時間兩人又因為付雪梨母親的事情吵得很凶。

有一天晚上下雨，付遠坤一直不和付遠東見面。付遠東跑去他家裡，兩人又大吵了一架。最後付遠坤氣得甩門而去，阿娟趕緊追上去。

深夜路太滑，一輛車酒駕，正好撞死了兩人。

付雪梨沒有歇斯底里地衝進去質問，她只是麻木地走下樓，一個人在雪地裡走了很久很久，直到沒有力氣，栽倒在路邊才感覺有淚湧出來。

是的，她沒有勇氣去找付遠東對質，因為她知道自己根本無法恨一個把自己養大的人。

可是什麼是愛情？

為什麼都拿愛當藉口，人就理所當然地變得這麼骯髒？

愛情重要，還是責任更重要？

那幾天，她一點都不想回到那個家，住在學校裡，卻夜夜去酒吧買醉。

晚上歸來，許星純每天都在宿舍樓下等。

一天又一天，付雪梨心裡又跨不過那個坎，只能把所有負能量發洩在許星純身上。她開始逃避，甚至恐懼這份太過堅固的感情。

抽菸、喝酒、泡吧、打架，這些事情她都會。可是用心愛一個人，她可能真的難以堅持。根本沒有例外吧？到最後，所有愛情都會變得噁心透頂。

「許星純，你以後能不能別來找我了？」付雪梨搖搖晃晃，走兩步就摔跤，卻不準許星純靠近，直到最後一屁股坐在椅子上，不知不覺間淚水就流了滿臉。

她喝得爛醉，心感覺被絞到快爛了，可嘴裡卻喊著：「許星純，我早就想跟你分手了，我高中就想跟你分手了，你能不能別纏著我了？你不要喜歡我好不好……我真的覺得好累，你們嘴裡都在說愛，可是愛是什麼？愛就能讓你們變得這麼自私嗎？」

「我求求你了，放過我也放過你吧。」付雪梨眼裡有真真切切的痛苦。

許星純坐在椅子上，陪付雪梨哭了半個夜晚。他隱約聽見她哽咽地說，還想回到以前。看著深深的夜空，許星純用很輕的聲音問：「付雪梨，我真的讓妳這麼痛苦嗎？」

可是十四歲那年，付雪梨和她叔叔吵架，氣得跑出來找他。

也是這麼冷的夜晚。在那個公園的長椅上，許星純穿著薄薄的睡衣，而她也是哭到不能自已。他把外套蓋在她身上，吹了很久的冷風。她抽抽噎噎地問：「你會陪我到什麼時候？」

許星純說：「一輩子。」

過了很久，付雪梨問：「那你冷不冷？」

他回答：「冷。」

她說：「我也冷。」

「外套在妳身上。」

「許星純，我現在好像開心一點了。」

「嗯。」

「你是不是不開心？」

「看到妳哭，所以不開心。」

「我現在開心了。」

許星純抬手摸了摸她的臉：「好。」

付雪梨抱著他：「許星純，我開心和你開心，哪個更重要？」

「妳開心。」

她終於破涕為笑。

樓群之間的天空像深藍色的幕布，許星純的輪廓在燈火零落的夜色裡模糊而秀氣。

他那時候明明答應了，陪她一輩子。

可是現在的付雪梨哭得比那時候還厲害，眼裡有讓他看不懂的絕望和難過。

——我開心和你開心，哪個重要？

妳啊，當然是妳。

付雪梨在一片漆黑中醒來，頭痛欲裂，帶著宿醉的昏沉。她躺在柔軟的床上，不知身在何處。

「幾點了？」她啞著聲音問。

「不到五點。」許星純坐在床尾和門口間隙的地方，低著頭，「妳醒了？」

她嗯了一聲。

這時，房間裡有手機鬧鐘響起，付雪梨擁著被子起身，「你定了鬧鐘？」

「是。」

「關了吧。」

「不用關。」許星純問，「妳昨晚說的話，還記得嗎？」

「記得。」

「妳想好了嗎？」

「……」

「還有一個鬧鐘，妳想好了告訴我。」

只是猶豫了一瞬，在鬧鐘第二次響起的時候，她眼底滾著水霧，咬著牙，依舊強迫自己說：

「分手吧。」

良久，他說：「好。」

聽到門輕輕被帶上的響聲。

許星純最後一句話是「我走了」。

付雪梨知道自己哭了，沒有出聲，只是流淚。

這是他們重逢前，最後一次見面。也是她這麼多年來，不敢再回憶的場景。

§ § §

來找許星純之前，她特地洗了臉。

此刻，付雪梨腮邊掛著兩行淚珠，不施粉黛，皮膚接近透明的白，沒有平時豔麗的妝容，但是格外乾淨純潔。

三言兩語就能講完過去的事情。眼裡蓄起熱意，付雪梨說：「因為我父母的事情，讓我對愛情產生了困惑。我完全被困住了，當初的我認為愛情的存在毫無意義，只會讓人在一份關係裡歇斯底里，遍體鱗傷。

所以我軟弱了，我只想逃避，以傷害你為代價。但我很無恥，我喜歡說謊。我還喜歡你，所以總是控制不住地去找你。只是我暫時沒辦法給你永久的承諾，又怕承認自己的錯。」

許星純把心掏出來給她，她看不見，假裝他不疼。

對不起，真的很對不起。

所以現在她要遭報應了。

對普通人而言，愛是欣賞和享受。可對許星純來說，付雪梨的愛是饑餓下的糧食，是非如此不可，是最後一根救命稻草。

那他是懷著什麼樣的心情對她放手的？

沉浸在那樣的痛苦裡，明明已經快撐不下去了，還是沒有對她有任何責怪。

付雪梨要自由，許星純就給她；付雪梨說她怕被禁錮，許星純再劇烈的痛苦也被掩蓋，彷彿沒事一樣，就算去死也要放手。

她最後如願以償了，卻始終沒能忘記他。

明明沒過去多久，卻彷彿有一個世紀，許星純靜坐了約莫幾分鐘。

遠處有零星幾個不太真切的人影。頭頂的燈泡越發暗淡，他的頭稍微歪了歪，抬手拭去她臉上的淚。動作溫柔細緻，熟悉到像做過了無數遍。

付雪梨一愣。

許星純找回了自己的聲音，很平靜地說：「……我現在，不想聽對不起，我只想知道，妳想清楚了，所以要和我在一起嗎？」

無論是愧疚也好，愛情也罷，或者只是想補償，他全都認了。

還沒來得及做出反應，手機就被許星純拿走。鬧鐘在響起的前一秒被關掉，她被他圈攏進懷裡。

付雪梨話音微滯，艱難地張了張口：「我不知道怎麼愛別人。」

「我教妳。」

她鼻音濃重：「我怕以後……」

怕什麼？怕他們的感情重蹈覆轍？

還是怕自己依舊會踐踏許星純滿腔的赤誠？

可是付雪梨隱隱有預感，這一次和他在一起，可能就沒辦法分開了。

許星純的唇輕慢溫柔地貼到她耳邊，以極低的音量，炙熱又克制——

「付雪梨，我都不怕了，妳怕什麼？」

天徹底黑下來了，夜色沉浮，月色溶溶，空氣裡有剛下雨沁涼的味道。

眼淚還未風乾，剛剛哭得一團糟，臉蛋冰冰涼的，付雪梨有點疲憊，目光飄忽不定，沒有焦點。耳朵貼著許星純的脖子，握住他的手腕，就這麼依偎著，只想把這種拋棄一切的感覺延續久一點。

很久沒有這麼踏實舒適的感覺了，她真的累了，甚至想就這樣閉上眼睛，睡一覺。終於下定決心，雖然還有些朦朦朧朧的恐懼，但彷彿卸下了千斤擔子。

「許星純……」她略抬頭，喊他的名字，被許星純托住了下巴。

久違的情愫掛在心尖上，數日來沉重的感情得到緩和，讓人懶洋洋的不想動彈。

付雪梨感覺到許星純目不轉睛地盯著自己看，可能是想吻她，於是止住了話，做好了心理準備。但是等了很久，許星純都沒有下一步動作。

「你要幹嘛？」她徐徐呼吸，眨了一下濕漉漉的睫毛，先開口。

「張嘴。」許星純低聲說，手指擦過她的臉頰。

有一股淡淡的菸草味。

吻落下之前，付雪梨的牙關就已經發軟。他喉結滑動，舌尖搗了兩下，抵進去，舔舐上齶，強烈纏膩的吻更加深入。

這個姿勢接吻不太舒適，付雪梨掙扎著攀上許星純的肩，兩條腿分開，跨坐在他的大腿上，雙腳離地。

她向來是個沒有節操的享樂主義者，也不分場合，瘋起來毫無顧忌。

纖細的手指緩慢地摸過他的鼻梁、下巴，然後從制服襯衫鬆開的領口鑽進去，指腹在凸棱的鎖骨上亂滑。

「你們員警……穿制服好帥喔。」

這是真心實意，憋在付雪梨心底很久——發自肺腑的誇獎。

上次在片場，就有很多小姑娘在偷偷花痴許星純，讓她一直耿耿於懷。

其實付雪梨一直都很迷戀許星純的臉。從小就是，從見到他的第一眼，她就覺得這個小男孩長得特別好看，比其他人都好看，所以才心甘情願讓他當了自己這麼久的同桌。

膚淺就是付雪梨的天性。儘管有時候受不了許星純太過分的管教，但她每每都會屈服於他的美色之下。這種審美一直持續到現在。

聽著許星純短促的呼吸聲，付雪梨的小腿在兩側晃蕩著，腳後跟有一下沒一下地踢他，不輕不重像撓癢。

「有人經過……會看到我們接吻……」

許星純咬住她的嘴唇，一手抱住她的腰肢：「別亂動。」

付雪梨被牢牢抱住，像條光溜溜的魚被捏住了尾巴。她軟在他的懷裡，幸好被勒住了腰，不然肯定會跌下去。

許星純稍稍偏過頭，兩人唇舌意猶未盡地緩慢分開。

稍靜一會兒，她穩住呼吸，咽了口唾沫，小聲開口說：「我覺得腿麻了……」

夜晚的溫度比白天更低，接近寒冬。付雪梨只穿了一條薄薄的裙子，現在終於感覺到冷，她抑制著打噴嚏的衝動。

許星純半蹲半跪，握住她一截白嫩的小腿揉著，手法專業，一舉一動有說不出的從容。

那種熟悉的感覺又回來了。她看起來有點失神，心底有點苦澀。

許星純很久……很久沒像這樣對待過她了，久到付雪梨都快忘記——他的本能就是對她好。

壓抑是許星純的天性，但他再怎麼忍耐，對付雪梨的愛慕早已融在骨血裡了。從少年時期開始，這種畸形的感情就太過盲目，根本控制不住。

她以前真是太狠心了，許星純的溫柔，她居然愛怎麼踐踏就怎麼踐踏。就算重逢以後，心性也沒有隨著時間改變太多，因為各種猶豫，也不想主動承認自己的錯誤。

如果早一點就好了，也不會發生這麼多事。

都怪自己太倔強了。

許星純的頭低著，看起來輪廓像瘦了一大圈，付雪梨的心莫名痛了一下，不由得脫口說出：

「許星純，我以後會對你好的。」

妥協似的向他告白，語氣中不乏心疼。這句話，成功地讓他動作一頓，然後抬頭。

付雪梨杏眼潮濕，瞪圓了眼，若無其事地嘟囔道：「幹嘛？為什麼這樣看我，不信啊？」

許星純說：「信。」

「你是不是不相信我？」她執著地問。

「沒有。」許星純的目光重新垂下，斂著睫毛回答道。

付雪梨不滿意他的反應——明明他臉上寫滿了不相信。

但想到自己的確喜歡出爾反爾，便暗暗下定決心，以後一定要證明給他看，再也不做讓他傷心的事。

手機響了，許星純起身去旁邊接電話。

『怎麼還不回來？』那邊的許濤問。

「什麼事？」他問。

許濤崩潰地道：『許隊，事情多得很，說也說不完。劉隊那邊又打電話跟我們要人，說是有個案子很奇怪，他們那裡新到職的法醫沒經驗，要你去看看。還有就是天堂的事有進展了，我們找到線人了。』

「什麼案子，老秦呢？」許星純皺眉。

『他老人家早就回去過年了，不知道在哪裡快活呢。說起這件事我就心痛，我今年大年三十又被排到值班了……我剛剛打電話給你，一直都沒接，還以為你出什麼事了呢！』許濤哀號，『你在家嗎？我去接你，順便出去吃頓宵夜……』

「不用了，我現在不在申城。」許星純語氣平淡。

許濤：『哥！純哥！你怎麼就跑了啊？撇下工作不管了，想讓我一個人熬死在分隊啊！』

「晚點聯繫。」許星純說完就掛了電話。

付雪梨偷聽到一點，站在他身後問：「你是不是還有事要處理？」

許星純看著她：「嗯。」

「喔……」

付雪梨舔了舔嘴唇，像隻被拋棄的小貓，可憐巴巴的。

許星純忍不住低頭親了親她的唇角，又烙下一吻：「我處理完……就來找妳。」

「為什麼你們這麼忙啊……你不是身體前陣子才剛恢復嗎？」

以前在許星純家住的時候，付雪梨就看到他天天處理很多東西的樣子，一連串的事，忙得不可開交。

抱怨完，她主動討好道：「那要不要我跟你一起回去？我可以陪你啊，等等去買個帽子口罩就行了。反正臨市我認識的人多，隨便打通電話叫人送來也行。」

她這副架勢，彷彿又回到了當年在學校橫著走的妖豔太妹。

只是邀功邀得太急切，許星純還沒說話，她的手機就響了。

不耐煩地接起來，沒想到那邊的聲音比她還不耐煩：『付雪梨，妳回家回到現在連個人影都沒看見，要死啊！』付城麟脾氣向來暴躁，『上次妳把老子一個人丟在餐廳不聞不問，賬都沒找妳算呢！齊阿姨知道妳回來，飯都做好了，所有人就等妳一個人，怎麼回事啊？看看現在都幾點了，妳又在哪裡鬼混！』

好不容易那邊劈里啪啦，像機關槍似的嘮叨完，付雪梨的火氣也起來了，大聲說：「你對我溫柔一點行不行？什麼鬼混，付城麟你在胡說八道什麼？我今天去拜我爸媽了！」

那邊的人安靜了一陣子，語氣軟下來：『妳在哪裡？傳定位過來，我去接妳。』

「不用了。」

『什麼不用？』付城麟咬牙切齒，『妳懂不懂事？幾歲了還小孩脾氣，家裡長輩都在呢。』

付雪梨還在想怎麼拒絕，就聽到許星純平靜地說：「妳衣服穿得太少了，回去換身衣服。」

「我可以在路上買啊。」她口氣依舊埋怨。

說完意識到不對，愣了一下。

自己表現得好像很想和他待在一起似的……

握著手機站了幾秒，一隻有力的手握住付雪梨的後頸，拉到懷裡，另一隻手抬起輕撫她的頭。許星純好像低聲嘆了一口氣，低聲說：「回去吧。」

她頭埋在他的胸膛，嘟嘟囔囔，不准許星純笑自己。

最後分開時，付雪梨居然破天荒地有些依依不捨的感覺。本來想問一句「你會不會想我」，憋了半天沒說出口。

太酸了。

車上爵士樂緩緩流淌，兄妹倆一見面就拉下了臉。隨便扯了一會兒別的話題，付城麟嘆一口氣，問自己妹妹：「妳怎麼又和他在一起了？」瞟了一眼後視鏡，他接著說：「剛剛我沒看錯吧？」

「許星純嗎？」想了大半天，付雪梨謹慎地回答，「　　，「這件事說來話長。」

「怎麼個長法？」

「很長。」

付城麟很不解：「許星純怎麼這麼想不開？」

他的語氣滿滿都是遺憾，彷彿許星純吃了什麼大虧，一下就把付雪梨惹毛了，咬著牙問：「你什麼意思啊？」

付城麟氣定神閒：「我什麼意思？妳自己心裡沒有底嗎！」

「……」付雪梨不說話了，否認不了。因為她一想到自己做過的事就心虛。

甚至……連問都不敢問許星純，他那幾年發生了什麼。

回到家，一進家門，齊阿姨就開心地叫付雪梨準備吃飯。知道付雪梨今年回來過年，齊阿姨很高興，早早就把飯做好了。

「叔叔呢？」付雪梨問。

「正在等妳吃飯呢。」

齊阿姨一家三口每年都在付家一起守歲，今年也不例外。付城麟今年帶了女朋友回來，不是付雪梨熟悉的那個，但聽說他們已經發展到要登記結婚的地步了。

吃完飯，她私下問付城麟：「琴琴呢？」

琴琴是從學生時代就和付城麟愛恨糾纏不清到現在，也是付雪梨覺得堂哥唯一愛的女人。

付城麟的反應很平淡：「琴琴是妳叫的嗎？分了。」

「你前陣子不是還跟我秀恩愛嗎？」付雪梨突然想到了什麼，小聲問，「這個懷孕了？」

付城麟不想多說，去旁邊抽菸。

反正日子能過一天是一天，到他們這個年紀，能好好活下去都艱難，愛情猶如過眼雲煙，都無所謂了。合適就在一起，不合適就一拍兩散。愛情這種東西，雖然能讓人掉進蜜罐裡，但還是太昂貴。

洗了熱水澡，付雪梨躺在熟悉的軟床上，有種安心的感覺，但隨即而來的是一種失落感……

她瞪著天花板，在心裡想——

現在是怎麼回事？一旦和許星純分開，心裡就空蕩蕩的，開始不安。還能不能好好生活了？

糾結了一會兒，付雪梨翻身，拿起手機傳訊息給許星純。

『你吃晚餐了嗎？』

等了一會兒，沒有回覆，估計又回警察局工作了。

她嘆了口氣，點開「臨市扛把子第一梯隊」的群組解悶。

大梨子：今年我回臨市過年，要不要出來玩啊？

過了幾分鐘，群裡迅速有人回覆。

毅傑李李李：哇！大明星！大忙人！怎麼有時間理我們了啊？

大梨子：老子放年假了。

毅傑李李李：行啊，我就在家呢，隨叫隨到。

宋一帆：毅毅、梨梨，啵啵啵。

毅傑李李李：老子啵你媽。

宋一帆：好委屈喔。

大梨子：謝辭呢？怎麼不說話，今年帶許呦一起來嗎？

宋一帆：這個時間點，誰還沒有性生活呢？

毅傑李李李：……？

宋一帆：像你這個醜鬼一看就是沒對象的，嘻嘻。

毅傑李李李：你行，宋一帆，你給我等著。

宋一帆：別啊李哥，長得醜才活得久啊。

毅傑李李李：你說你最近當個飛行員，飛到北極去了？膨脹了啊？

宋一帆：不敢不敢……

看著宋一帆和李傑毅一來一往說相聲，付雪梨笑到不行，笑著笑著有點懷念，想到高中時的趣事。

以前他們打賭輸了，就罰在學校布告欄上貼各種稀奇古怪的東西。

類似——

性別：男

姓名：宋一帆

目的：我想要媳婦，我不想變帶貶義，有意者留下聯繫方式，我們私聊，真誠交友。

有一次被一個老師抓到，那個老師不認識他們這群人，大吼著問：「你們是哪個班的！」跑的時候，李傑毅特別皮，大聲回答：「老師，自古英雄不問出處！」

把老師氣得不行的時候，宋一帆又回頭緊接著一句：「操作不看後路！」

唉……那個時候啊……

付雪梨退出去，又翻訊息，還是沒有許星純的回覆。

靠。

終於沉不住氣，打打刪刪，她又傳了一條：許星純，你不會後悔了吧？

# 第十二章　故人

雙眼彎彎，脾氣很好地在那裡笑，純天然又無害，笑得讓付雪梨心動不已。

學校的夜晚很寧靜，人跡寥寥，遠處的籃球場盡收眼底，旁邊有人踩著滑板飆過去。許星純握著手機，腳步一頓，垂手夾著半截菸，也沒抽。從恍惚到回神，只需要一瞬。

多少年了，只要關於付雪梨的每一幀畫面，每一個瞬間，他都能記得很清楚。

在她還不認識他的時候，盛夏傍晚的巷子口，她穿著白色短袖，水藍色牛仔褲。腳一滑地，踩著滑板，從他身邊呼嘯而過。呼啦啦帶起一陣風，手臂張開，捲得黑髮飛揚，夕陽的金光傾瀉在她的指縫之間。

那時候的付雪梨，大概不知道自己早已經被人這麼盯著，窺視已久。

對，是窺視。

年少時，許星純彷彿得了癔症一樣地窺視她。

他無法克制，也不想克制。

隱祕壓抑的欲念，如同一株收緊花蕾的樹，悶聲不吭地向上漸漸伸展。

直到和付雪梨在一起，這種感情在長久的等待、焦躁、絕望、痛苦之中，最終得到釋放和爆發。

經年累月，許星純像個傀儡一樣，把整個靈魂都交給了她。

他曾經心甘情願被付雪梨掌控，對她的任何要求都無條件答應，像呼吸一樣自然。可是高高在上的她，誰都不會喜歡，何況是許星純。心理畸形，偏執又怪異的許星純。

但他還是要忍，只要她願意留下來，沒人想做一個異類。

其實許星純偽裝得並不好，鬆懈下來後，情感逐漸失控，便想要得更多。

所以不會玩手段的他，還是讓付雪梨察覺到了——察覺到了他對她扭曲至極的感情。

這樣的感情，一開始就是錯誤，一不小心就會走上死路。於是到最後許星純被騙，她還是要離開。

然而戰勝欲望的，永遠只有更高級的欲望，所以死路沒有盡頭。只要心夠狠，誰都能贏。

他從來沒想過要離開她，卻還是放手了。但放手不代表失去。

雖然等得太久了，但付雪梨還待在他身邊，就沒有什麼不滿足的。

在黑暗中，許星純撚滅菸頭。

回想起壓抑沉悶的往事，不是一件令人舒服的事。因為付雪梨不在的日子，許星純依靠著另一件事，仍舊撐著繼續生活。

但是事實上——他快死了。

§ § §

飛機的速度很快，幾個小時後就到了申城。回家簡單地洗個澡，換了身衣服，許星純開車去分隊。

進了辦公室，立刻有人圍過來打招呼。

許星純隨手拖過一把椅子，坐下來。許濤彎腰，單手撐著桌子，指著螢幕，直接進入主題：「這次販毒集團的人員眾多，組織嚴明，非常狡猾。而且你看……」

他的手指指點點：「幾條暗線明線交叉，有案中案。通過調查，我們瞭解到前幾個月的確有一群人從雲南帶回大批的貨，在上次我們追捕的紅江區街頭留下過行動痕跡，這些人都不是本地人。」

滑鼠滑動，又翻回到之前街頭的監控影像，許星純盯著一個手插口袋的中年男人，眉頭緊蹙。

許濤察言觀色：「有什麼不對嗎？」

沉默了一兩秒，許星純說：「沒事。」

天堂背後的人依舊毫無頭緒，但能肯定的是這次走漏風聲，肯定是有內鬼。

這個案件牽一髮而動全身，一旦全部摸清楚，上面的人都會進行一次大洗牌。

破案不是一時半會的事，稍有不慎，不要說破案，打入販毒集團內線的偵查員很有可能會暴露身分，後果不堪設想。

許濤繼續說：「我們得到消息，這群人裡有一名外號叫么哥的毒販，年後會來踩地盤，準備做一樁毒品的大交易。」

兩人低聲交談，這時有人端了一杯咖啡過來。交談被打斷，許星純視線一偏，是個輪廓稚嫩的年輕小夥子，小平頭，眼神很清澈，就是有點陌生。

他撓了撓頭，若無其事地道：「許隊，嘿嘿，這是我剛剛泡的，您嘗嘗！」神色之間有壓抑不住的激動。

杵在一旁的許濤濃眉一聳：「你沒看到還有一個許隊嗎？這是差別待遇啊，我的呢？」

小夥子呆呆地說：「忘、忘記了。」

打發走小夥子，許星純問：「那是誰？」

知道許星純基本上不碰別人動過的東西，許濤端起那杯咖啡，喝了一口，慢悠悠地道：「他啊，是隊裡新來的熱血實習生，門口標語看多了，天天嘴裡都是『為了祖國的安寧和諧，把生死置之度外，打擊毒品違法犯罪，用生命譜寫禁毒之歌』。」

許星純問：「他認識我？」

「呵。」許濤放下杯子，「前幾天長官訓話吹牛時又拿你的事當例子，聽了你的事蹟之後，這小子特別崇拜你，估計把你當成偶像了。」

「什麼事？」

「你居然不知道？」許濤驚訝了，「就是你以前執行任務的時候，曾經被西南地區的毒販高額懸賞過，然後和毒販各種鬥智鬥勇——」

「不要說了。」許星純懶得聽下去，打斷他，「說正事。」

說起正事，許濤還真想起來了一件事：「對了，上次我們在天堂抓到的那個胖子，家裡有人說要辦理保外就醫，多少錢都可以。」

許星純凝神回憶：「誰？」

「您老人家拿槍頂著腦袋的那個。」

許星純沒有很特別的反應：「符合條件嗎？」

許濤謹慎回答，「應該……不符合。」

「不行。」

「……」

這時，長官過來視察，看到許星純，招了招手，「小許，過來。」

然後就去了辦公室。

長官先是問了最近幾件案子的進展情況，然後針對一些比較特殊的情況提出疑問，最後詢問了一下分隊的工作效率。

有的能答，有的不能答。

許星純挑著回答。

長官問得很滿意。他向來喜歡許星純，沒有一般年輕人的心浮氣躁，反而不驕不躁，個性很謹慎認真。

長官笑著拍拍他的肩：「好好幹啊小夥子，前途無量。」

大約半個小時，談話結束。許星純離開辦公室，從褲子口袋裡拿出手機，已經晚上十點多了，收到付雪梨傳的幾條訊息。

他點開，咬了一下左手的食指關節，站在原地看了很久。

一抬頭，發現不知道什麼時候，距離不遠不近的幾個同事都用一種複雜的眼神看著他。

許星純問：「你們在看什麼？」

一群人齊唰唰低下頭。

等他出去，有一個人說：「看許隊……嘴被咬成那樣，天啊，他自己難道沒有意識到嗎？」

「許濤剛剛說，許隊明顯洗過澡，身上有點香。」

年關將近，事情越來越多，大家都被折騰得焦頭爛額，一工作就是連續十幾個小時。閒下來的時候難得有點八卦，誰都不想放過。

另一個人小聲地確定道：「原來禁欲的男人，都喜歡狂野的女人。」

「再說一次，不想看我們許隊脫單秀恩愛的可以滾了！我先滾為敬，告辭！」

§ § §

捧著手機，在床上翻了兩下。付雪梨氣了一會兒，在腦袋裡胡思亂想。

這個時間點，許星純該不會睡了吧？不應該啊……

她剛拿起手機，準備再傳一條訊息過去就接到了許星純的電話。

心裡默數了幾秒，付雪梨才接起來：「喂？」

『是我。』他的聲音有點低。

「我都要睡了。」她裝。

『好。』

「……」

付雪梨有點賭氣，加重了語氣：「我剛剛問你是不是後悔了，你為什麼不回答我？你是不是對我有什麼不滿，半天都不回訊息。」

『後悔什麼？』許星純問。

付雪梨最不喜歡他明知故問：「後悔和我復合啊。」

許星純在那邊似乎嘆了一口氣。

『我不會後悔。』

他怎麼可能後悔。

明知道她是故意撒嬌，許星純也甘之如飴地配合。

「哼，大猩猩、小變態……」兩分鐘後，付雪梨歡歡喜喜，開始這樣叫他。第一次說出口後，接下來就順暢了許多，一連換了好幾個，怎麼叫都叫不夠似的。

這是她以前就喜歡喊的外號，如今喊起來還是很熟練。

「你是木頭？」她得意完後問。

『不是。』

「那為什麼不說話？」

『我喜歡聽妳說。』

她的嘴唇抿成一條線：「我也是啊。」

那邊過了很久才有聲音：『我以後儘量。』

掛了電話以後，付雪梨把自己埋在枕頭裡，想了許星純很久。突然覺得自己有點奇怪……才短短幾天而已，她覺得在自己沒意識到的情況下，好像變得比以前還喜歡他。

頭一次這麼在乎一個人的感受。

那麼喜歡許星純，都變得不像付雪梨了。

第二天早上，齊阿姨硬是來房間幾次，都沒把付雪梨叫醒。

賦閒在家，偷得浮生半日閒。她直到中午才起來，下樓吃了頓午飯。

付雪梨裹著毛毯，縮在客廳沙發上看電視，時不時關注一下群組。齊阿姨在一旁織毛衣：

「今天不和妳的朋友出去玩？」

她昨晚沒有睡好，腦袋一偏，懶懶地說：「太冷了，不想動。」

她有點想回申城，有點想見許星純，所以現在幹什麼都提不起興致。

昨晚下雪了，門外有薄薄一層積雪。付雪梨正看自己前幾天參加的綜藝，看得昏昏欲睡，宋一帆直接打了通電話：『付雪梨，別裝死，快出來啊！』

「什麼啊？」付雪梨聽到他開口說話就煩，「去哪裡？」

那邊的大嗓門傳來：『我和李哥開車到妳家門口了，大姊，換衣服出門！』

他們開著李傑毅的賓士來，顏色很騷包，這麼多年都改不掉浮誇的毛病。

付雪梨開門上車。

一看到她，宋一帆就吵鬧起來：「哎喲，妳看看妳看看，怎麼還戴上了墨鏡？都怪我們沒眼力，早知道帶支筆給您簽名了！」

今天下雪路滑，車速開不快，付雪梨拆下圍巾問道：「傑毅最近在哪裡混？」

「北京啊。」李傑打著方向盤，「說多了都是淚。」

宋一帆安慰道：「李哥，你要堅強，千萬不要哭，因為一線城市不相信眼淚。」

「滾，一線城市你個頭。」

宋一帆懶得和他抬槓，點頭說好好好，行，沒問題，我們有素質，我們不跟你爭。

付雪梨又被逗笑了，直接無視了黑皮，問前面開車的李傑毅：「我們現在要去哪裡啊？」

「找謝辭。」

「喔……」付雪梨問，「許呦呢？」

李傑毅隨口答：「許呦也一起啊，妳不知道今天同學聚會？」

「……」付雪梨還真不知道。

宋一帆從座位上起來，拿了瓶水：「妳說妳，怎麼這麼多年了，就忘記不了人家謝辭的老婆呢？」

一路上，幾個人聊著聊著，有一句沒一句，八卦趣事都有，最後就聊到謝辭和許呦。

這兩人還挺令人唏噓的。

謝辭當初是一個高一說完「你給老子等著」，第二天就帶著一群人去鬥毆，渾身掛彩都沒看他哭過的小霸王，在哪裡不是橫著走？後來和許呦分手的幾年後再約出來喝酒，就坐在那裡，沒有任何表情。

把自己灌醉就完事，淚珠不停地掉，一直掉一直掉。

以前謝辭年紀小不懂事，女朋友換得快，誰知道傷了多少花季少女的心。

再後來遇到許呦，一報還一報。

徹底完蛋。

§ § §

輕車熟路到達和謝辭他們約好的地方，付雪梨戴好口罩，開門下車。

是臨市一家比較有名的私人醫院，在婦幼保健方面很出名。

李傑毅轉了兩下鑰匙，活動著脖子感嘆道：「他們可真快啊，才剛結婚就懷孕了，我什麼時候才能期待一下？」

宋一帆跟風開玩笑：「阿辭最有效率。」

正說著，兩個話題人物就推門出來。謝辭穿著一件黑夾克，面孔英俊。許呦長髮披肩，穿著米白色的羊呢大衣、粗線圍巾，裹成了一個球，看起來特別保暖。雙眼彎彎，脾氣好地在那裡笑，純天然又無害，笑得讓付雪梨心動不已。

她軟聲解釋：「我們剛睡完午覺，然後來醫院產檢。」

「哇，小可愛，好久不見啊。」付雪梨走近了，伸出兩根手指擰起她的臉頰，捏了捏。

她從上高中時看到許呦第一眼，就被這個南方來的水靈小姑娘吸引了。柔弱文靜，一本正經起來有種特別搞笑的萌感。重點還是個大學霸，默不作聲地非常低調，結果第一次月考就考贏了許星純，震驚了一大群同學。成績好不說，還經常幫上課睡覺的付雪梨抄筆記，真是不可多得的人間瑰寶。

當初第一次知道謝辭追她，付雪梨就特別氣。這麼好的小女孩怎麼可以被這種人渣糟蹋呢，她也不看好這份感情，深感兩人絕對走不長久。

世事難料，時隔多年，謝辭和許呦這一晃眼都已經結婚，快生寶寶了。

付雪梨盯著許呦的眼神太過曖昧，讓一旁的謝辭看不下去。他把她的手一把拉開：「付雪梨，這是我媳婦，妳動手動腳幹什麼？」

又是一副拽得二八五萬似的，和當年一般，又冷又賴皮的臭脾氣。

付雪梨隱忍下來，拖長聲音嘆道：「心疼許呦啊，以後要養兩個兒子。」

宋一帆等人在一旁看熱鬧。

其實他們這幾年都會抽時間出來聚一聚，雖然生活圈不同，但是也沒有生疏多少，話題也一點都不缺。

今天班聚的事，付雪梨要不是聽他們說，自己真的一點都不知道。

不過嚴格說起來，這次也不是以班級為單位的同學聚會，而是今年剛好一中一百週年校慶，他們那一屆的人就辦了校友聚會，統一訂了飯店和場地。

謝辭自己開了車，於是付雪梨還是坐李傑毅的車。

「黑皮，說起來你還是單身呢。」李傑毅敲了敲方向盤。

宋一帆微微笑了一下，摸摸鼻子，然後低聲說：「我急什麼？單身不是挺好的嗎？」

付雪梨平靜地看了他一眼，問：「黑皮，是因為你長得太黑了嗎？」

宋一帆擺出一副端莊的模樣，「我沒有名字啊？男人要黑一點才性感，妳知道嗎？對了付雪梨，妳這麼關心人家的感情，妳自己呢？」

「我什麼？」

「感情生活啊。」

「不告訴你。」

宋一帆緊追著問：「不告訴我是什麼意思？是有了？不瞞妳說，我經常在微博上看到妳和妳的各種緋聞男友的桃色八卦，並且看得津津有味。」

「……」

看著她明顯被噎住的表情，宋一帆開懷大笑。付雪梨直翻白眼：「你有病？」

開車去酒店的途中，經過一中，身在鬧區，這段路有限速，又到了放學的時間段，車多比較塞。

付雪梨降下車窗。

高一、高二下午五點多就放學了，嬉鬧聲、腳步聲、喇叭聲交雜在一起，不少穿著校服的高中生走出校門。

過了這些年，一切好像都沒什麼變化。

付雪梨坐在車裡，一手放在車門上，有點懷念地笑了笑。

手機響了，她低頭一看，來電顯示是許星純。接起來前，她用力咳嗽了兩聲，然後再放到耳邊：「——喂？」

聲音柔和得讓旁邊的人驚疑不已，側目看來。

『妳在哪裡？』那邊的聲音壓得極低。

付雪梨說：「喔……李傑毅他們來接我，正在路上，要去參加一個什麼校友聚會。」她後知後覺地感到開心，突然想起了什麼，問道：「你回臨市了？工作忙完了啊？」

『這幾天輪休，剛到臨市。』

「那你會來嗎？你不來，我去找你。」

許星純的口氣和平常一樣：『高中的兩個班導前幾天聯繫過我。』

言下之意是會去？

付雪梨笑出聲：「哇，你的面子這麼大啊，這麼讓人惦記。」

要說讓人惦記，除了老師，許星純還真的滿讓同齡人惦記的。

這麼多年來的同學聚會，他都不露面，不少人都來問過付雪梨。

這次訂的飯店在本城寸土寸金的地段，很高級。付雪梨和謝辭他們坐一桌，許多都是當初九班的老熟人。但是因為後來分班，所以許呦沒有和他們坐一桌。

上主菜之前，主持人在臺上辦活動熱場，付雪梨一直縮在角落玩手機，降低存在感。一片嘈雜之中，突然聽到有人忽地叫了一聲：「班長！」

聲音來源是許呦在的旁邊那一桌，當初在學校成績優秀的一些人，如今各個都是西裝革履、海外歸來的菁英。

付雪梨愣了一下，不由得把視線轉過去，兩個人隔空對視幾秒。許星純面孔如玉，穿著黑色外套，平靜地在那桌坐下。

移開視線，他們這桌開始討論。

「我靠，好久沒看到班長了啊。」

知情的人目光不可避免地，有些隱晦地落在付雪梨的身上。

付雪梨因為工作性質的原因，歲數看起來比真實年紀年輕很多。她一直都給人很慵懶、眼睛沒對焦的感覺。老是漫不經心，對很多事情都沒太大的熱情。非典型的性格，脾氣向來不好，成績更不好，固執又驕蠻，一點也不通情理。

當初在校園裡，像許星純這種等級的男神，長得帥還性冷感，成績沒話說，身上又有種冰涼玉石的清潔感，滿足少女夢中情人的所有條件。可是他居然會和付雪梨這種橫著走的女閻王談戀愛，真是不可思議。

宋一帆看著付雪梨心不在焉的模樣，咳兩聲打破怪異的沉默：「我剛剛……滑朋友圈，滑到一個問題。」

「什麼？」李傑毅問。

宋一帆拿著手機，認真念道：「如果有人想強姦我，你是希望我帶著刀還是帶著套？」

付雪梨沒什麼心情，提起筷子，夾了一片竹筍放進嘴裡嚼：「你想太多了吧。」

「不是啊，我就是想聽聽你們的答案。」宋一帆說，「我覺得帶套吧。」

沉默了一會兒，付雪梨隨口說：「你這種醜鬼，帶著微笑吧。」

「……」

宋一帆作勢要去勒付雪梨脖子，被付雪梨逃開。

全桌的人都笑噴了，鬧得動靜有點大，引得旁邊幾班的人側目。

付雪梨如今在演藝圈混，披上了不少神祕色彩，更加引人注目。

「你滾開，別碰我。」付雪梨自己也忍不住笑了，一抬頭，又和隔壁桌的許星純對上眼，身邊有個男人傾身在跟他講話。

他的眼神卻看著她，眉眼微沉，黑眉清目，半點煙火氣都不沾。像冬至前的雨，淅淅瀝瀝，涼意入骨。這讓她不由得安分了下來，動作一緩，停止了嬉鬧。

這番小小的互動剛好落在李傑毅的眼裡，他不由得挑眉稱奇：「嘖嘖。付雪梨啊，妳說妳，每次許星純在的時候就超級乖，不在的時候……」

「不在的時候？」宋一帆順勢接話，理了理亂掉的頭髮，氣呼呼地道：「付雪梨這個女人，簡直是凶巴巴的貴賓狗！記不記得有一次去溜冰，好像是因為許呦，我們和一些在社會上混的人起了爭執，對方的肱二頭肌比付雪梨的臉還大，她都要衝上去罵街。」

被人點破，還是有點尷尬和窘意，付雪梨自己低頭吃飯：「我又沒撲上你。」

宋一帆翹起了嘴：「妳幹嘛要說這種色色的話？我先告訴妳，我宋一帆向來受不了誘惑。」

「你適可而止啊，宋一帆，別發神經了。」謝辭忍著笑，低頭握著酒杯，晃了晃。

一場校聚吃到一半，付雪梨收到一條訊息，她看了一眼手機，和幾個人說幾句話就穿好衣服，站起來打算走人。

「喂喂喂，妳去哪裡啊？」有人叫住她。

付雪梨匆匆說：「有點事。」然後就走了。

冬天黑得很快，現在天邊已經徹底暗下來了。這家飯店是日式裝潢，一樓還有許多精緻的別院，路有點迂迴。

問過服務生後，她走飯店後門，這裡人很少，下雪的夜晚稍微有些冷清，一路上掛著燈籠，微紅的光很有風情，石頭路上有散落的花。

付雪梨剛剛和謝辭他們喝了一點白酒，人有些暈。走著走著，手腕突然被人拉住。付雪梨回頭，一驚又一喜：「許星純！」

轉過身，踮起腳抱住許星純。

付雪梨整個人醉醺醺的，去聞他的氣味，冷冷的淺香，很好聞。她嘴唇忍不住在他脖子上蹭。

她皮膚白皙，今天又一身紅，如今沾染了酒精，像陷入鵝毛被一樣，誘人不設防。

許星純目光微垂。

她半天都沒得到回應，不由得抬起頭。

清清冷冷的燈下，付雪梨突然覺得許星純好帥。這種帥和俗氣沾不上邊，沉默地、冷冽地，偶爾邊緣性人格大爆發也特別吸引人。

許星純也低下頭，盯著她看了好一會兒。

這是他曾經熟爛於心的一張臉，只是剛才對著他人笑得那麼開心。他強硬地把她的臉固定住，居高臨下，在她嘴角處輕輕吻了一下。

這個吻只有安靜，沒有情色。

指腹下滑，分開她的唇，許星純的喉結滑動，輕聲問：「付雪梨，妳剛剛在笑什麼？」

付雪梨哼著，迅速咬住許星純的手指，不知道哪裡又惹到他了。

晚上的涼風吹散了一些身上的酒氣，許星純的側臉埋在陰影裡，手垂下來，放在她的腰上。

付雪梨用指甲摳著許星純外套的紋路，垂著頭，耳根有些紅：「你什麼時候回來的？」

「今天。」許星純眼睛半闔，「妳問過我了。」

局裡為了摸清那群販毒集團內部錯綜複雜的關係、梳理清楚案子的頭緒，這幾天上上下下都忙得不可開交。他交接完工作就回了臨市，這幾天總共睡不到五個小時。

「喔……」付雪梨很小聲地嘟囔一句，有點無辜，「我都忘記了，最近記性不太好，那你還有事嗎？」

「有。」

「啊？」她抬頭盯著他的臉，呼出一口薄霧：「你怎麼比我都忙？身體吃得消嗎？」

四目相對，許星純的手指托起付雪梨的下巴，眼底有遮掩不住的侵略。

他不喜歡回答這種無聊的問題。

不能吻她，所以很浪費時間。

付雪梨心裡一蕩，順從地仰著臉，才剛閉上眼，手機就忽然響了。

對面一陣吱吱喳喳的聲音，宋一帆明顯喝嗨了，大著舌頭，不知道在笑什麼：『人跑去哪裡了，付雪梨？等等我們要去李哥家裡開趴，妳來不來啊？』

「我……」付雪梨腦袋一歪，看了眼近在咫尺的許星純，沉吟了一下便拒絕，「我不去。」

宋一帆這個夜夜笙歌的傻子，就會煞風景。

『我靠，妳放我們鴿子啊？妳不去，要去幹嘛？』

「你管我。」她說話有些不自然，退開一點——被許星純隱隱的呼吸聲干擾到了。

宋一帆疑惑地道：『妳和誰在一起啊？』

付雪梨的腦子裡亂成一團漿糊：「好了，不說了，我回家修身養性，你們好好玩。」

說完，不等宋一帆回應就掛了電話。

後頸被人扶住住，幾乎是下一秒，許星純的唇就順勢貼了過來，溫柔地撬開她的牙齒。

她被親得迷迷糊糊的時候還在想——許星純是有什麼饑渴症嗎……

§　§　§

下小雪的夜晚，樹枝上還壓著積雪，地上也是，踩上去咯吱咯吱地響。

他們繞了路，下雪天冷，加上付雪梨怕被人認出來，又是口罩帽子圍巾全套，只露出一雙眼睛。

飯店門口在這個時間人來人往，有不少老同學，大多剛吃完飯才散場，各個歡聲笑語，醉醺醺的。

她手插口袋，不緊不慢地跟在許星純身後一點點，兩人保持著一點距離。視線到處亂晃打量臨市的夜景，不經意間和一個人對上視線。

「許星純。」馬萱蕊站在不遠處，調開目光，視線轉移，平淡地打了招呼。

付雪梨跟著腳步一停，許星純點頭示意。

一路過來，馬萱蕊不是第一個認出許星純、向他打招呼的，頂多加了一個同事的身分。

兩人經過馬萱蕊身旁時，她故作隨意地問道：「對了，你的衣服還在我這裡，什麼時候要來拿？我已經幫你洗好了。」

她聲音柔和，不大不小，剛好落入付雪梨的耳朵裡。

許星純似乎想了想，反應甚微。

「扔了吧。」

擦肩而過時，這是他的回答。

送她回家的路上，許星純開車。在等紅綠燈的時候，付雪梨狀若不經意地問：「你和馬萱蕊是怎麼回事？你們同事多久了？」

她撐著下巴，無所事事地盯著前方，語氣隨便。

「不知道。」

他沒去關心。

付雪梨偏頭，像是隨口問：「之前班聚的時候，我看到你和她在聊天，你們在聊什麼？」

許星純隨口回答：「沒什麼重要的事情。」

本來有很多想說的話，頓時沒了心情，付雪梨抿起嘴，整理自己的頭髮。

心底有種說不清，道不明的情緒炸開來。

她問不出馬萱蕊說的那件衣服是怎麼回事。

只要涉及到和許星純這幾年有關的事，她都會下意識地回避，心虛和懦弱的心態都有。在此之前，付雪梨曾經思考過很久，要不要和他開誠布公地談談，但是後來想想算了，她有點害怕面對，對於他的過去，她總是有些無力感。

她知道自己對不起許星純，所以很多事總是愧疚又心虛，無法開這個口。

但是有些事情，就算想把它當作沒發生過，依舊會像紮在心底的一根刺，有點痠痠的又有點痛。

到了熟悉的別墅住宅區，車子緩緩停在鐵門前。

「那我回去了……」付雪梨看了一眼許星純沉默的側臉。她說話很慢，強打起精神，「明天就大年三十了，你到哪裡過？」

不知道是不是心理作用，總感覺有點緩和的氣氛又彆扭起來。

「我不在臨市。」許星純頓了頓後回答。

想到他的母親很早就去世了，她嗯了一聲，目光收回來，抬手解開安全帶，準備下車：「好吧，那……電話聯繫。」

身形一動，手腕突然被拉住。

「過五分鐘再走。」許星純說。

於是這幾分鐘裡，兩人就這麼坐在車裡，各自沉默，誰也沒講話。付雪梨懶懶地靠在椅背上發了一會呆，直到遠處的大吊鐘響起有節奏的鳴聲。

等鐘聲敲完，她開門下車，不說話也不吭聲，車門撞上以後，自己獨自默默地疾步往前走。

晚上的雪下得斷斷續續，空氣更清新一點，但是陰晦的天色總是讓人心情不太好。

付雪梨突然發覺到，她和許星純之間的問題太多了，關係也太脆弱。明明是很小的一件事，就能僵到這種地步。

真是愁雲慘澹……

走了差不多一百公尺的距離，付雪梨的腳步漸漸慢了下來，心裡沉甸甸地，忍不住悄悄回頭看去。

——空無一人。

許星純這個人怎麼還是和以前一樣？無欲又無趣，一點也摸不清女人鬧脾氣的小把戲。

付雪梨有點氣不起來。

高中的時候，許星純在學校內外判若兩人，只要和她單獨待在一起，就絕對會寸步不離，和平時別人眼裡的班長作風完全不同。這導致了付雪梨有很大一部分的娛樂時間都被占用，於是她嚴重不滿，大多數情況下會對許星純發點小脾氣，他也完全好脾氣到無原則。

後來高中畢業，許星純的控制欲變本加厲。付雪梨為此差點和他鬧到分手，自此以後，許星純不知道什麼時候養成了習慣，他不再處處限制她的離開。

有時候吵架，她負氣離去，他也不聲不響。直到有一次付雪梨回頭，才發現他一直都形單影隻地，默默地跟在她後面。

很孤單，又沒什麼辦法的樣子。

想到這裡，胸口突然痛了一下。無形的罪惡感又出現，碾壓過心臟。

其實……剛剛又是自己在喜怒無常，耍小脾氣。明明知道許星純這個人不善言辭，人又悶，不會哄人，她幹嘛和他賭氣？

她就這麼走了，他肯定一個人難受死了也不會開口說。

越想，付雪梨心底越不安，徹底邁不開步伐。

那輛白色奧迪果然沒走，停在原地熄了火。周圍都黑漆漆地，付雪梨走過去，腳步聲很輕。車停在路邊，許星純獨自坐在不遠處的木椅上。光線忽明忽暗，他叼了根菸，沒有點火，只是鬆鬆地咬在嘴唇之間。

剛下完雪的夜晚，坐在那裡，彷彿不知道冷。

她如果不回來，他是不是又要一個人坐到天亮才離開？

「——許星純。」

聽到這個聲音，許星純滯住的思緒一緩，抬頭看向聲源。

付雪梨不知何時已經走回來，人走到光下，神情萎靡：「你怎麼又一個人坐在這裡啊？」

她剛剛又任性地拋下他一個人走了。

「……」咬著菸，他看著她，說不出話。

付雪梨噘起了嘴，拿掉許星純嘴裡的菸，用兩根手指推平他的眉心：「別皺眉了。」

許星純抬手，握住她纖細瘦的手指，聲音有點沙啞：「為什麼不高興？」

「我？」這個問題太突然，弄得付雪梨一怔，才反應過來許星純在問什麼。

他們一站一坐，杵在寒風瑟瑟的冬夜裡。付雪梨吸吸鼻子，老老實實地說：「在氣你和馬萱蕊。」

沉默了一會兒，他開口：「我們不熟。」

付雪梨立刻追問：「那你的衣服為什麼在她那裡？」

「我們之前去執行任務，抓人的時候要扮演一對兄妹，她穿我的衣服。」他的解釋很簡單，也能讓人立刻明白。

付雪梨仍耿耿於懷：「那你為什麼不告訴我你們講了什麼？」

「……」昏沉夜色裡，他的臉龐依然英俊。許星純聲調未變，輕描淡寫地說：「不重要的東西，我很少記得。」

短短幾句話，就讓付雪梨的心情立刻放晴。

情緒起伏劇烈成這樣，連她自己都沒想到。

這是對許星純迷戀得有多深，才會被影響到這種地步？

太凶猛，也太突然了。

其實貪戀不止他會有，她也有，只是開竅得晚了一點。

心情舒暢後，付雪梨連聲音都是軟的，手按在許星純肩膀上，心疼道：「那你以後你不想要我走，就直接說要我留下啊。不要一個人傻兮兮地等，累不累？」

想起自己也很不成熟的行為，付雪梨猶豫一會兒，破天荒地向他道歉：「好吧，其實我也有問題，對不起，我不懂事，我知道錯了。剛剛我知道你肯定會很難受，但還是下車走了，以後我慢慢補償你好不好？」

和許星純比起來，付雪梨的心計和花招太多了。有經驗的人都會被這種甜言蜜語哄得毫無招架之力，何況是他。

她蹲在他面前的地上，像一隻乖巧的寵物。

「過來。」許星純傾身，把她拉起來。付雪梨剛抬起頭就一下撞進他懷裡，痛得嘶聲抽氣。

許星純也知道自己太用力了，只是現在有點控制不住。

他用盡了成熟男人所有的自制力，還是控制不住自己，垂首在她側臉嗅了嗅，溫熱的呼吸拂過：「妳什麼時候回去？」

付雪梨環擁著他，什麼也沒說。

半天才紅唇微張，低聲道：「我可以不回去啊。」

§ § §

說不回去就不回去，又不是未成年。

付雪梨打電話回家，說要去李傑毅他們那裡玩，不回家睡了。

掛了電話後，她內心感情氾濫，牽起許星純的手，「走，姊姊帶你開房去。」

在臨市的街頭晃到午夜才去飯店。付雪梨很怕冷，等開了暖氣，飯店房間裡稍微熱了一點才把外套脫下，身上只有一件毛衣。

她今天到處跑，身上流了不少汗，黏膩得有些難受。和許星純打了聲招呼，先去浴室洗熱水澡。

朦朧的熱氣散開，她閉著眼，任水流沖刷過臉。

洗完對著鏡子端詳自己的臉，拿著小毛巾心不在焉地擦拭頭髮，回憶著今晚發生的一切。

推開浴室門出去，許星純就靠著牆站著，在亮著微光的廊道上，兩人目光猝不及防地對上。

她眼神定不下來，努努嘴，訥訥地道：「你可以去洗了……」

站在這裡幹嘛……

走到床邊坐下，付雪梨繼續擦拭頭髮，眼角餘光卻看到許星純在脫外套，一件一件，扔在椅背上。

他怎麼不去裡面脫衣服？

付雪梨心裡想，非禮勿視，不行，不能看，得忍著。

忍了一會兒，秉持著不看白不看的念頭，付雪梨眼睛半瞇，側過頭去。

——他已經衣衫半敞。

許星純似乎沒察覺到她的目光，雙手交叉舉過頭頂，襯衫由下往上被脫下來。

由於工作性質，他一直保持著相當程度的鍛煉，身材很好。

腹肌堅實，線條起伏，肋骨隱沒在低腰褲上，弧度漂亮，有彈性的緊致肌膚，極為性感。

付雪梨目光往下移，不閃不避。

色字頭上一把刀，他可真誘人！

聽著嘩啦啦的水聲，她窩在被子裡，頭暈腦脹，心重重跳了幾下。

直到感覺到房間的燈都熄滅了，傳來窸窸窣窣的響聲後，許星純光著上半身，帶著一身的水氣在黑暗裡坐在床頭。

眼前漆黑，她屏息等著。

他毫無動靜，低頭不語，像個雕像一樣，房間裡只剩下一片寂靜。

付雪梨聽到自己一本正經地問：「許星純，你要和我蓋著棉被純聊天嗎？」

「……」

付雪梨掙扎了一下，心想他是根木頭嗎？什麼也不懂？才準備開口，被子就被掀開，接著身體被猛力壓住。

自食惡果這個詞，到半個小時之後，付雪梨才大概明白是什麼意思。

一個晚上，付雪梨基本上沒怎麼安穩睡過。睡著睡著就被撈過去，扯開衣服。到最後，她被擰住手腕壓在枕頭上，渾身力氣都像抽空了一般，精力將到極限。

許星純不發一言，沉默地隱忍著，發出沉悶的喘息。在光滑的絲綢被套上掌控住身下人的腰，指尖探進唇裡，唾液又濕又滑，勾起舌尖打轉。

不夠。

還是不夠。

什麼樣的刺激也滿足不了貪婪。

第二天下午，付雪梨醒來揉揉眼睛，第一個念頭就是罵許星純全家。昨晚真是瘋了，許星純像完全不需要休息，無論她怎麼哀求，他什麼也不回應，就像吃了西那地非的原始動物一樣和她交合，回想起來簡直是一場噩夢。

身邊空無一人，被子一角被掀起，沒什麼溫度。她完全沒力氣了，躺在床上緩了很久。

一夜的折騰，身體到處都是不可言說的痠痛感。才想翻身就痛苦地咬住嘴唇，抑制住呻吟。

他性欲怎麼這麼強……

吃力地探出潔白赤裸的手臂，拿起桌子上的鬧鐘看時間。放回去的時候，手控制不住地一抖，鬧鐘掉在地毯上。一路滾著，停在一個人的腳邊。

付雪梨滿腦子一片空白，盯著害她現在癱瘓在床，動彈不得的始作俑者看。

許星純穿著一條黑色長褲，沒穿上衣，裸露著上半身從陽臺進來。

真是搞不懂，寒冬天又跑去吹冷風幹嘛？和他四目相對，付雪梨的眼睛移開，有些逃避似的轉過身。手又被人抓住，許星純俯下身，一股涼意撲入她的鼻子。

「醒了？」他問。

在等她醒來的時間裡，許星純在外面抽了幾根菸。遠處高樓林立，她就在離他幾公尺遠的地方沉睡，時間過得並不漫長或難熬。

付雪梨一把推開他，縮進被子裡，翻個身不理他。

「怎麼了？」

目光在空中交匯，靜默了一會兒，室內突然響起她大聲的控訴。

「你說呢！你昨天……昨天晚上……完全不管我……」說到一半，不知道是因為覺得羞恥還是什麼，就無法繼續說下去了。

「說完了嗎？」許星純的氣息近在咫尺。

想著想著又有點氣，付雪梨怕他再親自己，趕緊用手臂隔開，掩住嘴，甕聲甕氣地說：「你能不能離我遠一點？」

單手撐在她的耳側，許星純目光微微下垂，把手上的打火機和香菸放在一邊，然後湊上去捏住她的臉頰，頂開牙齒，半強迫式地和她接吻。

用行動告訴她——

付雪梨手忙腳亂地想把許星純推開，卻發現自己壓根掙脫不了。心跳得很快很快，屏住一兩秒呼吸，又有些惱：「你現在對我一點都不好。」

「嗯……」他自然、溫柔地親親她發紅的眼角。

他的髮質很軟，蹭著她的臉頰，癢癢地。

過了很久，許星純才從付雪梨身上下來。

到了下午三點，付城麟終於發現自己的便宜妹妹又消失了，一通電話打過去，半天才接通。

付雪梨躺在床頭，渾身懶洋洋的，連話都懶得說，聽付城麟自顧自地說。

銀色湯匙輕輕碰了碰她的嘴，許星純說：「張嘴。」

她順從地張嘴吃東西，嚼了嚼然後咕嚕一聲咽下。

付城麟察覺到動靜，問：『妳和誰在一起？』

付雪梨臉上露出不耐煩的表情，也不說話，視線落在不遠處的電視機上。

另一頭訊號突然變差，聲音忽大忽小，模模糊糊地：『對了，妳記得今晚回來吃飯，別總在外面野得不知道自己姓什麼。』

「知道了。」

剛答應完，那頭就掛了電話。許星純用食指擦掉她嘴邊的菜汁，繼續餵。

這麼大的人了，還要人餵。付雪梨心安理得，許星純也不厭其煩，兩個人簡直都有點瘋了。

他們現在的相處模式太怪異，卻無法具體說出什麼。付雪梨從醒來之後，就沒自己下過床。

上廁所、刷牙、洗臉、吃飯、喝水，全都是許星純抱著，腳沒碰過地面。

一開始付雪梨還樂得指使他，後來不論她想幹什麼，他都這樣。

親密感太重，就要以犧牲一定的自由為代價，她的確有點吃不消了。

感覺自己像是被他關在家裡飼養的寵物。

提出晚上得回家吃飯後，許星純沒說什麼話，也沒有表示。付雪梨懶洋洋地，精神不足地去浴室洗澡，心裡盤算著什麼時候和唐心說許星純的事情。

恍恍惚惚地正走神，就被人從身後摟住。

蓮蓬頭打開，熱水從頭頂噴湧而出。

許星純的濕髮被梳到腦後，五官輪廓極其秀氣清俊，冷白的皮膚，鎖骨清削。

「你怎麼又進來了？」她無奈。探頭探腦，轉身問完話，又被迫吞他的口水。

狹小的空間裡，心跳聲震著耳骨，充斥著水聲。

她身體裡的天堂太美妙，進去了就走不出來，沒有嘗夠情欲的滋味。

牡丹花下死，做鬼也風流。

付雪梨迷迷糊糊，雙眼迷離，幾乎快忘了自己剛剛想說的話，氣喘吁吁，語無倫次地道：

「你以前不是這樣的。」

她性格本來就潑辣，但這時候說話連條理都分不清。

「是怎麼樣？」他問，眼睛裡有血絲。

「我不知道，反正……不是這樣。」

明明是個不笑不鬧，也不喜歡說話的人。對不起他清心寡欲的一張臉，隨時隨地都想做愛。

除了赤裸裸的欲望，再無其他。

「我就是這樣。」許星純聲音低沉，「付雪梨，妳認清我。」

很久以前，他愛她，所以費盡心思地騙她，逼自己當一個正常人。

只是騙久了，對他也是一種負擔。

她不喜拘束，他就盡力地在能忍受的範圍內，讓她自由。

許多年來，許星純只是在演付雪梨心中的那個人，他知道自己不是這樣。

有時候也會想在一個下雨天，把她的腿打斷，碾碎骨頭，關進陰暗狹小的籠子裡。

然後一寸一寸滿足她的欲望。

直到離不開他為止。

—未完待續—

# 番外一　手機私密照片——許星純日記〈國中篇〉

——她今天打耳洞了，耳垂很紅，但是被老師罵了。

哭得很慘。

但是很好看。

——耶誕節，我沒有蘋果。上課轉筆，她盯著我的手看了很久。

她喜歡我的手。

應該，還有我。

——我不能露出一點馬腳，讓付雪梨知道我喜歡她。

因為她可能想親我，但是不會對我負責。

——我只是付雪梨生活的影子。熱鬧是他們的，許星純什麼都沒有。

——付雪梨有低血糖，但是她很能吃，我的抽屜裡也被塞滿她的零食。

她今天上課偷瞄我的頻率很高。她很怕我偷吃她的零食。

——摘抄：適應我，需要我，習慣我，不能沒有我。

——數學老師講課的聲音很難聽，他耳背，我不喜歡別人很大聲地叫我的名字。我喜歡聽付雪梨笑，可是她又睡了一下午。

——她喜歡撒謊，也喜歡敷衍人。她原來不會喜歡我。我被騙了。

——她為什麼一直不理我？她討厭我了嗎？我只是叫她不要和後面的男生講話，他們明明不熟。很難忍受。

——今天她說我的睫毛好長。不知道能不能拔下來送給她。

——我想要她，舔舔我。

——我不想念書了。我想幹她。

高寶書版集團
gobooks.com.tw

**YH 029**
**喜歡你，很久很久（上）**

作　　者　唧唧的貓
責任編輯　陳凱筠
封面設計　李涵硯
內頁排版　賴姵均
企　　劃　方慧娟

發 行 人　朱凱蕾
出　　版　英屬維京群島商高寶國際有限公司台灣分公司
　　　　　Global Group Holdings, Ltd.
地　　址　台北市內湖區洲子街88號3樓
網　　址　gobooks.com.tw
電　　話　(02) 27992788
電　　郵　readers@gobooks.com.tw（讀者服務部）
　　　　　pr@gobooks.com.tw（公關諮詢部）
傳　　真　出版部(02) 27990909　行銷部 (02) 27993088
郵政劃撥　19394552
戶　　名　英屬維京群島商高寶國際有限公司台灣分公司
發　　行　英屬維京群島商高寶國際有限公司台灣分公司
初　　版　2021年 03 月

文化部部版臺陸字第109084號；許可期間自110年110年1月27日起至114年10月9日止。
本著作物由北京晉江原創網絡科技有限公司授權出版。

國家圖書館出版品預行編目(CIP)資料

喜歡你，很久很久 / 唧唧的貓著. -- 初版. -- 臺北市：英屬維京群島商高寶國際有限公司臺灣分公司, 2021.03
　冊；　公分. --

ISBN 978-986-506-008-4(上冊：平裝). --
ISBN 978-986-506-009-1(下冊：平裝). --
ISBN 978-986-506-009-1(全套：平裝)

857.7　　110000871

GOBOOKS
& SITAK
GROUP©